# DIT IS MIJN HOF
# 这是我的农场

CHRIS DE STOOP

〔比〕克里斯·斯托普 著

蒋佳惠 译

致我已故的兄长

"我曾离开这里,也曾问我自己,"凯西说,"这里发生了什么?为什么要将人们从这片土地上驱逐出去?"

——约翰·斯坦贝克,《愤怒的葡萄》

作者在他农场的家。

作者在他家的农场。

作者在泽兰－佛兰德地区。

作者在堤坝上眺望杜尔。

蒋佳惠 摄

# 目录

| 第一章 | 序 | 001 |
| 第二章 | 扎勒赫姆。远方 | 009 |
| 第三章 | 凤凰 | 041 |
| 第四章 | 扎勒赫姆。劳动最光荣 | 068 |
| 第五章 | 遗失的过去 | 103 |
| 第六章 | 扎勒赫姆。擅自离去 | 135 |
| 第七章 | 鬼村 | 168 |
| 第八章 | 扎勒赫姆。突然袭击 | 199 |
| 第九章 | 生态中心主义 | 231 |
| 第十章 | 扎勒赫姆。可怜虫 | 257 |
| 第十一章 | 后记 | 296 |

# 第一章 序

我们怔怔地站在那里。我和我的哥哥身披着暮色,站在泥沼深处,身上被冻得发紫,嘴里呼唤着牛群:"过来,过来,过来。"我们的身后突然传来子弹落在牛棚棚顶的声音。我们本能地蜷缩成一团,四处张望。在我们眼前,无边无际的农田和牧场向着远方延伸,与地平线融为一体,周围遍布着运河。在我们目所能及的范围内,唯一不同寻常的就是牧场篱笆后面的一辆推土机。

年迈的奶牛很是温顺,任由我们把它们驱赶到一起。它们被冠上了诸如"大脚""长角"以及"大白"一类的乳名,也曾经历过牛棚里和暖的冬天。它们迈着懒洋洋的步子,啪嗒啪嗒地穿过栅栏,朝着农场走去。它们所经过的地方是一片长长的、新近的玉米洞，空气中弥漫着一股苦甜参半的气味，如同湿润的雾气一般，挥之不去。它们步履蹒跚，扭动着肥硕的屁股，发出心满意足的咕哝声，不假思索地走向牛棚，直奔食槽里的草料。

七头小母牛耳朵上的芯片是橙色的，颜色依旧鲜亮。正是由于它们太宅的缘故，所以直到九月份，它们才头一遭同种牛们一起走进牧场。我们挥舞着胳膊驱赶它们，我们呼喊着、吼叫着，我们在地上滑倒，浑身上下都湿透了。最后，它们不住地回身，疾驰着与我们擦身而过。它们朝着四面八方逃散，发出响亮的哞哞声。自孩提时代起，我就被看作跑得最快的那一个，而我的哥哥则是最强壮的那一个。正因如此，追赶牛群的任务便一如既往地落在了我的身上。

风越刮越猛，我跳到池塘边的草垛上，却不小心失去平衡，四脚朝天地摔倒在泥潭里。我疲惫不堪地躺了半分钟，看着头顶上一大片一大片的灰色与黑色相互交织在一起。这活儿我们已经合作了多久？我一直都很享受跟我的哥哥一起把牛群从牛棚里赶出去，再赶回来。作为回报，我每隔一两年就能得到一大块牛的后腿肉。那并不是从最好的那头牛身上割下来的，而是从最差的牛身上，因为好的牛太值钱了。我为此买了一台冰柜，时而一连吃上好几个月的牛肉，直到吃吐了为止。要是那头牛曾经和我很亲的话，我就吐得更快了。

终于，我们在铁丝栅栏上开了另外一道口子，绕道把小母牛们赶回农场。长期的实践证明，这样的做法可以有效地转移它们的注意力。我的哥哥举着一耙子草料，走在牛群的最前面，把它们引回牛棚。一看到最后一头牛也进了牛棚，我们就赶忙把门闩插上。我们精疲力尽地靠在墙上。墙体的下方被牛粪染得黑乎乎的。汗珠和秽物覆盖下的我们闪烁着光芒。

尽管我早在二十年前就戒烟了，可这会儿，我还是和他一起卷了一根香烟。香烟很细，因为他舍不得用太多的烟草。他两眼直勾勾地盯着，看我放了多少分量。我们抽烟、咳嗽，一句话也没有说。

牧场上已经看不见任何一头牛的踪影了，只剩下推土机还在外面淋雨。渐渐地，雨水变成了雪水。奶牛的躯体在屋里散发着温热，让人感到十分惬意。不过，我们并没有像过去那样心满意足地谈论这场交战，不再在经历了一顿驱赶之后无休无止地谈论先前的情况多么不容易，又或是牛群多么不受管，再或是我们多么走运才能把这些动物驱赶到牛棚里……什么都没有。

"这片农场已经快到头了。"这话我已经不知道听我哥哥说过多少回了。惊慌和愤恨在他的面庞上交织。"他们想把我们赶走。"

"还早着呢。"我说。

我们再次陷入了沉默，只是环顾着牛棚。渐渐地，我们从扭曲的管道和锈迹斑斑的水槽上感受到了牛棚的衰败。牛儿们早就躺下了，紧紧地彼此依偎。它们把笨重的脑袋搭在彼此的肚子上,瞪着熠熠生辉的眸子回望着我们。它们吐出的气息就像滚滚蒸汽一般,清晰可见。年幼的小母牛们焦躁不安。它们时而因为难以忍受身上的疥癣,而在墙上蹭来蹭去;时而又弓起脊背,立起尾巴,把屎尿溅得到处都是,甚至溅到我们的脸上。

"好乖的牲口啊。"为了安抚他,我压抑着心中的不悦说道,"身为一个农民,能拥有这样一座美丽、封闭、运作健康的奶牛养殖场,还有什么不满足的呢?"

"它们拉稀了,"他说,"况且农场已经关门大吉了。"

企业需要申请一张新的环保许可证,为此,他担心这个老化的、缺乏遮挡的肥料堆会给他带来麻烦。他担心他们会说地上的粪液漏了、粪堆没有被遮挡起来、邻居忍受不了这里的恶臭。再说,氨气排放和氮沉降的问题又是怎么解决的呢?

我走到户外去尿尿。世界上再也没有什么事更能让人感到逍遥自在的了:朝着一棵大树或是一丛灌木尿尿,龟头迎着风,与大自然融为一体,像鸟儿一般自由自在。"你们会把花弄死的,捣蛋鬼。"从前,妈妈总是会这样嚷嚷。可是,到了下一回,我们这些满脑袋疙瘩的捣蛋鬼还是照尿不误,以此来圈出自己的地盘。在我四五岁大的时候,有一天,哥哥坏笑着指使我往一根铁丝网上撒尿。那时,我才四五岁。这是农村孩子之间一个代代相传的荒唐游戏。对此,我却一无所知。一股电流穿透我的小鸡鸡,我就像是遭雷劈了一般。

此刻,我的哥哥正坐在猪圈旁的矮墙上。那是他最喜欢的地方。无论牛群是在敞开的牛棚里还是在果园后面的牧场上,只要坐在那个地方,就能把它们尽收眼底。这样,他就能观察到它们有没有发情、有没有怀孕、是不是快临产了。我挨着他,坐在矮墙上。我们一同望着那些牲口。与此同时,那股不时萦绕在我心头的哀思再次袭来。之所以会有这样的感受,并不仅仅是因为家庭的缘故,也是因为这个农场、这片土地、这处山川,更是因为与这片大地和天空一脉相连的生活,以及这里古老而又熟悉的一切。

我想到与这些体形硕大、脾气温和的牲口一同生活是一件多么美好的事情。自古以来,这里的人们都是这样生活的。我不知道会不会有那么一天,所有人都变成了素食者,或是肉类改由实验室培植,又或是最后一个农民也绝迹了,到那时,我们再也无法想象,曾经有人把重达上千公斤的奶牛当作宠物饲养。我也不知道,是否会有人为此感到惋惜。

我们身后的灌木丛里传来一只野鸡嘶哑的呼喊声。鸟儿成群结队地从我们头顶上空飞过,它们是田凫[①]吗?不对,它们是鸽子。

振聋发聩的枪声再次接二连三地回响起来。我一跃而起,听见一盒小型子弹的弹壳落在瓦片上的声音。那个声

---

[①] 田凫,中型涉禽,又称凤头麦鸡。——本书脚注皆为译者注。

音刺耳却又沉闷，就像是满满一桶小弹珠被倒落在波浪板上似的。我看见左右两边都有被击中的鸽子从空中掉落下来，其中一些嘴里还在发出咕咕的叫声，另外一些则在试图逃脱时经历了密集的枪林弹雨，被打成了筛子。

不消说，是猎人干的。那是一个令人捉摸不透的家伙。他穿越了整片桤树林，来猎取斑尾林鸽。他要是不来打它们，鸽子们所造成的损失就会全部由他个人承担。从前，妈妈也给他打过几次电话。那时候，鸽子在牛棚顶端的横梁上筑巢、繁衍生息，简直就和老鼠无异。它们的屎尿覆盖了地面上的所有东西，就连牛群也没能幸免。棕色的围栏和护栅被鸽子的粪便染成了一片花白。

"太可恶了，"我喃喃地说道，"简直就是大屠杀。"

我的哥哥大步流星地走进屋子。自从出生以来，除去服兵役的那一年之外，他一直都住在这栋房子里。可是，这个地方却突然变了模样，也变了感觉。这里脏乱不堪。桌子上堆得乱糟糟的，水槽里的盘子已经发了霉，窗子上结起了蜘蛛网。这一切都源于平日里无微不至地照顾他的妈妈眼下正躺在医院的病床上，身上插满管子，周围满是嗡嗡作响的机器。以前，随时都能听见妈妈的声音。她总是谈论着天气，谈论着牲口，谈论着丰收，谈论着农村里各种各样的话题。事实上，这是他有生以来第一次独自一人生活。可他并不是一个适合独自生活的人，妈妈就更不是了。我倒是不太一样，我很擅长独居。然而，他并没有抱怨，他还有充足的烟草，冰箱里也装着满满当当的食物。

　　雨水和狂风一同鞭挞着这座陈旧的农庄，檐沟咯咯作响，雨水顺着窗前的云杉树滴滴答答地往下落，树弯下了腰，发出嘎吱嘎吱的响声。我的哥哥学着爸爸从前的模样，用手指关节轻轻地敲打气压计。指针指向"天气不佳"。就连电台的气象预报也预测：未来几日内会有强降雪和严重霜冻。到时候，奶牛的水槽里说不定会结冰，要是那样的话，他就得一连许多天提着水桶给所有的牲口喂水。这个冬天会变得污秽不堪。

　　"没有一个季节是正常的。"他说。

　　"气象预报员有时候也会犯错。"我安慰他说。

　　我们就像从前那样，坐在火炉的两边。我的哥哥半个身子陷进他那张黑色的皮沙发里，单手托着下巴，吞云吐雾。我的内心对他充满了同情。

　　"妈妈彻底垮了，"他说，"她再也不可能康复了。她再也回不来了。"

　　"这可说不准。"

　　他摁灭了烟头，立马又重新卷了一根香烟。然后，他说了一句几乎不予争辩的话："这是一个家族生意。"

　　然而，我还是争辩了起来："拜托，这个农场是你的。多少年来都是这样。"

　　"这个农场是我们的。"他强调说。他说话的模样就像经过了多次预演似的。

　　"是啊。"我妥协了，站起身来，"的确是这样。这是一个家族生意。"

"对了,"他闭着眼睛问道,"你什么时候走?"

"后天,"我小心翼翼地说道,"到海地去。是地震的缘故。去看看那边的小农民是怎么幸存下来的。"

他向来忍受不了别人谈论旅行,总觉得自己像遭到了遗弃似的。难道这里的生活还不够有滋有味吗?

可是眼下,他却没有提出任何抗议。他点了点头,没有深究。我们几乎从来都没有谈论过我的生活圈。所谈论的只有他的生活圈——我们的生活圈。

我就这样离他而去。他的胡茬已经留了一个礼拜,手指上留着被尼古丁染黄的印迹,额头上布满了水平的条纹,就像一张五线谱。就在我坐进汽车的那一刻,几只鹅嘎嘎嘎地叫喊着,在农场上奔跑。"它们是冰降鹅。"以前,妈妈总是这么说,"你们一定要抓紧树上的树枝,因为路上已经结起厚厚的冰啦。"

## 第二章　扎勒赫姆。远方

我把妈妈抱到厕所里。她就像一只失去知觉的小鸟似的,坐在马桶上,满心都是担忧,使得脸孔也扭曲起来。她常常便秘,用她的话说,这种痛苦程度比她当年生我的时候更加剧烈。在苦战十分钟无果后,她让我把她抱回到房间去。

"农场保不住了,"她又一次说起,"我在那里经营了足足六十年。而且我是那么喜欢在那里做农活。"

"八十高龄还在照顾小牛犊子。"我说。

"我照看了成千上万头牛犊、上万只小猪,给牛挤过奶,每天都要清洗挤奶机和脱脂器。"

"还要做家务。"

"捆粮草,掏土豆,收割甜菜。顶着炎炎烈日,冒着倾盆大雨。总是忙忙碌碌。"

"总也停不下来。"

"用俗话说就是:抱窝鸡带崽——可忙啦。我从来都没工夫出门,一切以牲口为先。"

"还有孩子们。"

"直到最后那几天,我还在开垦菜地。如今,我什么都做不了了。再也不能走路,再也不能起身,再也不能自己洗澡。"

妈妈伸手摸向她的肚子:"就连上趟厕所都不行。"

她凝视着我的眼睛:"我连哭都哭不出来。"她几乎失去了所有的机能,可眼下,这一点对她来说是最糟糕的。为了再次哭泣,她愿意耗尽全身上下所有的力气。

她坐在阳台边,目所能及处正好可以望见教堂尖塔上那尊巨大的金色圣母玛利亚雕像。由于雕像的表面贴了一层金箔,所以当地人称它为"镀金的玛利亚"。距离我们最后一次把牛群赶回牛棚,已经过去了几个月的时间。地面的的确确结过厚厚的冰,天的的确确下过皑皑的雪,妈妈也的的确确再也没能回到农庄里去。现在,她住在"农场康复中心"的一个房间里。这个康复中心坐落于圣尼古拉① 的农场路上,是由圣家庭的修女们经营的。在那里,她得到了修女和护士们温暖而又充满慈爱的照顾。

---

① 圣尼古拉,地名,位于比利时东佛兰德省。

大半辈子里一刻也没有停歇过的妈妈眼下却被束缚在了轮椅上。从前的她总是精力过盛。骨质疏松症令她不堪其扰。她所有的骨头都已经严重钙化，每到冬天就会变得像芦苇一样脆弱。她摔了一跤，摔裂了她的膝盖骨、屁股和骨盆。那天早晨，我的哥哥帮她穿上衣服，然后去喂牛了。等他从牛棚回来时，却发现她倒地不起。他把她扶了起来，给医生打了电话。就在她被抬出屋子的时候，她支撑起身体，冲着他喊道："我会回来的。"膝盖骨的手术失败了，至于其他部位，医生甚至动都没动。无论哪个部位都没有了愈合的可能。

"我今天早上已经拿到了所有的公文。"我说。

"嗯？"她目光呆滞地望向我。

"从名义上说，我现在是一名兼职的农场主了。也就是兼职农民。我拥有一家同样名为'农场'的公司。我有一个农业注册标识号，可以从事这个行业了。"

她露出喜悦的神情，嘴角现出浅浅的微笑。她努力想要抑制，却是白费力气。若干个月来，这还是头一回。"你向来只知道把头埋在书本里。现在要当农民啦？"

"是的，不过我对这方面只懂一点皮毛。"

"谁都不是一生下来就会当农民的。"

"只是临时的而已。就是为了把农场维持下去。"

至少在她的有生之年会是如此。这句话我没有说出口，可它确实是我最为真实的想法。在维持她的农庄和她的土地的同时也从事写作。终于，我重新回到了圩田。

妈妈由于腹痛而呻吟起来,她急着要去上厕所。我用轮椅把她推到洗手间里。等她上完厕所,我闭着眼睛,匆忙按下马桶的冲水按钮。回到阳台边的专座后,她忧心忡忡地问我大便的颜色。我哑口无言。

"很多吗?"她继续追问。

我保持着沉默。

"我可是你的妈妈呀。"她嚷嚷起来。她无声地哭泣,脸上没有一滴眼泪。这是我从她挤成一条线的眼睛和抖动的肩膀看出来的。

"是的,妈妈,确实很多。非常非常多,妈妈。多得不得了,妈妈。"

"去吧,"她松了一口气,平静地说道,"到我们的农场去。"

\*\*\*

每当我开车驶入圩田时,我就成了一名马路杀手。一旦我离开了公司和办公楼的高墙,离开了排列整齐的大卡车和集装箱,离开了纵横交错的铁路轨道和港口地区的高速公路,从出口驶出,朝着圩田的方向进发,沿着蜿蜒曲折的道路,驶过费勒布鲁克和梅尔唐克,直奔圣吉尔,激动的情绪就会在我的心头荡漾。我举目四望:田野、牧场、运河和堤坝牢牢地吸引了我的注意力。还有荒无人烟的农庄、破败不堪的牲口棚、千疮百孔的棚屋。我望着温顺的牛群和结实的拖拉机，目光就像通常情况下男人注视女人的目光一般，直到我偏离道路，一个车轮拱上路肩或是跌入沟渠为止。

我的内心深处充满着对这番景色的渴望。这份渴望究竟从何而来？显然，我目所能及的东西对我有着不同寻常的意义。难道是因为这与我自己和我的家庭息息相关吗？尽管从学生时代起，我就离开了这里，可我还是很快就成为了这里的一部分。住在我心里的那个来自圩田的孩子再次冒了出来。遥远的记忆重新出现在眼前。

当那片养育我的扎勒赫姆圩田出现在眼前时，便迎来了高潮。我尽情地感受着属于我们的田野，僧侣修道院的存在把这片土地的起源定格在几近一千年前；我也尽情地享受着驶入我们在坎普胡克大街的庄园的快感。蓝色的大门巍峨地耸立着，连带着白色的栏杆，嘎吱嘎吱地打开。邮筒是用一个金属质地的牛奶罐做成的，从被锯子锯开的投信口可以看见，那里面塞满了广告传单。曾几何时，大门旁耸立着一棵参天的核桃树，如同一名哨兵一般屹立了两百年。然而，它却在几年前被锯倒了，起因是它垂悬的枝干引来了消防员的控诉，更何况，它也已经生病、腐烂了。这件事令人神伤，因为它就像是终结农庄经营的先兆。

农庄保留了传统的马掌形状。冗长的房屋背朝街道，并且与街道间保持了相当的距离。房屋坐北朝南，这样才能最大程度地沐浴阳光。房子对面有一个巨型的棚屋，长约五十米,高十米,巨大的马鞍形屋顶是由五千块红瓦片铺成的,闸门、木头门和百叶窗被漆成了绿色。与房子呈垂直方向的位置上,曾经坐落着一个一模一样的旧牲口棚,只不过,它在一场猛烈的暴风雨中被刮倒了,取而代之的是一个现代化的棚屋。公司在街道一面的门脸是开放式的,仅仅受到了茂密的女贞树篱的遮挡,它们一年到头都青翠欲滴,总有小鸟在枝叶间穿梭。

我把火炉清理干净,以便它再度熊熊燃烧。炉子的底部粘满了厚厚的煤烟和灰烬。当火光映红脸庞,烟囱里再次冒出浓烟时,总能让人感到心满意足。燃油炉摆放在一个巨大的、佛兰德式的壁炉架里。壁炉架的外框是黑色的木质结构,内侧由砖头砌成。很久以前,那里面曾安置过一个壁炉。在我小时候,里面放的是一个鲁汶式火炉①,它不仅可以提升整栋房子的温度,还可以用来烧饭。每到夜晚,我们就一同围坐在它的周围,把穿着袜子的脚伸到炽热的管道底下。以前,这个地方是终结每天的农场劳作和家庭生活的地方;现在,依旧如此。

壁炉架的旁边有两扇棕色的清漆门。左边的那扇通往地窖。地窖有一个穹顶,那底下是一个阴暗、潮湿的世界,依然用来放置曾经用来保存腌肉的腌菜缸。我在地窖梯子顶端的架子上看见了几袋烟草,它们属于我的哥哥。

---

① 鲁汶式火炉,又称布拉邦特式火炉,是一种管道呈扁平状,可以用来烹饪的炉子。

而爸爸的背带旁边放着一把锈迹斑斑的旧钳子，认出它时，我的心中勾起了无限思念。

右边的门通往飘窗屋，那是位于地窖上方的小房间，也是我和我哥哥曾经住过的卧室。以前，那里潮湿而又寒冷。每到冬天，从地窖蹿上来的湿气就会在窗户上结成霜花。有时候，我们会找来一块砖头，把它烧热，用报纸包起来，放在脚后，用来取暖。然后，我们一同钻到堆积成山的被子里，脚踩着滚烫的石头，无忧无虑地躲在臭气熏天的窝里，我的哥哥会各式各样地扮傻，并且用下流话惹得我们笑得花枝乱颤。

每天早晨，妈妈都会站在台阶旁，冲着我们的飘窗屋唱道："起——床，起——床，是时候去闯一闯。"第一个音节是重唱，唱到第一个"闯"的时候，音调升高，之后再降下。要不是妈妈的话，我们永远也不可能学有所成。是妈妈督促着我们学习，是农场负担了我们的学费。每当妈妈唱起歌的时候，我们就会从床上一跃而起，冲到后屋的水泵跟前洗漱。我们把双手掬成碗状，捧起冰冷的清水，把脸埋进去，就像落入池塘的麻雀一般。通常，水泵里出来的水都很清澈，不过有时候，水也会沾染遭人嫌弃的气味和颜色。有时候，也会有蜗牛从水槽里滑过。最先接通水管的是牲口棚，之后才轮到住所。

作为一个严厉而又强壮的男人，爸爸不怎么关注学习，而是致力于一些实际问题。他把我们逮到饭桌跟前，椅子调了一个个儿，把我们反摁在上面。在我们惊恐的眼神中,他从柜子里取出钳子。这个工具和剪刀一样,使用的时候需要机械化的挤压。这个过程会弄得我们生疼,因为钳子的锯齿上总会卡着一些毛发。对于年长我三岁的哥哥来说,这是他最抗拒的事情。然而,再多的抗拒也只是给聋子讲故事——白费力气。仅仅凭着迅猛而又强劲的几下,爸爸就把我们剃了个精光。"刺儿头。"他哈哈大笑。

在那个以长发为美的年代,我们羞愧得无地自容。在骑着自行车去学校的路上,我们总是把帽檐拉得很低,直到盖住耳朵。不过,我们依旧没能逃脱受人嘲笑的命运。"豪猪"已经是所有脏话之中最温和的了。最起劲嘲笑我们的那个家伙在某个早晨被一头金发、脾气急躁的弗拉斯考普老师狠狠一掌,拍到了墙上。那时候,农村的人们还不需要依赖药物让吵吵闹闹的孩子们安静下来。妈妈从不打我们,可是爸爸却偶尔会请我们吃上一记响亮的耳光。

此刻,我清理了客厅里的狼藉,擦了地板,又清除了墙壁上和窗户上的蜘蛛网。以前,房子里临街的一面专门设有一个"豪华会客厅"。除了家里来客人或是有宴请的时候外,我们是不能进入那个房间的。不过,很久以前,那堵隔离墙就被拆除了,让整片空间连在一起,变成一整个宽敞的客厅。阳光透过四面八方的窗户照射进来。只要转转脑袋,就能将农场、庭园、街道和田野尽收眼底。

笨重的横梁托起了用木制瓦片和木条铺成的天花板。

其实，所谓的横梁不过是一根完整的、被粗粗锯下，而后熏得漆黑的树干，坐在底下，甚至可以清晰地看见头顶上方这根百年老栎树躯干上的树瘤和裂缝。狂风暴雨来袭时，偶尔也会有水从裂隙中渗漏出来。

我把火炉调到最热，坐在黑色的沙发上。以往，那是我哥哥最常坐的地方。我眺望着潮湿的农场，聆听着屋外小鸟的啼叫。几只寒鸦在老樱桃树上叽叽喳喳地叫个不停。一只黑鹂鸟停靠在棚屋的顶部，发出尖厉而又清澈的鸣叫声。一只缺了一条腿的黑水鸡在手推车后面来回踱步，发出唧唧的叫声。

我珍惜着此刻的温暖，似乎回到了从前。我回来了。

\*\*\*

那时候，我们每个人都为我们的农庄感到骄傲，也为占据了农场中心点的高高的粪堆感到骄傲。它让周围的农民嫉妒得干瞪眼。粪便越多，就说明牲口棚里的牛越多，农田的产量也就越大。一直以来，"粪便是农耕的上帝"这句话世代相传。除此之外，还有"光吃不拉，全都白搭"的说法。可见，粪便是财富的源泉，想想看吧，一头健壮的奶牛每天的产量可以多达几十公斤……

眼下，粪便又已经堆积成山了，而我还得从清理牛棚的粪便开始着手。其中的一部分可以用拖拉机和装载机运走，另一部分却要用铁锹和耙子铲掉。粪便已经几近石化了。显然，牛被喂食了大量的玉米，因此而产生了又粗又干的排泄物。这样的排泄物有时还会堵塞下水管道和格栅。如果牛正常吃草的话，粪便是松软、发绿的。对于从小生长在农庄上的人来说，甚至都闻不出任何臭味。以前，这里有一个负责清理化粪池的老雇农，他酷爱恶作剧。他曾经把一个杯子举到我的面前："尝尝看吧，它的味道跟烈酒一样，简直就是利口酒[①]。"

这里的一切都如此熟悉，如同白水和米饭一般平淡。在这里，我能找到宁静，回归自我，我感到自己与粪便、畜栏、饲料槽以及周围的一切都密不可分。至于那个被我抛在身后的世界嘛，就让它等着吧。此时此刻，我被内心深处热切的渴求驱使着，憧憬着简约而又单纯的生活。这里没有互联网，也没有智能手机和社交网络。暂时下线。就在不久前，我的一位记者朋友还在推特（Twitter）上提到了我："我在推特上，而我的朋友却在运粪车上。真是两个截然不同的世界啊。"可是，真的是这样吗？现如今，就连拖拉机也依赖全球定位系统（GPS），也早就开发了能够精确操控运粪车的应用程序（App）。

一直以来，人类、动物、机器都在农场上生生不息。可是，随着我哥哥骤然终结了自己的生命，那样的生活也一去不复返了。他死了以后，牲口棚一夜间被清空了。我们没法接手看管这些牛。因此，纵然妈妈万般不情愿，它

---

① 利口酒，比利时安特卫普地区出产的一种餐后甜酒。

们还是全部被一名牛贩子运走了。而那时的我还远在海地。时至今日，链条的哗啦声和牛蹄的锉刮声依旧在我的耳边回响。只不过，如今在白色石灰墙和黑色柏油隔板之间留存下来的就只剩下鸽子和两只毛色泛红的公猫——鸽子们在屋顶哺育着它们的下一代，猫儿们四处捕鼠。这两只猫是半家养半散养的农场两霸，它们是由我哥哥养大的，也只肯让他触碰和抚摸。妈妈不允许它们进屋，因为它们总是把堆肥上的胞衣吃个精光。显然，它们的心头好正是汁水丰富的胎盘，也就是我们平日里所说的"紫河车"。

堆肥的劳作很快就令我精疲力竭。一直以来，我的哥哥比我更擅长艰辛的体力劳动。不过，适量的运动以及乡村的空气对我却是有益的，劳动让人感到身心愉悦。我可以像冥想时那样彻底放空自己，只专注于重复的动作，专注于铲动肥料的耙子和铁锹，专注于松动、铲起零散又或是完整的块状物，专注于东西落在手推车上时的响声；成百上千次、成千上万次地循环往复，直到自己与耙子融为一体，直到手上的水泡隐隐作痛。

手推车的后面传来一声咳嗽声。我吓了一跳。原来是神父。这位病恹恹的老牧羊人一生都在探访他的羊群，就算是迷途已久的羊群，他也没有放弃。

我不由自主地想起了孩提时代的那位神父。在我很小的时候，他会在每个星期天的下午到农庄上来接我，因为他太钟情于我的陪伴了。妈妈总是满怀信任地把我交给他，站在大门旁向我挥手道别。我的妈妈呀!

"哈，您是在为您的下一本新书寻找灵感吗?"神父笑着问道。他本人刚刚撰写完一本有关神学的严肃书籍。"您是在照料上帝创造的产物吗?"

"确切地说是大肠创造的产物。"我一边傻乎乎地说道，一边挤出一丝笑容，以此来掩饰自己内心的困惑。

"您的母亲怎么样了?她的离开对我们这片试验田来说是一个巨大的损失。她能承受自己的病情吗?"

"她没法承受，只能压抑自己的情绪。"

"很多时候，这是脱离困境的唯一办法。"

我没有邀请他进屋，也没有请他喝一杯，更没有利口酒。我羞愧地站在牛粪堆里，身上的衣服邋里邋遢、脏乱不堪，脚上的长靴明显比我的脚大出好几号。我双手在裤腿上蹭了蹭。

"请转告她，我每天都为她祈祷，圣灵降临节过后，我会去探望她。"他说道。

"您一定要说到做到啊，她要是知道了，一定会非常高兴的。"

那天晚些时候，正当我坐在火炉边的时候，家里二度来了客人。门外罕见地传来了敲门声。在乡下地方，人们总是一边高喊着"老伙计"一类的话语，一边从后门走进屋子。站在门口的是两个我从没见过的男人。他们之中的一个是土地测量员，另外那个人介绍说自己是新搬来的邻居。他买下了我们家棚屋后面的一片土地，下个月开工，打算在那里建造一栋别墅。可是，他的测量报告显示，分界线需要偏移一米半才行。他想要尽快解决这个问题。

"这片农场已经存在了至少二百年，一点儿没有变过。"我说，"而且据我所知，它的边界线也从来没有引起过任何争议。"

"事实就是如此。"身材肥硕的土地测量员说。他看着我的样子就像黑鹂鸟盯着一条虫子似的。"我们已经测量过了。我的委托人有权单方面占用那块土地。"

"那可不行。"我说，"那样的话，我就只能选择报警了。"

"要是那样的话，我那些短缺的面积又该由谁归还呢？"邻居嚷嚷起来，"我可是付了大价钱的。"

"那就上告法院吧。"

"那得拖上多久啊？"他咆哮道，"难道我们就坐等着瓦片落下来砸到我们脑袋上吗？房子的外墙上这会儿就已经开裂了。"

我突然想起，早在他们申请施工许可证的时候，我的哥哥就已经向当地政府提交了一份抗议书。对于这种在距离古董棚屋仅仅三米的地方建造房屋的行径，他提出了质疑，质疑其所可能造成的损失，也质疑了新邻居是否会在极短的时间内对牛群的噪音和气味滋扰心生不满。地方政府并没有意识到问题所在，因此驳回了他的抗议。

我要求面前的这两个男人即刻离开我家的庄园。他们却很是不情愿。我不由得骂起街来。我从没想过,自己还能这样脏话连篇。我只能暗自庆幸这样的场景没有被神父看到。

暮色笼罩天空的时候,我走进庄园后边的果园里。从前的果树早已被连根拔起。只剩下一株白杨树歪歪斜斜地立在那里,标识着地界。冬青围成的树篱把我们的地盘与邻居分隔两边。树篱上有一个洞。曾几何时,我们就是从这个洞里钻来钻去,与邻居家那两个同龄的男孩玩得不亦乐乎。我们骑着白色的猪,在大树之间穿梭。那个时期,《大淘金》①和一系列有关"西部热"的节目主宰了电视荧屏。我们在果园后面的运河里抓蝌蚪和火蜥蜴。蚂蟥叮咬着我们的大腿,怎么都甩不掉。我们在树篱里捕金龟子,在牧场上掏田凫窝。圩田的每一处,我们都了如指掌。后来,那条运河被填平了。

那时候,所有的东西都占有自己的一席之地,联结在一起浑然天成、意义非凡。人类、动物和建筑与周围的景致融为一体。而现在,似乎一切都错乱了。

果园里一棵果树也没有,牧场上一头牛也瞧不见,而更远处的工程已经全面开动了。几个月前,我还可以眺望地平线,可现在,视线却被一片无边无际的西红柿种植田阻挡住了,还有巨大的大棚、储槽、蓄水池以及一栋布满

---

① 《大淘金》,美国的一部电视连续剧,描写了美国西进运动中淘金热的景象。

了管道和烟囱的工业建筑楼。在我们封闭式的牧场右边，有满满一排家具商店。它们还在不断地扩张之中。家具商店的后面是一条高速公路，它的出现把扎勒赫姆的一片土地分割了出去。除此之外，用不了几个月，那里还会落成一个风车公园……

远方已无处可寻。它就像死了一般，彻底销声匿迹了。而远方一旦从人们的视线里消失了，很快也就会从人们的脑海中消失。到时候，它就彻底销声匿迹了。

想想看地平线落得了什么样的下场吧。

我看见温室的旁边有一个移动厕所。现如今，要是工地环境不能保证员工随心所欲地上厕所的话，工人们是绝对不会开工的。这简直就像是在历经两百年的社会斗争后，终于承袭了皇位。若是某个地方突然间冒出了一个五彩斑斓的厕所，那就说明那个地方很快就会被挖掘机占领了。现如今，瓦斯地区的圩田里，随处可见移动厕所的踪影。

\*\*\*

第二天，我在扎勒赫姆四处游走。我寻找着过去的痕迹。每当我走进圩田里，就感到空虚和平静扑面而来。风把我心头的阴暗驱散，给我带来慰藉。一切都不复存在，只有田野、河湾和动物依然守在那里。除了那十几个获得特权，允许在这里耕作的农民以外，再也没有人会提起扎勒赫姆圩田。他们口中所提及的是萨勒格姆河湾。充满历史气息的古老名字被"环保人士"沿用了下来,保留着原有的风貌。

太阳穿透云层,把一束湿润的光芒投射在圩田上。大片大片的土地都已经被犁过。只有我们家的农田仍是一片麦茬地,被撇在一旁。我下意识地察看起其他农民的耕作成果,就像是一名屠夫在检验同事所制作的香肠一般。笔直的犁沟直奔河湾而去。对于安装了全球定位系统的拖拉机来说,这只是小菜一碟。不过,看上去倒是十分美观。圩田里立着一些广告牌。其中一块牌子上写着这样的诗句:"初经犁耕的农田,拨动我的心弦;地球的灵魂全然展露在眼前。"

这里的生活也十分孤寂。从前,到处都能见到农民们劳作的身影。可是现在,仅仅一个人就能够操纵着几台硕大的机器,轻而易举地处理完整片圩田。面朝黄土背朝天的时代已经过去了。我把手伸向一辆奇大无比的自动化运粪车,车上安装着注水管道。液体肥料必须直接被注入到土壤底部,这样才不会被水流卷入小溪和河湾之中。猎鹰在空中盘旋,像火箭一般俯冲下来,扑向它的猎物。天空中总有猛禽在飞翔,就连高速公路的上空也不例外,这样的情景在我的孩提时代是完全无法想象的。在过去的几年间,人们在这里多次发现中毒而死的秃鹫。

当我背对着高速公路远眺时,从许多角度看去,扎勒赫姆和从前几乎没有什么区别。在这片景色中,土地、空气和水以一种相互流通的方式融为一体。按照若干年前的规划，一条货运铁轨将会从我们的土地上横穿而过。幸好这个项目直至今天都还没有开工。只不过，自然保护组织的广告牌倒是随处可见。管理河湾的恰恰也是他们。圩田中央狭长的芦苇沼泽带旁竖着一块牌子，那上面写着："野生动物自然保护区，请勿擅闯。""嘘……请勿打扰。"然而，相比十年前，高速公路更加川流不息。它终究还是选择了置若罔闻。

我登上绿堤，看见一片云杉林的边缘处立着一块牌子："享受这片大自然。"路肩上长满了蓟草花和荨麻。它们的绒毛散落在空中，随风飘散。在我约莫八岁的时候，我来到这片刚刚种植的松树林，从地里拔了一棵小树苗。我们的家里从来没有摆放过圣诞树，唯独那一年是个例外。我把我的战利品装进麻袋里，不敢带着它从坎普胡克大街上招摇过市，只能偷偷摸摸地穿过农田，越过水沟，爬过铁丝网，历尽千辛万苦地回到自家牲口棚跟前。我把圣诞树安放在布谷鸟钟底下，把包装纸剪成彩带，用来装饰圣诞树。我还在树梢上安插了一根点缀着珍珠的孔雀羽毛。

"缺心眼子。"我的哥哥笑着说道。

多年后，我们站在这片属于自己的土地上，等着用拖拉机和手推车把谷物运回农场。这个地方紧邻云杉林。承包商开着一辆巨大的、黄色的联合收割机，正在收割地里的谷物。动工之初，我的哥哥钻入飞扬的谷壳和灰尘中，沿着一架小梯子爬上行进中的联合收割机,坐上车子,行驶在田地上。我的心里充满了羡慕。不过,当天下午,那台机器就不好使了。任何事情的发生都有可能令收割陷入彻底的瘫痪,这件事也不例外。那时,收割机才刚刚开动了短短几个来回。时间非常紧迫,因为一部分成熟的秸秆已经弯曲,甚至是折成了两段。

一连几个小时,我们躺在高高的、青草丛生的内环堤上等待着。我们的头顶上方是两排白杨树。我们眺望着乡村,目光一直延伸到远方的地平线。广阔无垠的田野中,七十米高的教堂尖塔是最高的建筑。家里的农田在我们面前的低处展开。麦田雀跃的明黄依偎着松树林的墨绿,午后的阳光垂直地洒落下来,光线是如此充盈,这一切汇聚成一幅醉人的美景。青草轻轻地蹭着我们的腿肚子。蟋蟀发出唧唧吱吱的叫声。麻雀吵闹个不停,争夺着遗落在麦茬之间的谷物。我们抓起一团泥土,朝它们丢了过去。

自打我有记忆开始,我们就不停地重复着这些事情。我们才刚刚学会走路,就跟着大人们下地了。至于我那位天生醉心于农耕的大哥,就更不用说了,他早就全身心地投入到农民的生计之中。每到放学后,他就泡在牲口棚里,赶都赶不走。七岁那年,他就学会了开拖拉机。由于腿还不够长的缘故,爸爸专门为他做了一根拉杆,让他能够操控脚下的踏板。

正当我们躺在堤坝上的时候,我们却被猛地吓了一跳——凄厉的尖叫声,振臂的拍打声。我们身旁的运河里，一个鬼影蓦然升起。它长长的腿拖在身后，脖子努力地向前探，展开宽阔的翅膀，冲进树林。默默无闻的松树林生长得十分茂密。我们闯进矮树丛，推开黑莓的枝杈，脚踩着半腐朽的树桩，来到了一片地表软绵绵、冒着泡泡的空地上。我们抬起头，看见周围的树冠里筑起了大约十个巨大的鸟窝。它们围成一个圈。空气中充斥着嘶哑的叫喊声和翅膀的拍打声，因为整片鹭鸶聚居地的居民们整齐划一地飞了起来。我们瞠目结舌地看着它们。能够亲眼见到苍鹭这么不可思议的动物，我们的内心受到了很大的触动。这可是我们前所未见的。

如今，我走下堤坝，沿着森林的边缘，行走在田野上，追随着运输车在泥泞的土壤里留下的印迹，看着一只又一只的鹭鸶站在水塘里。即便我径直走到了距离它们仅仅十米左右的地方，它们却连头都没有抬。它们就像专心祈祷的僧侣一般，漠然地凝望着水面。它们摒弃了天性中的胆怯，完全适应了人类。反之亦然。我们不时可以看见垂钓者给鹭鸶喂食小鱼。如今，这些水塘和牧场受到自然保护组织的管辖，被称作"酪浆凹地"。生长着圣诞树的树林也成为了自然保护区，更名为"鹭鸶林"。

狭长的河湾流经整片扎勒赫姆地域，大峡谷的一侧便是横断堤坝。我坐在堤坝上。以前，每到冬天，我们就会用木条椅制成一个雪橇，跑到这里来拉雪橇。我们管它叫作"冰椅"。每到夏天，我们就会到这里来骑自行车、游泳，看看身穿最新潮泳装的农家姑娘们。峡谷右边是一片插满了木桩的渔人区。那里总是人影绰绰：有手持钓竿的小男孩，也有坐在小马扎上的老头儿。在木头脚手架上生活的人们如同亲人一般相亲相爱。一代又一代的人们在这里繁衍生息。对于生活在这里的祖祖辈辈来说，横断堤坝是他们生活中一个重要的组成部分，那里发生了许许多多的故事，与周围的景致交织在一起。

我却总是不由自主地想起邻居家的男孩。他在旋涡中溺亡。不过，到了英雄事迹中，这件事的主人公就变成了当地的一个偷猎者。故事发生在第一次世界大战期间。德国侵略者在当地的一个小城堡里安营扎寨，并把城堡命名为"军事指令"。这座小城堡位于扎勒赫姆的边缘地区，距离我们的农庄一公里路程。孩提时代，我时常去那里玩耍。趁着城堡空置的时候，我也曾进去过。令我惊讶的是，那里的厕所和农民的家里无异，就是在化粪池上摆上一块带洞的木板。另外，"城堡里的老爷们"拉的屎竟然也跟普通人一样臭。如今，这座城堡变成了海港大亨费尔南德·绪茨的公司总部。

战争期间，这名偷猎者由于拒绝交出一把猎枪而受到了抓捕，随后被关押在了城堡的阁楼里。他把几条床单系在一起，逃了出来。他奔跑着穿过扎勒赫姆。德国人很快就发现他不见了，立刻派出两条猎犬，对他实行追捕。这名偷猎者跳进大峡谷，可是那两条犬依然对他穷追不舍。就在他被追上的时候，他紧紧地抓住它们的口鼻处，把它们摁进水里，直到它们溺水为止。他毫发无伤地越过了

"死亡战线"这道将比利时和保持中立的荷兰分隔两地的边境线。在这道封锁线上,必要时会接通与电椅相同强度的电流,用以防止大量的人群逃离"德国的掌控"。

从前,生活在这里的人们生性放荡不羁。在绿地堤坝这个生活着农民、偷猎者和走私贩的小村落里,人们丝毫不听从上帝的旨意。据说,他们会为了微不足道的物质或是不值一提的事情,打得对方头破血流。那是一个"上帝从不降临"的地方。那里的人们过着与世隔绝的生活,"自给自足"。每当他们要到村子里去的时候,他们会说自己要"去佛兰德"了。临近战争结束时,这里的某个农民打死了一个德国人。这件事无人不知无人不晓,可是,却没有一个人将他告发。这个堤坝村落几乎千古不变,它总会唤醒人们对于古老时期那些恒久不变的记忆。

如今,大峡谷的堤岸却长满了芦苇、鸢尾花和黄色的睡莲,以至于人们再也无法在此地游泳。那里有一张长椅、一张用于野餐的餐桌和一块指示牌。指示牌上的文字告诉人们,大峡谷是在1584年至1585年间形成的。那时,安特卫普的自卫军取道斯海尔德河的大坝,全力抵抗亚历山大·法尔内塞指挥下的西班牙军队。长达几十年的时间里,在潮汐的侵袭下,这里开凿出了深深的海峡。历经二度围海造田后,它们以河湾和湾泊的形式留守在这片土地上。

从这个地方望去,大峡谷无疑比从前更美,更充满诗情画意。尽管如此,我的心里依然七上八下的。在一公里开外的地方，竖着十几块牌子。它们讲述着我们为什么如此珍视这片土地。那上面标注了供人观赏的地方，并且讲解着人们眼前的景象。它们带给我一种感觉：我就像是一个过客，一个旁观者；而这里的景象就是舞台的布景，就像在迪士尼电影里的那样。大自然不再是自然所给予的，不再是我们周围的存在，不再是自然产生的。它被交付到了一名看护者的手中。

周围竖起的牌子越多，大自然所失去的魅力也就越多。人类和大自然究竟还能承受多少魔力的丧失呢？我依然可以注视它，我也能够得到专业的资料，但是，我再也不是其中的一部分了。对于儿时的我来说，扎勒赫姆河湾不是独具一格的"黏液菌的天堂"，而是我可以摘得一捧又一捧的黑莓、给妈妈运回用白柳烧制成的木炭、跟我的哥哥一起抓兔子的地方。

坐在堤坝上的时候，我看见一辆外形招摇的越野车径直驶到牌子跟前。司机和乘客并没有下车。他们阅读了上面的文字，然后在智能手机上研究他们的旅途计划。

我的目光越过大峡谷，向着远方延伸。我看见了真正的、广阔无垠的圩田，在旧版的地图上，这个地方被称作"望眼殇"。地平线的尽头，核电站的冷却塔拔地而起，足有一百七十米高。只要环顾四周，就不难看出近些年来的变化趋势。农民越来越少，牛群越来越少，矮生果树越来越多，自然景象越来越多，当然，这是不用说的。

***

绕过几个弯道后,我来到了位于蟋蟀堤坝自然保护组织中央的"瓦砾湾泊自然之家"。那里有一座古老的农庄,外加一座果园和一片野餐区域。一块指示牌上提供了必要的文字说明和一只褐色的白头鹞的图片。没错,现如今,黑水鸡已经远远不能满足人们的好奇心了,至少也得是一只猛禽才行。

正当我坐下歇口气儿,享用着纯天然的啤酒和有机糕点时,一个留着白胡子、眯着眼睛的老头儿走上前来与我搭话。"哈,克里斯蒂安,您回来寻根了?"他笑着说道,"放心吧,我们保管得好着呢。"

原来,他是我从前在圣尼古拉上中学时的生物老师——西拉维·洛克福尔。他总是挺直了腰杆,两手背在身后,在课桌之间来回走动,同时,还充满激情地宣扬着大自然的奇迹。早在七十年代的时候,他就是基尔德雷赫特河湾地区的管理员。如今,他成了这个地区的自然保护组织中的一位大人物。他的热情和激情感染了我,令我想要跟随自然保护协会去野外旅行。我躲在自己的房间里,把各种动物的照片贴满了一本本厚厚的相簿,又在"小天堂"里建造了一座隐蔽的小木屋,用来观察鸟类。我在内心深处非常崇拜洛克福尔老师。他是一位老派的大自然爱好者,甚至会坐在铁轨上,举着放大镜,醉心于一株矮小的植物,丝毫留意不到六点半的列车已经徐徐驶近。

　　他告诉我说,他与大自然的关系简直可以用"虔诚"二字来形容。在他的眼里,一切都是上帝的创造,这也是他"信仰的源泉"。扎勒赫姆对于他的意义在于"亲昵感与安全感"。事实上,他觉得很难与农场主们统一立场。一直以来,他总是为小农们发声。可是,有机产业终究还是获胜了。大量粪便的生产使得水面上泛起了大麦啤酒一般的白沫,并且把河湾染得像豌豆汤一般碧绿。地下水水面的降低引致植被的生长变得杂乱无章,沼泽地一到夏季就会干涸。是啊,他曾亲眼见证过大麻鳽①的孵化,可是,这样的景观早已绝迹了。只有"机会主义者"受益匪浅,只因为那些物种能以最快的速度适应环境的变迁,例如寒鸦和鸽子。

　　"但是,整个扎勒赫姆都会变成自然保护区。"他斩钉截铁地说道,"全新的自然保护区。用不了多久就会实现的。对于港口和工业的发展,必须启用更多的生态补偿机制。更何况,在历经了五十多年后,现如今的我们在对抗土地集约的行动方面取得了成功,水平面也会由此而显著上涨。原先的混乱状况必须得到修复。"

　　他告诉我,在过去的若干年里,自然保护组织已经在这里购入了一连串的田地,并且还会在未来加大力度。这样的形势给所剩无几的农业用地造成了压力。以前,自然

---

① 大麻鳽,大型鹭类,是一种大体形的涉禽。

保护的目的是为了保护濒危的自然环境。如今，它的重心却变成了自然环境的开发。绿色地带摆出了防御姿态，想要侵吞更多的地盘。

我满腹狐疑地继续向前行走，看着他们围绕着几片玉米地所筹划的"杂草保护区"。另外的土地上生长着土生土长的树木，再也见不到外来物种。在圣雅各布之洞周围的土地上，生态环境得以自我"修复"。圣雅各布之洞这个名字的由来是因为此处的堤坝在圣人雅各布的命名日那一天决堤了。人们什么都不用做，柳树林、芦苇地、接骨木灌木丛以及杂乱无章的青草地就大肆地生长开了。

各式各样的牌子时刻提醒着人们"大型食草动物"的存在。它们的存在将会使这里的景致变回从前多姿多彩的面貌。简而言之，这正是弗兰斯·维拉这位思想巨人的生态学理论，这就是"更新世晚期荒野"。他提出，原始的景观不仅像其他专家所说的那样囊括森林，更是由于"大型食草动物"的畜牧习惯而囊括了开放的、公园式的地区。他的观点最初被大规模地应用于莱利斯塔德的欧斯特法尔德湖泊地区。如今，人们可以在那里狩猎，也可以观赏到自然保护区的"五大兽"——野马、原牛、马鹿、白尾海雕和狐狸。

因此，许多耕地又不得不变回自然用地——不再是农民专属的自然，而是真正的大自然。它们甚至已经有了名字。是全新的自然，是更新世晚期荒野，又或是自然遗迹保护组织在某次宣传活动中所称的那样——原生态。

我看见一头"大型食草动物"站在篱笆后面。难道它要凭一己之力把这片原始地带修复成原状吗？我认得它。它是"涡轮"，是绿地堤坝的牧羊人养的一匹懒马。它是一匹挪威峡湾马，却比绵羊还要温驯。

它嗅个不停，乞求食物。我给了它一块加了奶酪的切片面包。它吃得津津有味。我拨开它落进眼睛里的鬃毛，捏了捏它的脖子，抚摸着它的马肩隆。一个庞然大物瞬时勃起。

***

我站在大峡谷的堤坝上，心生崇敬地看着巨大的青铜狐狸雕像。它的名字叫"自由的狐狸"。不远处立着一块牌子，上面镌刻了《狐狸雷纳德》中的段落。这部作品撰写于十二或十三世纪，文中充满讽刺意味。故事的主要发生地大约就在瓦斯兰和泽兰-佛兰德地区的"香甜之地"。在这里，随时可以见到与故事内容有关的指引。数百年来，"狐狸捕手们"一直努力想要确定故事所发生的确切地点。

在我十六岁那年，我为安特卫普的一本期刊写下了我的第一篇新闻报道。报道的内容就与此书相关。在朝臣的强烈要求下，狡猾而又残忍的狐狸雷纳德被诺贝尔国王判处绞刑。令它受到处决的罪名是它在一座围墙高筑的农庄里谋杀了公鸡考佩，很多狐狸捕手们都认定，那个农庄正是"扎勒赫姆的农场"。旧版地图上的那座僧侣修道院农庄如今就在我们的土地上。每年，我们犁地时都能从那里挖出中世纪的石头来。雷纳德为了活命，愚弄国王说自己是唯一一个知道基雷克普特的宝藏所在之处的人。那是一片不毛之地，"荒郊野岭"。那是一片荒芜之地，一个萧条的、贫瘠的地方，那个地方既没有人，也没有动物，"只有猫头鹰或者在逃犯才有可能隐居在这片荒草萋萋之所"。

  早在十二世纪，扎勒赫姆的修道院就开垦出了这块如同弹丸之地般的圩田。修道院是在1136年建成的。在之后的几个世纪中，修道士们改将这些土地出租。根据一份古老的租赁契约来看，附近确确实实曾有过一片名为"基里克普特之地"的地域。因此，在我的脑海里，这个地方就是狐狸雷纳德的基雷克普特。唯一让我觉得遗憾的是我这辈子还没亲眼见过一只狐狸。不过，蟋蟀农场的农民派特里克倒是经常见到狐狸出没。多年来，他与瓦砾湾泊自然之家势如水火。他是一名真真正正的大自然爱好者，还把一只跛脚的仓鸮①带回家照料。要是有人以为自然就应该是迪士尼的模样，那么他真应该找一个夜晚时分跟着派特里克一起走进圩田看看。他把堤坝上一处狐狸的洞穴指给我看。它就在雕像的旁边。作为赫赫有名的机会主义者，这只狐狸终于久别归故里。尽管派特里克的庄园已经

---

① 仓鸮，是一种中型鸟类，又叫猴面鹰、猴头鹰等。

有大量的鸡和孔雀命丧黄泉，可是在派特里克的眼中，狐狸依然是一种高贵典雅的动物。更何况，他与那些环保人士不同，他清楚地知道，这里依然能够寻觅到大麻鳽的踪迹。它们才是基雷克普特真正的宝藏。

***

回到农庄后，我又在信箱里发现了一封来自农业部的来信。第一位检查员已经登门拜访过了。农业部的化肥质量监督检验中心前来测量了土地里的氮含量。不用说，我们耕地中的化肥含量自然没有超标。事实上，是一点化肥含量都没有。现在，农业部却告诉我不用理会这个检验结果，因为那位检查员常常弄虚作假。至少，这就是这封信的目的所在。

日后的某一天，鸽子从天空中掉落下来。而在这件事发生之前的几个月，某天下午，我开着车，驰骋在农庄上。我看见外墙后露出哥哥的面庞，他正焦虑不安地向外窥探。如今，每当有汽车驶入农场时，哥哥就会在心里想："检查员来了。"由于之前闹出的食物和环境丑闻，因此他们随时都可能来一场突然袭击，直接上门。这的确令人胆战心惊。

我的哥哥坐在后门外的门廊里，爱抚着那两只毛色泛红的公猫。母亲的腿脚已经不太利索，她扶着助行架，拖着腿走向牲口棚，想要去给一头小牛犊喂奶。

"他们是想让这些土地重新淹没在海水里吗?"他问道,"我们可是费了九牛二虎之力啊。我们的牛群都在那里吃草。"

"他们想要让这片土地回归原来的状态。"我说。

"那些环保人士想让圩田里少一些奶牛,多一些牧场。他们不让我们种植玉米,也不愿意引入大豆。谁知道他们到底打的什么主意?"

"他们的主要目的是增加大自然。"

"我一辈子都生活在大自然里。大自然是属于我们所有人的,换句话说,它不属于任何一个人。"

"他们想要看到更多的鸟类。还有更多的稀有动物。"

"这说的一定是狼吧?"他笑着说道,"比方说瓦斯兰狼之类的?"

这一直都是农民们津津乐道的话题。十年前,谜一般的瓦斯兰狼在泽兰-佛兰德交界处咬死了几十只绵羊。对此,媒体做了大肆的宣传报道。与此同时,环保主义者组成了"捕狼队",声称要活捉这种动物。发情的母狗、鲜嫩的羊腿、狼嚎的录音,无论什么办法都没能把它引入圈套。一连几个月的追踪,甚至还出动了直升机和警务人员,最后依旧无果而终。不过,很多农民却认为,它只不过是一只发了狂的流浪狗而已,最终被一名猎人一枪毙命。

那天下午,我说:"我怎么都不能理解,为什么农民和环保人士喋喋不休地争吵了这么久。"

"他们盯上了我们的土地,"我的哥哥回答说,"所以,挖空心思地用新措施把我们赶走。"

"他们明明应该是战友,而不是敌人。"

"在另外一些自然保护区,他们甚至用农药铲除蓟草花。这可是我亲眼所见啊。"

如今,他被强制要求执行零化肥,这使得他在一部分耕地上连一丁点的营养肥料都不播撒。在他看来,这就够难理解的了。然而,环保人士在经历了一系列对抗土地集约的努力后,居然允许这一地区的水平面适当上升,这更是彻底违背了他作为农民的天性。我们是在水渠边和堤坝下长大的。我们的生活中充斥着有关暴风雨和洪水的传闻。眼下,泥泞的土壤终于变干燥了,可他们却打算让这里再度变成沼泽?难道不远处的峡谷旁真的会有至少一百公顷的土壤面积被征收,最终变为沼泽地吗?爸爸要是知道了,一定会被气得从坟里爬出来的。

我哥哥所拥有的不过就是一座普通的农庄,根本不是什么有机产业。早在八十年代,他还开着拖拉机抗议过土地集约,声援那时的环保人士,这全都是源于他对自家土地的依恋。可是在那之后,环境问题导致了农民和城市居民之间差距的急剧加大。环境破坏者和动物虐待狂一律被称为农民。自此开始,他们变得更加孤僻,唯恐遇到他人异样的目光。在我哥哥看来,大自然对于环保人士的意义不过在于释放压力,可对他而言,这却是他赖以生存的地方,是他日日用双手耕作的地方。

这几年，瓦斯地区的圩田里来了一位检查员——一位环保卫士。他身着制服，武器傍身，是自然与森林管理处的一名行政官员。在一些人的口中，他就是瓦斯兰狼。他是一个外乡人，一来就给农民们开具各类的罚单，对他们延续了祖祖辈辈的做法进行惩罚。人们把比约恩·德义志称作严厉的年轻人。

"德国佬又回来了。"这个说法四处散播。

过去的几个星期里，整片圩田都散布着关于在一片新开发的自然保护区边缘所发生的一桩恐怖事件。一名年轻的越野摩托车手差点被一根系在两棵大树之间的钢丝缆索割断脖子。他的头盔被扯下，喉咙被割开，他本人一连昏迷了好几天。区区几个月的时间里，已经发生了四起摩托车手撞上锋利缆索的意外。报纸上说："这里鲜少见到痴迷鸟类的人。"圩田地区的周报《瓦斯快讯》上刊登了一篇题为《自然保护区里的谋杀意图》的文章，将这一锋利物品的矛头直指环保卫士。

调查期间，环保卫士也接受了盘查。显然，他曾经多次采取过针对摩托车手的行动，因为多年来，他们给这个地区制造了诸多不便。我不由得想起小时候的事情。那时候，每逢圣灵降临节来临时，爸爸就会带我们到位于离家几公里远的斯泰克讷去，在砖厂的黏土矿坑边观看盛大的摩托车越野赛。那是尘土、臭气和噪声的地狱，可是对于小男孩们，那却是荡气回肠的体验。后来，就连黏土矿坑也变成了自然保护区。

在各类意外事件的推动下，有关新自然保护区的矛盾上升到了白热化的阶段。我的哥哥又一次抛出他曾多次问过我的问题："为什么没有一本书写的是这方面的事情呢？"

## 第三章　凤　凰

　　今天像往常一样，乌鸦们争斗个不停，海鸥们发出刺耳的尖叫声。今天的天气更适合待在室内，可是我却再也没法守在家里了，我必须到外面去走走，到圩田里去。当我到达老阿伦贝格时，感受到的是刺骨的寒冷。目空一世的庄园、富饶的农田，所有的景象深深地刻在我的心头，挥之不去。圩田如诗歌一般，在眼前舒展开去。我再次感受到对于动力的敬畏——那是比从前强劲许多倍的动力。笨重的拖拉机就以这样的动力从我的面前呼啸而过。年轻时，哥哥深深地热爱着农业机械，因此，他偶尔会在收获季节来帮农场主们收割。

　　走过阿伦贝格圩田，在基尔德雷赫特去往杜尔的半途上，还坐落着一座荒芜的农庄。人们称它为"瓦勒农场"。农庄壁垒森严，临街的一侧是一处华丽的住所，背后一侧是一个引人注目的鞍状屋顶的棚屋。作为农家长大的孩子，见到这样的房屋，一定会心生崇敬，绝不可能视若无睹。沿着阔气的筑堤走进入口，自然而然就能理解人们口中的那句"唯有农民和国王才能拥有农场"的含义了。

现如今，牲口棚露出光秃秃的屋顶横梁，就像是广袤的水潭和沼泽地之间裸露出一片未经处理的肋骨网。绵绵细雨中，几百年历史的梁木、椽子和檩条折射出阴森的光芒。路边的指示牌上清楚地说明了，淡水河湾、芦苇地和庄园旁的路禽栖息地是在近些年，出于"生态补偿机制"的考虑开发而成的。此外，为了避免扰乱鸟类的生活，上百公顷的栖息地和繁殖地都是禁止入内的。

"有什么新鲜事吗？"罗杰·范·盖瑟尔问我。他是瓦勒农场的最后一位农民。尽管那里已经不再是他的农田，可他还是几乎每天都会去。

"没什么特别的。"我说，"大峡谷附近的耕地也变成自然保护区了。已经延伸到圣吉尔了。"

"那也能算是大自然吗？"他一边问，一边指着田野周围的景象，"就凭那些杂草？那些沼泽地？那些乱糟糟的平地？"

对他来说，野生动物通道触碰到了他的底线。那是一条钢筋混凝土建成的隧道，横穿公路。建造这条通道时，水管曾一度爆裂，由此白白流失了成百上千吨水。这条隧道的目的在于为黄条背蟾蜍打开一条可以自由出入的通道。也许是一种后背有黄色条纹的被缠起来的锄头吧,罗杰暗自猜测。

对此,他忍无可忍。他的农舍是一座混合型的家族企业,那里随处都能见到自然景观。每年都有燕子、猫头鹰和蝙蝠在棚屋里筑巢。他自家的田野里以及邻居家的农田里都种植着许多水果树,那里生活着整片圩田里最后几只繁殖中的赤胸朱顶雀,只是它们最终还是被拆迁队赶跑了。这些事情被大名鼎鼎的鸟类学家写进了抗议书里。就连那些水果树也被连根拔起,只因为它们阻挡了鸟类的飞行线路。显然,以鹅为首的动物们非常需要跑道,就像布鲁塞尔的扎芬特姆机场和阿姆斯特丹的史基浦机场的那样。

是啊,终于,罗杰渐渐地理解了:一片欣欣向荣的果园、一片翩翩起舞的玉米地、一片遍地奶牛的牧场,这一切不再是真正的大自然。他黯然神伤地望着街道上辘辘行驶的拖拉机。"快看,他们又在制造大自然了。"

我的猜想完全错了,手推车不再是用来运输农产品的工具了,它们负责运输远处德莱堤坝旁为了建造大自然而挖出的圩田泥土。他们把土倒入杜尔码头。这座码头因为设计失误而从未投入使用,是港口的众多豆腐渣工程之一。码头已经被填充了一半。人们甚至可以在上面行走自如,脚上连一滴水都不会溅到。

就连老阿伦贝格这个地方,也已经在几年前被刮去了黑乎乎的黏土层。这更是让事态每况愈下。在罗杰的眼中，这更是显得不可逆。正是因为有了这一层肥沃的黏土，这片圩田才能成为全欧洲最高产的土地。这一点，当地的农民已经不厌其烦地在书信和请愿书中解释过了，可是，他们总也没有得到回应。"他们到底知不知道，一百公顷的圩田每年所产出的粮食总量保障了四十一万七千个面包、五十八万公斤的土豆、二十万公斤的糖、十七万九千公斤的玉米和四万六千袋洋葱？"这样的计算结果详尽无遗，却连当地的媒体都没能打动。

　　罗杰平静却又焦灼地向我展示了整座农庄，就像农民们惯常的那样，就连牛棚的角落都没有放过。一开始是被拆了一半的高高耸立着的棚屋以及它的四个横厅。侧翼的是雇农房、马厩和牛棚，彼此之间用木栅栏隔开，这些木栅栏在拆建过程中幸存了下来。圩田里有一座巨大的、单独的棚屋，那里面有足够的空间用来存放谷物和饲养牲口。自古以来，那都是农庄的核心所在。这一点，只需翻看中世纪的观赏图就可以得到证实。很多时候，人们都是先建造棚屋，之后才建造住所。

　　田野里的沙砾在我们的脚下发出吱吱嘎嘎的响声。我们围绕着房屋走了一圈，路过了烘焙房和挤奶房，然后穿过一道厨房门，走进屋里。罗杰摁亮电灯的开关，又拧开水龙头，让我感受一下锅炉烧出来的热水。是啊，一切都运转得井然有序。厨房和浴室是他在近乎二十年前翻新的。在那个时候，住在这里的人们几乎谁都没有听说过什么欧洲鸟类及栖息地指令。

这座农舍的房屋结构跟我们家的一致，临街的部分是豪华会客厅、主卧和卧室，儿时的罗杰就是在那里目睹了他祖父的离世。后屋部分是客厅、厨房、地窖和飘窗屋，飘窗屋里还挂着他结婚时穿过的那件黑色的长款大衣。壁炉很大，是十八世纪的产物。那上面有一只用彩色灰泥绘制成的凤凰，它挥舞着灼热的翅膀，张大嘴巴，脱离火海，飞向太阳。

走过一段又陡又破的台阶后，我们就来到了存放谷物的阁楼，它简直像教堂一般宽绰。从前，罗杰就是站在这里看着父亲把一袋袋沉重的谷物背上楼的。如今摆放在这里的是蓝色的塑料口袋，口袋里装着晒干的树芽和根茎。"全都是环保人士的绿色作物，"罗杰说，"他们才是农场的新主人。"

正门宽敞而又典雅，上方的青石上不仅刻着1791这个年份，还有彼得·范·瓦斯玛尔和他妻子伊莎贝拉·范·德瑟的姓名缩写。彼得曾在六名雇农、女仆和八匹挽马的协助下，耕作了这里的四十二公顷土地。为了耕作坚固的土壤，他们有时甚至还会动用由三匹马牵引的犁。他所拥有的主要有小麦、裸麦、燕麦、三叶草和牧场。家养的牲口包括了七头奶牛、一头小母牛、一头公牛和三只猪。

待在这里，罗杰感到他的祖先们就围绕在他的身旁。可如今，"新主人"却刻意想要屏蔽这些过往。毕竟，过往已经变成了坎普胡克大街上的古董及复古商店以及自然之家开设的怀旧工艺周末特展的专利。

"咳，你一定会亲眼目睹的，"罗杰一边说，一边望着剥落的外墙和窗户，"看到东西的损毁速度有多快。"

"不光是东西，还有人。"

"周围到处都住着我们的家里人。"罗杰说，他的下嘴唇不住地颤抖，"曾经，这里的人们彼此之间都认识，而且还互相帮助。约定的事情雷打不动。可是，现在却全都不一样了。"

当装有土地征收决议的信寄来时，简直就是晴天霹雳。农田和牧场必须为全新的"西部凹地"生态补偿机制用地让道。他们将要拆毁四座农庄。在这之前，已经有人告诉过罗杰，瓦勒农场会被保留下来，因为它已经被收录到建筑遗迹的资产目录里。

这个地区与山清水秀的过往做了一个彻底的决断。而这一地区自十二世纪，又或是十三世纪以来，首度被排干水、围海造田，从此再也没有具备过农耕以外的职能。显而易见，规划者随意地挑选了一块地皮，丝毫没有考虑到，有些家庭已经在那里耕作了好几个世纪，世世代代与海水做着抗争。他们是伟大的、骄傲的圩田农民。

"上帝创造了世界，农民创造了圩田。"从前，这里流传着这样的说法。

如今，工程师和咨询公司谨小慎微地想出了一个全新的意图。他们一切仰仗测量仪，就连鸟类和蟾蜍也不例外。一眨眼的工夫，这里就挖掘出了一片巨大的淡水河湾。现如今忙着创造新自然的人们也恰恰就是曾经在别处摧毁了旧自然的人。

第二年，这里就已经发现了大量田凫、黑尾塍鹬、红脚鹬、反嘴鹬的踪迹，甚至还有云雀。它们受到引诱，从其他地区来到这里，满腔热情地降落在西部凹地。成千上万只鹅涌入河湾。这非常有效。这样的做法几乎等同于在花园里放上食槽，引来四周所有的小鸟。

"可是，如果大自然没有了根基，而且存在的时间又很短暂，那么自然景观又有什么意义呢？"罗杰很想弄明白，"港口打算在几年之内吞并这块地盘。"

我不知道该怎么回答他。

最后一头奶牛被装上了卡车，最后一拨成熟的庄稼被收割一空。停止农耕，这简直就是当胸一刀。农舍不愿罗杰离它而去，而他也同样不舍得离农场而去。他知道，那些人可以把一个农民从他的土地上赶走，却无法把土地从他的心里驱逐出去。他宁愿每天来到这里，看看这片祖祖辈辈耕耘过的废墟，也不愿意无所事事地坐在家里发呆。

在一个滴水成冰的早晨，施麦特拆迁公司的拆迁队来到瓦勒农场。当天，罗杰也在场。他跟这些人很熟。他们来自一个农民家庭，就住在几条街开外的那个地方。他们不仅下地做农活，也常常给拆迁公司打工。拆迁进行了没多久，罗杰就开溜了，因为他再也看不下去了。为什么非得把这里拆除呢？据环境保护组织所说，是为了在不"扰乱"夏候鸟的前提下，创造一片"性质不变的自然区域"。显然，相比码头和工厂而言，鸟类更习惯有房有田地的生活。

这一切终结于激进分子和警察之间的一场混战。很长一段时间里，这片农场由名为"杜尔2020"的活动委员会接管，可最终还是被警察强硬拆除了。一辆推土机狠狠地撞向旧栅栏，把棚屋的侧墙夷为平地。示威者被他们从橡木质地的屋顶横梁上拎了出去。身穿白色工作服、戴着口罩的工匠们开始着手拆卸波浪板，那里面含有经加工的石棉。所有的东西必须尽快完成，因为从3月15日开始就进入田凫的孵化期了。可是，由于抗议的声音依然源源不断地传来，因此拆除工作到底还是中止了，被迫等待对于农庄传承价值的研究结果。

我们离开了被标签化了的农场。栅栏已残缺不全，新主人用一把挂锁把它封了起来。罗杰爬过栅栏，回到了位于基尔德雷赫特镇中心的新兴住宅区，其他被剥夺了农场的农民们也都住在那里，住在漂亮的房屋里，享受着现代化的便利设施。在那里，时而能够在草坪上见到一匹聚酯纤维材质的马，又或是一把旧日里用过的犁。

有关农庄传承价值的研究结果公布后，瓦勒农场就被保护起来了。棚屋也必须恢复原状。不过，罗杰丝毫没有被劝服。所有古老的、宝贵的农场都承载了圩田的历史，可是过去的几年里，它们几乎无一幸免地消失了。"就算是这座农场，他们也会由着它自生自灭，到时候，问题自然就迎刃而解了。"

现在,这个地方似乎已经丢失了一些本质的东西,就像是诗歌被删去了一个篇章,甚至连诗人本身也迷失了。

在他离开后,我在围绕着自然保护区的铁丝网上发现了一只吊死的鹅。显然,它错误地判断了自己的降落路线。不远处有成百上千只鹅正漫步在草丛里觅食。尽管天色已暗,我还是在距离它们五百米远的地方看见牲口们蹦蹦跳跳地围绕在这里唯一一座依旧辛勤运作的农庄周围。这座农庄位于皮伦堤坝,坐落在道路的弯道处。

我的心里产生了一种骇人的感觉:我与那些牛群似曾相识。

\*\*\*

我来到堤坝的另一边,坐在汽车里,眺望着堪称这个国家最美自然保护区的其中一处,周围的人们都管它叫"凹地"。早在几个世纪前,这里曾是泥炭工人们的胜地,他们留下了一片盐碱牧场。牧场里布满了河道、沟壑、泥坑和水塘。这是一片古老的农家景色,生长着稀有的植物和鸟类。只不过,这片自然保护区只在2007年之前受到保护,之后便被掌管该地区的自然保护组织淡忘了。按照港口所制订的计划,在未来几年内,这里将被覆盖上一层沙土,从人们的视野里消失。

整片地区都被征收了,毗邻的房屋和农庄也不例外,而偏远地区则已经被笼罩在肮脏的泥淖中。一小块区域早已葬送在海港工程中，而那项工程却最终成了历史遗留的豆腐渣工程。作为自然保护组织在这一地区的傀儡，希尔德加德与凹地抗争了整整十年。然而，这样的压力令人难以承受。大树在没有得到任何许可的情况下被砍伐，排泥管"意外"地被打开，运河被截流，导致水平面持续上升，盐碱植物渐渐枯萎。在希尔德加德看来，这简直就是卡夫卡所预见的写照。

站在堤坝上，整片泥炭地以及上升的蒸汽都尽收眼底。中世纪时泥炭工们所划分的狭窄的地块依然清晰可辨。一缕长长的烟雾向空中升起，在我的身旁萦绕。我无法理解为什么以前的人们会相信水鬼的存在，就像奥萨特那种会在深夜跳到人脖子上的笞魔。如今，再没有人相信什么水鬼，顶多也就是在万圣节时的奥萨特游行队伍里听到一些民间传说而已。

当我用手机打通希尔德加德的电话时，我被她的反应吓了一跳。是啊，她并不愿意跟我一起到凹地去，她觉得这会带来"太过强烈的情感冲击"。对她来说，参加环境保护运动不过就是把垃圾捡到一旁罢了。剩下的就交给专业人士去处理了。是时候增加现实主义色彩，减少抗争了。我们不应该继续在激情和浪漫主义上浪费时间，而是应该把时间节省下来，用在"补偿计算机制"和"生态基础设施"上。是时候像普通人丢弃零钱似的放弃凹地了。

九十年代末，我结识了希尔德加德。那时候的她还被视为"圩田的热情之花"。她与农民和居民们结成统一战线，如火如荼地和港口抗争，要求他们提高对百姓苍生和环境的重视程度。在她看来，这是一个集生态、文化、社会和道德于一体的问题，其起源一直可以追溯到她家住卡罗的祖母无家可归的那一天。

自从政府在1998年决议挖掘都尔冈克码头并且清除圩田里的杜尔村以来，她历经了不计其数的司法程序。随之而来的是多年的司法和政治角逐。当生态保护群体和"杜尔2020"成功地令参事院推迟分区规划后，就连新码头的工程也陷入了长期的停滞状态。这耗费了成百上千万的欧元，并且导致港口管理层和政府的态度从根本上发生了转变。"整件事的成果，您和我都已经了如指掌。"希尔德加德在电话里说道。

自从飞行炸弹之后，安特卫普的港口还从来没有经历过这么强硬的袭击。违反环境法的结果就是灾难性的抓捕。欧洲鸟类及栖息地指令严格地规定了哪些鸟类和栖息地应当受到特别保护区的保护。几乎整片左岸地区和全部的西斯海尔德河都已经上报为欧洲的受保护地区了。它们只有在出现"有关重大社会意义的紧急原因"以及自然损失由足够的"补偿机制"进行弥补的情况下，才可以被破坏。

法庭裁决刚一宣判，港口和自然保护组织之间就建立了联系，并达成了合作的意向。港口地区总面积中的百分之五将被留作生态基础设施的建设，除此之外，他们还将共同探寻必要的补偿机制。港口将承担自然保护组织中三名员工的薪酬。稍后,自然保护组织的人还会在港口董事会中占有一席之地。从前的敌人握手言和了。

在2001年年底,佛兰德政府还继续向前迈进了一步。在港口的要求下,政府颁布了一项"紧急法令",终结了圩田居民们的司法参与权。在那项法令中,不仅都尔冈克码头的工作被安排妥当,甚至还完善了农业方面一整个系列的自然赔偿机制。他们必须通过建设新的码头以及开展港口工程的方式,补偿过去十年所造成的自然损失。环境保护运动圆满完成,并且有效遏制了一切反对活动。

马路边那块歪歪斜斜的牌子几乎已经四分五裂了,只有那上面的文字还依然如故地称赞凹地自然保护组织为"斯海尔德圩田上的明珠"。照他们所说的,盐碱地渗水、开发泥炭所造成的微地形、耐盐碱植物、成千上万只处于孵化期或是前来过冬的小鸟,这些全都是世上绝无仅有的。多年来,希尔德加德和她的志愿者们在这片土地上收割、砍伐、修剪柳树、清理垃圾。这片荒废的、无人问津的土地如今却不可避免地急速衰败了。

这也就是为什么希尔德加德在电话里说她不愿意跟我一起去的原因。自然保护人士不是一直都支持维护杜尔村庄和圩田地貌的吗?他们怎么能够同意葬送历经一个世纪才形成的自然保护区,并且毁掉这些具有历史意义的农庄呢?他们一直以来不都是努力想要构建一个交错的模式,好让人类和大自然可以和谐共处的吗?不,如果选择权在希尔德加德手中的话,她是肯定不会放弃凹地的,永远不会,无论处于什么境地都不会。

***

"死亡之鸟又来了。"

每当妈妈看见银鸥落在对面美术学院的屋顶上时,她就会害怕得瑟瑟发抖。有时候,它们会欢叫着俯冲下来,直奔人行道上的垃圾而去。有时候,它们会在她的阳台上空盘旋,心烦意乱地拍打翅膀。不知出于什么样的原因,妈妈总是把它们看作坏天气的预兆以及死神的使者。

今天,康复中心的休闲大厅里有民间舞蹈的表演,妈妈很想去看看。我给她穿上一件花衬衫和一件紫色毛衣,又给她围上了一条蓝色的围巾。由于坐轮椅的缘故,她的裙子时常会往上耸,露出她纤细的双腿。我把她的裙子往下拽了拽。对于她下巴上的几根毛,我不得不动用刮刀,给她刮干净。

"你怎么一句话也没有呢?"坐电梯下楼时,她问道。

"怎么了?"

"我花了六十欧元理发,却没有人夸过我的发型。"

"很好看,妈妈。"

来到楼下的走廊里,助行架、助步器、轮椅排着长长的队伍。大厅里人头攒动。每个人都享用着咖啡和点心。妈妈的手抖得厉害,把食物撒了一地。她觉得自己很可悲，因为她再也不能得体地吃饭、喝水了。她已经丧失了许多能力，然而，她的羞耻心却完好无损地保留了下来。

音乐开始了。尖厉的小提琴、有节奏的敲鼓声、一支欢快的口琴。舞者们穿戴着十九世纪的农民服饰。男人们围着带白色圈圈的红色的领巾，戴着鸭舌帽，身穿齐膝的灯芯绒短裤。女人们戴着白色的宽檐帽，围着五颜六色的围巾，穿着大裙摆的裙子，系着层层叠叠的围裙。他们围着彼此转圈，把腿踢得高高的，晃动脑袋，把鞋跟踩得嗒嗒响。

"快看看那些摆裙子的女农民啊。"妈妈笑了。老人们伴随着音乐，轻轻地拍起手来。平日里负责带领一组志愿者组织演出的职能治疗师艾迪骄傲地捏了捏妈妈的肩膀。

一个女孩分发着"钳子手小德里斯"民间舞蹈团的宣传册。他们将在这个周末举办他们的传统节日庆典。以前，妈妈也去过他们那里。"钳子手小德里斯"曾经是本地的一名神医。他的本名叫安德里斯·德·科勒克。在十九世纪中叶，百姓的生活落入了谷底。身为小佃农和纺纱女工的儿子，小德里斯不得不从很小的时候就开始当雇农。就这样，他来到了泽兰的一座大农场。那里的一名老雇农声称自己懂一种万无一失的治疗手法，可以治愈各种疾病。他来回地揉着病人身上疼痛的地方，嘴里还滔滔不绝地念着祝祷词。

1851年的秋天，小德里斯来到拉尔的一座农场。那个地方离我们的庄园不远。饭后，农民请他搭一把手，帮他患有风湿病的妻子铺一下床。小德里斯想起了魔法经文，他还没触碰到那个女人的腿,她就感觉到全身上下一阵抖动。他看出了效果,于是继续捏。几分钟后,那个女人又可以行动自如了。从那一刻起,他便获得了"钳子手小德里斯"这个称号。他始终坚信,他神奇的捏功是从"上面"来的。

神医的故事流传开来,没过多久,就有身患风湿病以及其他病症的人上门来找小德里斯了。他治好了一位又一位患者。他变得远近闻名,人们不远万里地赶来,请他治病。圣吉尔的旅店老板们大发一笔横财。他很快就开始在不同的城市安排"出诊日",由此富甲一方。甚至还有人从国外赶来见他。尽管钳子手小德里斯的下场十分不堪,可他还是成了我们这个地区继伊西多尔修士之后最著名的农家子弟。

伴随着长长的一曲圆舞曲,民间舞者们蹦蹦跳跳地离开了大厅。老人们用力地鼓掌、跺脚。他们欢笑着彼此对视。

"那些女农民跳得可真好啊。"妈妈说。

只不过,她的喜悦总是那么短暂,瞬息过后就变成了悲伤。"可是,我却连路都走不了,更别说当农民了。"

一直以来,妈妈的首要身份就是农民。农场、牲口棚、菜圃,这些不仅是她的工作,更是她的生活。相比之下,她在家务事方面并没有那么擅长。不过,需要做的事她倒是一项也没有落下:做饭、拖地、补袜子、编织、缝纫,可没有任何一项是她心甘情愿想做的。她更愿意到户外去，到田野上去。我至今都忘不了土豆烧焦的气味，因为这是她常常取得的成果。我们每天吃两次土豆，中午吃的是煮的，晚上吃的是烘烤的，餐前的配菜分别是浓汤和酪乳粥。我们靠着农家的粗茶淡饭过活。房子里总是弥漫着当天饭菜的气味，因为那个时候还没有抽油烟机。

当然了，每天清早把我们叫醒、验收我们学习成果的人也是她。检查功课、在我们的成绩单上签字的人还是她，只不过，她签的是爸爸的名字。她会去开家长会，监督我们在学校的表现。所有这些事，爸爸从来都没做过。除此之外，妈妈还负责农场的文书工作，处理一切与金钱相关的事务。

烟囱的旁边挂着一片印有名言警句的瓷砖，上面写着："父亲动动嘴，母亲跑断腿。"每当我们看到这句话的时候，总是忍不住大笑起来。这句话反之亦然。爸爸甚至连自己的背带放在什么地方都不知道。

"老板没在家吗？"商人们来到农庄时，总是这样问她。接着，他们时常会遭到一通训斥。没有她的批准就想卖掉一仓库的土豆或是一窝小猪，这样的事是想都不敢想的。

"快点，我们去练习一下。"妈妈说。

她想要像平时一样，赶快到楼上去"踏步"。她穿上整形鞋，用力撑着助步器，试图在我的搀扶下在房间里行走。她扭曲的左脚费力地向前挪动，落在右脚的跟前，以至于差点把自己绊倒。加上右腿的使劲一甩，她像一个机器人似的挪动起来。她上气不接下气地来到走廊里，在电梯旁的椅子上坐上好几分钟的时间，让自己歇口气。

一个年迈的、颤颤巍巍的老头儿扶着助行架，哆哆嗦嗦地向前挪。我主动提出扶他回房间，可他却告诉我，他是来探望自己的母亲的。下一秒钟，前方走来一位人高马大、身形健壮的妇人。九十五岁高龄的她险些把他挤扁在怀里。这是钳子手小德里斯的时代从未出现过的现象：老年人照顾更年迈的老人，甚至还有可能倒过来。

"我觉得自己的力量越来越弱了。"妈妈哀叹道。

我揉着她酸痛的腿，在心里默念："万物皆有灵的主啊，该隐就是亚伯。以圣父、圣子、圣灵的名义，阿门。"

神父在走廊上经过。他的身上裹着长长的、绿色的十字褡①。他的手里拿着恩膏②。又是一次大限将至。

\*\*\*

晚些时候，我回到老阿伦贝格，来到堤坝上的最后一座庄园。除了它，皮伦堤坝就只剩下一些坝上小屋以及屋子后面五彩缤纷却又杂乱无章的小花园。就算是仅剩的庄园，也不过就是一片古老的田野外加一座带有门阙的小教堂而已。只是，在过去的几十年间，庄园经历了重建，加

---

① 十字褡，是神父或牧师主持圣餐以及弥撒时穿的无袖长袍。
② 恩膏，是基督教中神职人员为人临终前施涂油礼时所使用的膏状物。

盖了现代化的牛棚，外形看上去就像工业大棚。后面是储藏饲料的地窖以及一摞摞覆盖着白色塑料的干草；前面是西部凹地自然保护区。

一个名叫莫妮克的年轻的金发女农民从牲口棚里走了出来。她的脚上穿着高高的靴子，身旁跟着一只黑色的狗。我们先是谈论了天气、价格和几乎一贯使用的剖腹产。这家企业有两百多头属于比利时蓝牛种群的大屁股牛，它们身上的肌肉极其强壮，以至于没有一头小牛犊能依靠母牛的自然生产来到这个世上。牛棚里设置了一个产房，里面摆放着手术台、巨大的灯以及滑轮，以便把小牛犊从母牛的身体里拉出来。

"它们属于一个美观而又温驯的品种。"莫妮克说，"只要不过分挑衅它们就行了。受到健康问题困扰的动物越来越多，包括腿脚不便以及肺部虚弱。流产就更不用提了。"

"是啊，法国利木赞牛绝对比它们强壮得多。"我打趣道，"不过，它们毕竟是一整个冬天都在盐碱滩上游荡的。"

我觉得我最好还是不要提起我们家的大屁股牛。我打听到，我们的牲口供应商把几十头奶牛和小母牛都转卖给了这家企业。

我们看着瓦勒农场的设计图。与从前相比，它更像景色中的一个信标了。就连坐落在皮伦堤坝上的这家企业的地盘也已经被自然保护区征收了，尽管这座庄园的位置刚好位于规划区域的界外。要是没有了环绕在周围的田野，这座农场就会失去它大部分的价值，直至彻底失去销路。土地征收委员会专员的手段很强硬。尽管一个女人独自身处在这个男人当道的世界实属不易，可是莫妮克还是希望她可以在这里多待几年。她心里很清楚，如今的农民们为了争夺豆腐干大小的一块地皮，什么事都做得出来。

"我已经什么都知道了。"我说，"你还好吗？"

"唉。"她叹了一口气。

不久以前，自然与森林管理处组织了一次信息之夜的活动，活动针对的是那十几个将在新建自然保护区参与到"监管农业"工作中去的农民。皮伦堤坝的农庄上有一位名叫卡尔的农民。他在基尔德雷赫特的大峡谷拥有一家餐厅。聚餐那天，卡尔也在场。那天的聚餐达成了一项重要协议，那就是：只有当初生的小鸟"学会飞行"后，才允许奶牛到草地上去；入冬前，青草必须被修剪得很短，以便过冬的鹅可以"觅食"；禁止使用农药；禁止肥料污染。从农业角度而言，这片新的大自然对农民来说简直索然无味。他们并不能从管理工作中赚到钱，而且青草贫瘠而又缺少蛋白质。只不过，从行政角度而言，却是精彩纷呈。面积与所获得的补贴以及肥料运输的预算成正比。

转眼到了午夜时分。卡尔死在了回家的路上。第二天，这个消息传遍了整片圩田。他的死因是脑溢血。

奇怪的是自然与森林管理处的环保卫士接受了警察的审讯。审讯以当晚发生的事情为中心展开。没错，就是比约恩。

莫妮克清楚地记得,当她的孩子在路禽栖息地溜冰时,环保卫士是如何把他们赶走的。在水渠和运河里溜冰——这不应该是属于农家孩子们的传统吗?到了夏天,他们同样再也不能到淡水河湾去游泳了,要不然的话,他们就会收到比约恩开具的传单。其实,他们也早就不愿意做这些事了,因为在他们最后一次来到那里时,周围充斥着鹅粪的臭味。是啊,和从前不同的是,水塘里那些绿莹莹的东西早就不再是青蛙产下的卵了。依我们所见,体形庞大的鹅每天产生至多八百克粪便,跟人类无异,难道这还算不上是过度施肥吗?

她忐忑地笑了笑,说话的语速很快,常常用到"真正的"这个词。皮伦堤坝真正的是一个工薪阶层的住宅区,这里住着真正活着的人,跟城里的新型住宅区完全不同。他们把彼此家里的门槛都踏烂了;他们偶尔也会吵得不可开交,可是一旦事情过去了,他们又会肩并着肩。她的两个孩子有幸在这里长大。这里的人们遵循着季节的交替,一天又一天地守着动物和植物,透过窗户望着晨雾消散、夕阳西沉。

来吧,她又要开始每天例行的牲口清查了。她允许我坐上她的吉普车,跟着一起去。车子的前座上放着一副望远镜和一张记录涨潮、退潮的时刻表。她来到家门口的生态补偿机制用地,把奶牛一头一头地指出来,毛毛细雨中,它们已经被冻得失去了知觉。自从建设了全新的大自然,平原上每到夏季就长满了雅各布千里光①,这更是加重了莫妮克的忧虑。雅各布千里光一旦被晒干了就会有毒。因此,尽管农场上堆放着一捆又一捆的干草,她却不敢用它们来喂养牲畜。她真的得把它们送去焚化炉吗?

随后,她沿着凹地的泥炭区,行驶在堤坝上,在泥泞的地上留下坑坑洼洼的车辙。白柳的枝条拍打在车窗上。所有的大屁股牛都情同手足地聚在一起,在水池里蹚水。莫妮克很喜欢看着牛群游泳,看它们只留一个黑乎乎的脑袋顽强地浮在水面上。

我们继续向前行驶,来到繁祉圩田。肥沃的农田似乎一直延伸到远方的地平线。"富饶的泥土,可是很快,这里就会变成一片泥沼。"莫妮克说,"眼下,这里的一切都还完好无损,看护有加。不过,这也是最后一年进行农耕了。看看吧,试着想象一下一切都不复存在的模样:黏土、农田、树木、农场。"

越过交界处,我们驶上斯海尔德河堤坝。雨水啪嗒啪嗒地滴落下来。我们径直来到观鸟亭旁的停车场。出现在我们面前的是萨弗町赫的淹没地带。这是一片3500公顷的浩瀚的咸水地区,自从1584年的洪灾之后,这里就再也没有启动过围海造田的工程。在泥沼和盐沼之下,埋葬着成片的村落和圩田,甚至还有城堡和一座灯塔。有时

---

① 雅各布千里光,在中国又名新疆千里光,是一种菊科千里光属的植物。

候，古老的教堂坟地上还会冒出一些白骨。有时候，牛的骨骼会被冲刷得干干净净。五百年前的它们正是在这片圩田牧场上吃草觅食。

莫妮克掏出一把钥匙，打开闸门，驾驶着吉普车进入自然保护区，穿过哈斯堤坝，局促不安地清点着褐色平原上的家畜。奶牛们挤作一堆，站在靠近斯海尔德河的一个小土堆上。有时候，奶牛们会恰好挡住彼此。经过长时间的清点和复查后，她得出了四十九这个结论——缺了一头。

四位农民分别掌管盐沼地中的一部分。在刚刚过去的严冬里，他们总共失去了十二头奶牛。它们或是淹死在峡谷里，或是被流沙卷走。由于自然保护区内不允许农民们开着拖拉机进去把它们拖走，它们的尸体只能被就地掩埋。如果连这样都不行的话，那就只能把它们留给大自然去清理了。过上一两个月的时间，就见不到它们留下的任何痕迹了。对于埋葬虫、乌鸦、猛禽、狐狸来说，这简直是手到擒来。仅仅在萨弗町赫这一个地方，人们就已经发现了十五处狐狸洞穴。渐渐地，它们已经多得对公路安全构成了威胁。不久前，莫妮克在暮光笼罩下朝一只狐狸开了一枪，大灯灭了，野兽死了。

那些家畜享用着盐碱植物和青草所带给它们的盛宴。这也令它们的肉质带有些许咸味。另一位养牛的农民歇尔特在他的网站上写着"比利时蓝牛——产自盐沼地"。不过，莫妮克并没有加入到他们的行列中。以前，这里也曾把盐沼地出产的羔羊肉当作美味佳肴，大力推广，可是，在九十年代期间，萨弗町赫的牧羊人在一场恶意营销中成为了牺牲品。绵羊的体内会因为饮用了受污染的斯海尔德河河水而饱含重金属。那个时候，又有几十头羊由于身上的毛吸满了水而淹死。报纸对此大做文章，称其为虐待动物的行径。从那时起，管理这一地区的泽兰景观集团便明令禁止饲养绵羊，尽管这是一个承袭了若干个世纪的风俗。

今年冬天，莫妮克一头奶牛也没有遗失。不过，那五头红色的利木赞牛也着实让她担心了好几个月。说得好听一点，这些法国的品种真真正正是大自然的产物。说得难听一点，就是不受驾驭。尽管莫妮克也努力了，可最终还是没有把它们关在室内过冬。它们在盐沼地里游荡，在峡谷里游泳，以雪为食。这让管理层很是不悦。他们原本想要在十一月前把所有的牲口全都赶走。然而，直到临近春天的时候，当它们饥饿难耐时，才终于受到了食槽的引诱，被人类抓住。

莫妮克举着她的望远镜，忐忑不安地从右看到左，又从左看到右。每一回数出来的都是四十九。可是，最终，那头奶牛却出现在了我们附近的地方，紧挨着哈斯提坝。这头胆小的牲口战战兢兢，不敢走进盐沼地。它的大眼睛里充满悲伤，身上带有白色和灰色的斑点，根据我的估计，年龄应该在三四岁左右。

它的名字会不会是大白？大脚？又或是长角？

我没有把这个问题问出口。

"我星期六会把它接回家的。"莫妮克笑着说道。她的眼睛也突然间变得明亮起来。"是啊,在盐沼地里,伴随着落日,只要看到每一头牛都在,就够我幸福上一阵子了。"

一艘巨型的船只从我们身旁驶过。船上的集装箱堆得高高的。这就像一堆五彩斑斓、长达成百上千米的积木块。拍打在船头的浪花把水送到盐沼地的中心。时间临近下午五点,太阳低悬在空中,上涨的潮水以飞快的速度旋转着,穿越大峡谷。这里常常会发生一些悲剧,那就是徒步者不顾危险深入腹地,结果被潮汐所包围。我们通过一座搭建在鸿登洞穴上摇摇欲坠的小桥,快速地驶离了淹没地带。

回到农田上,穿梭在农场之间,我莫名地松了一口气。无论进入这片光怪陆离的盐沼地是一件多么激动人心的事,在持续地凝望地面一个小时后,景色终究还是会变得枯燥无味。目光所及之处有的只是褐色的淤泥和芦苇。其实,如今的大自然也没有那么美。与它形成鲜明对比的是位于堤坝另一边的海德维赫圩田。那里郁郁葱葱、果实累累。很多人都说,它集耕地、牧场、林荫大道、森林和池塘于一体,是整个地区最美丽的圩田。只是,这样的景象又能坚守到什么时候呢?

回到她农庄的厨房里,莫妮克点燃了一根香烟。火炉的旁边挂着一张庄园的航拍照片。"我真心实意地希望地球上所有的自然景观都能受到保护，"她一边说，一边吸了一口烟，"可是，这绝不能以破坏原有的文明以及驱赶原住民为代价。"

她告诉我，不久前，几位环保公仆把生长在凹地里的一些稀有的盐碱植物移植到了她的农场后面。他们为自己的"移植作物"设立了"试验苗圃"。那正是我在瓦勒农场的阁楼上所看到的，装在蓝色的塑料口袋里的植物。可是，这儿的地里根本就没有盐碱地渗水，而那些植物也已经奄奄一息了。

"咳，大自然不是那么好欺负的。这也是该有的下场。"莫妮克说。

"我还没来得及给我的菜圃除草呢，大自然的事我就更管不上了。"我笑着说道。

"有时候，我觉得自己特别迷失。"她突然绝望地说道，"为什么生活总是按它的方式向前走呢？"

我沉默了，转移了一下视线。我透过厨房的窗户看见一大群鹅飞上天空，一边大声地喊叫，一边拍打着翅膀。它们蹬着沉重的双脚向前奔跑，展开双翼，飞离地面。我看见优美的身影从空中飞过，黑影覆盖了窗户，长长的脖子向前探着，脚向后蹬，羽毛紧紧地贴在身上。我看着它们越飞越高，越飞越高，排成人字形的队伍，朝着海港飞去。

来自斯瓦尔巴群岛或是西伯利亚的鸟需要飞越几千公里的路程才能到达我们的圩田，在此过冬。从前，它们唤醒了我的无限憧憬。我阅读了儒勒·凡尔纳的所有作品，很想去探寻广阔的世界。可是，那时的我甚至还从来没有像其他同学一样，去别处度过假。在我的童年时代，野鹅已经变得十分稀少。如今，它们又回来了。它们不仅是来过冬的，更是为了留在这里孵蛋。它们属于这片大地，它们也属于我们。

***

三月末，天下起了雪。春天伴随着鹅毛大雪，到来了。尽管天气十分恶劣，可还是有包括我在内的上百名农民聚集到了一起。浩浩荡荡的卡车车队堵塞了卡罗水闸闸口的法纳斯大桥。任何船只都别想从这里通过。这是一场声势浩大的示威活动，主题是抗议为了扩建港口而再度侵吞一千五百公顷农业用地的规划。在这个计划中，有一半的土地都被用于生态补偿。这些面积加在一起，相当于三千个足球场那么大，几乎等同于安特卫普的主城区。

"我们被出卖了，啪啪打脸，如果还有下一次，我们一定要把整座港口夷为平地。"比利时农民联盟的主席彼特·范德姆瑟振臂疾呼。这个联盟不仅是一个职业组织，也是一个商业机构。在短短的时间内，它就已经获得了激进的名声。自身财产受到威胁的地区主席奎多·范·米赫姆深信不疑，认定自己的田野会在灰烬中重生："他们别想动我的地盘。除非等我死了。"

过了水闸，斯海尔德河的河边，此刻的发电厂被迫关闭了。早在1967年,农民们就在本地的第一次工业化期间因为加盖发电厂而被征收了土地。这一事件在那个年代引起了轩然大波,导致了失控的结果,其中包括卡罗的一名土地征收委员会专员遭到绑架一事。继他们之后,应当还有成千上万的民众由于港口的扩建而被征收了土地。迁移在所难免。

我拭去落在眼睛里的雪花,看见水闸旁边新建的生态高尔夫球场上停着一台起重机。从前,坐落在那个地方的是一座宏伟的农场。如今,高尔夫俱乐部必须为黄条背蟾蜍和新疆火烧兰①搭建其所需要的设施。要是他们不那么做的话,工程就会停工。这里所修建的是一个九洞高尔夫球场。对于喜欢来这里打上几杆的港口集团的大佬们来说,这无疑是个好消息。不过,他们在打到第七个洞和第八个洞之间的时候要格外小心才行,留神不要打到黄条背蟾蜍。

---

① 新疆火烧兰,一种低生草本植物,主要分布在欧洲、俄罗斯以及中国新疆北部和阿尔泰山脉。

## 第四章　扎勒赫姆。劳动最光荣

古老的牲口棚屋顶上红色的瓦片在曙光的照射下熠熠生辉。山脊上，一台起重机突兀地矗立着。它来来回回地转动着、摇摆着。在我们的棚屋后面，新建别墅的外墙拔地而起。一家专科律师事务所刚刚给我们寄来了一封挂号信。如果我们在本月内不同意重新划分界线的话，新来的邻居就会将我们诉诸法院。"别太在意。"妈妈说。可是，当她在康复中心里收到这封信的时候，她自己的情绪却明明起了很大的波动。

今天，我绝对不会在意这件事，因为我在车上发现了新的环保许可证。开放式的粪堆并没有像我哥哥所担心的那样，被认定为一个隐患。无论新来的邻居愿不愿意，只要我们自己愿意，农场就还能再继续经营二十年。

几个星期以来，太阳一直得意扬扬地照耀着大地。农场上那两只毛色泛红的公猫径直朝我走来，它们满心期待地喵喵叫，尾巴直冲云霄，就像两根天线似的。它们已经欣喜地接纳了我，不过，依旧不肯让我抚摸它们。对于它们有时胆敢上街的行为，我的心里不免感到担忧。我给了它们一盘从奥乐齐超市买来的猫粮。

我把偌大的客厅改建成了我的工作室，还在角落里放了一张陈旧的木质课桌。这是我从距离家一百米远的古董及复古商店买来的。从前，那里是蒂娜克家的佃农农场。早在七十年代的时候，那里就被改建成了一家名为"老城"的迪斯科舞厅。它在农家年轻人群中取得了巨大的成功，以至于停在门外的车辆翻了一番，一直排到我们家的田野为止。那个时候，直通水道的坎普胡克大街上还居住着十多户农民和一户牧羊人。孩提时所见过的老农民们至今仍会清晰地出现在我眼前。他们用大拇指勾着背带，嘴里嚼着烟草，把脚下脏兮兮的木鞋在门垫上蹭得一干二净。同样清晰地出现在我的脑海中还有所有年老的女农民。这些女人精力充沛。她们的双手总是插在两边的兜里，围着黑色的围裙，每当我们的肚子饿得咕咕叫的时候，她们就会为我们盛来浓汤。这些人经历了两次世界大战，跟她们的祖先一样用长柄镰刀和普通镰刀收割农作物，她们难以置信地目睹了农村的变革。

如今，这条街道上的房子大多崭新而又现代，其中一些还在修建中。新搬来的人们还可以用低廉价格在古董及复古商店里寻找到往昔的痕迹。就在我去那里买课桌的时候，我还看见了一本1941年出版的史丹·斯特洛夫所著的《亚麻地》。书的顶部贴着一张一欧元的标签。那里甚至还摆放着沾有粪便的旧木鞋。早在许多年前，它们就是荷兰商店里所热卖的商品，帮助人们感受"真实"。在我看来，我的课桌远远超过了真实，因为桌子的底部还沾着风干了的、疙疙瘩瘩的鼻涕。这张书桌上的桌板是斜的，只要把它打开，我就可以把我所有的文具都放进去，收拾妥当，就连墨水瓶也不在话下。

我就这样坐在这里，没有安排任何会面，也没有应尽的承诺。我推开窗帘，阳光出乎意料地洒在我的身上。我坐在书桌的后面，四周窗户环绕，给予我宽阔的视野眺望田野、菜圃、街道，以及暂时还保留在农场正前面的远方。我看见一公里开外的土恩其村落，在扎勒赫姆堤坝后面，封闭的河湾里坐落着几栋房屋和庄园，房子是用砖块砌成的，周围还种植着一排白杨树。我的目光越过树冠，落在二十公里以外的道达尔提炼厂耀眼的照明灯上。一直以来，这家工厂在欧洲污染最严重的工厂排名中，总是居高不下。

我把妈妈的相片挂在壁炉台的旁边。她的嘴角勉强挤出一丝笑意。这张照片拍摄于十年前，那时，这些阴影还没有过分地笼罩我们的生活。她有一幅尺寸庞大的油画，画面上的鸭子正飞翔在蜿蜒曲折的河湾上空，如同大峡谷一般。这幅画是由一名才华出众的业余画家绘制而成的。我把它挂在了长长的餐具橱的顶端。她为什么没有像别的农民一样,在墙上悬挂一幅勃鲁盖尔风格的农庄图呢?原本挂在墙壁上的家人肖像被她带去了康复中心,只在墙纸上留下褪色的印记。我重新挂上了一张1788年的圩田老地图和一张展现未来港口地区的地图。过去和现在在一面墙上同框了,紧紧地彼此依偎。

在屋子旁边的院子里,鲜花盛开了。一年未经修剪的连翘灌木丛展现出耀眼的黄色;山茶树上成百上千朵娇艳的花朵用尽最后的力量绽放出炙热的红色;日本的樱花随风飘散在草坪上,留下一抹粉红;初开的杜鹃花着上了紫色;金银花和藤本蔷薇环绕着篱笆向上攀。苍头燕雀、山雀、黑鹂鸟、画眉、知更鸟、鹩鸽和其他的鸟类不知疲倦地鸣叫着,几乎让人欢呼雀跃,想要为它们鼓掌。只有从前在屋檐下筑巢的麻雀缺席了这场音乐盛会,没能贡献它们喧闹的啾啾声。

有个问题一直在我的脑海里挥之不去,那就是家燕迁徙去南方过冬后还会不会回到昆虫种类相对匮乏的田野上。在我的记忆里,它们总是在牲口棚里繁殖,跟奶牛们一同生活。对我们来说,它们从非洲归来的时刻等同于时间的钟声,又或是日历上的里程碑。可是现在呢?这里只剩下一座空荡荡的庄园,以及环绕在四周的建筑工地。它们从前住过的巢依然原封不动地守候在横梁上的蜘蛛网之间。

在这片祖祖辈辈相传下来的田野上，在村庄的外沿，在圩田的土地上，这里便是我对世界的认知开始的地方。棚屋、牲口棚、粪堆、菜圃、果园、运河和牧场，这一切组成了引人入胜的版图，这片土地把我们与彼此联结在一起，与过去联结在一起，与周围的大自然联结在一起。生活大多是在户外开展的。孩子们数着每一棵树，每一个池塘，每一种动物。小鸟、兔子、青蛙、虫子、蜗牛、蜘蛛、蚂蚁、甲壳虫、蟑螂、黄粪蝇以及土鳖虫，它们每一个都是不可或缺的一分子。

经营农场不仅仅是做工，它也是一场冒险之旅，是一份自由。我的家族史、我的少年时代、我的一生是由庄园和圩田共同主宰的。农场将我塑造成了过去与现在的模样，将我与不相干的东西隔绝。我属于这里，却又不属于这里。

去年夏天，妈妈把窗框和门框重新粉刷了一遍，可是人们还是一眼就能看得出，这栋房子已经又旧又破了。檐槽、管道、墙壁无一不是裂缝遍布。这么一来，它比从前更像一栋充满神秘力量的房子了。我沿着楼梯走上楼，推开镶板。这是我很长时间过后第一次来到这个又大又闷的阁楼。这里是用来存放谷物的，只有侧面的墙上开着几扇很小的窗户。木地板发出吱吱嘎嘎的响声。陈旧的家具上布满了灰尘和蜘蛛网，屋里还摆放着从前雇农睡过的床架，几十年前的华夫饼饼铛依旧会在每一次宴请时都被拿出来使用；还有从来都没有准点报过时的布谷鸟钟、农民常用的工具、爸爸的士兵制服，以及很多个装着学校课本的纸板箱。

我蹲下来，翻看着记事本和日程表。本子上用红色的墨汁记录着："克里斯蒂安总是在课上捣乱。"还有："因为淘气、不懂礼貌而受到惩罚。"小学毕业时，我得到的学习评语是："他对自由自在的大自然以及文学创作有浓厚的兴趣，不关注数字、音乐和行政工作。"从那个时候开始，我的全部生活都围绕着阅读和写作而展开，尽管我的原生家庭是连一本藏书都没有的。每当妈妈说我们应当多"阅读"的时候，她的意思是该"祷告"了。在那个时期，我所写下的故事几乎无一例外地都与农村生活相关。其中最长的那个故事的题目叫《手足相残》。

朝着村庄的方向走两公里就是学校了。我们先上了修女们的幼儿园，之后去了本地的公立男子学校上学。我们沿着"菩提之源"（意为生产高级衣物的工厂）纺织工厂后面的教堂小道去上学。那里面坐着几十个身穿厂服的女孩，正忙着缝纫和纺纱。有一天，我们在那条沙石小道上碰到了几个又瘦又高的男孩。他们的嘴里冲我们喊着"乡巴佬"之类的话。那个来自奥克福德的可恶的杂种把我哥哥的胳膊扭到背后，接着狠狠地推了一把。哥哥摔倒在地，大喊了一声"哎唷"。他的胳膊折了。我紧咬着嘴唇。我什么都做不了，一丁点忙也帮不上。

我们的中学时代是在圣尼古拉度过的。我上的是中学，他上的是隔壁的技校。我们每天都要骑十公里的自行车去上学。我们一同出发，可是片刻过后，他就甩出我一条街的距离了。他的课本里满是技术图样，讲解的是交流电、磁力、机械学。在他看来，所有这些都很实用，也很有趣。更何况他是众人眼中的农场继承人。他想要学会有关机器的一切知识。后来，他又去夜校学习了法语。在他的其中一个记事本上，他用漂亮的花体字写着："劳动最光荣"。

屋檐下的角落里藏着一个旧鞋盒，那里面装着一把左轮手枪。这个家伙沉甸甸、亮闪闪的，有着帅气的手柄。它曾经是装在妈妈从她姨妈那里继承的一个柜子里的，被发现时在全家上下引起了轩然大波。这么多年来，这把左轮手枪成了家族神话中一个重要的部分。妈妈几乎没有丢掉任何从娘家继承下来的物品。她把所有东西都保留了下来。可是，她一直都骗我们说，她把这个家伙埋在了果园里。她究竟为什么会把它长期存放在阁楼上呢？是因为她与这把手枪有很深的感情吗？左轮手枪有没有可能也是家庭的一员呢？

\*\*\*

"该隐与亚伯是两兄弟。"妈妈说。以前，她总是告诉我们："该隐与亚伯是两兄弟，可是他们彼此并不认识。"

"我想要过属于我的生活。"我说，"我想要写作，我想要旅行。"

"幸好如此。毕竟你对农耕几乎一窍不通。农场现在怎么样了？"

"今年已经来不及了。这个季度，我们必须把大部分的土地租出去。种上亚麻、土豆、甜菜。我们赶得及自己动手的就只有玉米和青草了。"

"是啊，亚麻地。"妈妈的目光有些恍惚，"就像以前我村子里那样。花是白色的还是蓝色的？"

"是蓝色的。种亚麻的说，我们得趁着大清早上去看，因为它们开花的时间只有短短的几个小时。"

她像平时一样，等不及要去散步，因为她觉得自己被困在了城里头的"那个狗窝"里。为此，她要求把门时时刻刻都敞开着。尽管这里的护理很是温暖、细心，可是这样的做法还是引起了一些矛盾。以前，妈妈说过，她要和爸爸一样，在农场待到生命的最后一刻；她也说过，不愿意住到楼上、楼下、隔壁都有邻居的公寓房里；她也说过，她是没法在冷漠的城市里苟活的；她还说过，她永远也成为不了城里的贵妇或是"都市人"。然而，天不遂人愿。我们的生活发生了天翻地覆的变化。

我推着轮椅，通过走廊。走廊里充斥着一股尿液和消毒剂的气味。当妈妈在电梯的镜子里看见自己时，她大声地哀叹起来。她厌恶自己的残躯败体。自从膝盖手术失败后，她的左脚就完全扭曲了。她的眼睛又红又肿。她的体重只有四十四公斤。她的双臂只剩下皮包骨头，她的鼻子如同喙一般地凸起在她清瘦的面庞上，她皮肤上的皱纹和腐坏的土豆如出一辙。她简直就像羊皮纸做成的一般。

无论是我还是她,都觉得她将不久于人世。

我们走在从前贯通梅赫伦和泰尔讷普的铁轨旁的小道上。曾几何时,它掌握着瓦斯兰的命脉。如今,这里变成了一片工业遗址,里面大多是十九世纪的诺贝丝-贝尔曼工厂所留下的废墟。墙上满是涂鸦。

"他们为什么不把那些野草烧了?"妈妈懊恼地问道。她指了指路肩上的杂草。

"看看那些小花和三叶草,妈妈。耕地里已经见不到它们的踪影了。"

"咳,这一点儿也不像从一个农民嘴里说出来的话。"

"前不久,一位女农民告诉我,如今的农民越来越凶悍了。"

"一直都很凶悍。"她吸了吸鼻子,说起了哥哥在甜菜丰收的时候被一个暴怒的农民殴打的事情,起因只不过是他开拖拉机的时候,其中一个轮子不小心轧到了他的地盘。他们打成一团,掉进运河里,闹到连警察都被惊动了。然后,她又讲到了她老家村子里的两个农民。那件事情糟糕透顶。他们两家是世仇。这两个人连世仇的根源都不知道,就割掉了对方家奶牛的乳头。

妈妈和爸爸出生在摩勒根姆,那是一个人口不足三百的小村庄,风景如画,位于佛兰德一角的阿登高原。史丹·斯特洛夫的家人也住在那里。妈妈的父母生了十一个孩子,她是家里最小、最受宠的。她和爸爸是在教堂相识的，之后又在嘉年华上相遇，还有天堂咖啡厅的舞池里，"一次又一次"。那时候，能跟农民结婚就像是中了彩票的头等奖。爸爸出生于公堂的庄园里。中世纪的时候，公堂曾是进行法律判决的地方。爸爸只有一个兄弟。这么一来，他们就陷入了两难的境地：谁在家生活的时间最长，谁就可以继承家族的财产。他和妈妈谈了四年恋爱，可他的兄弟依旧寸步不让，最终，爸爸咬牙切齿地缴械投降。他在一份农民周报里看到了圩田地区的一座"带产权的农庄"正在招工，那里距离他的家七十公里。那个年代的七十公里就像是现如今的西班牙那么遥远。

妈妈倒是很想去瓦隆地区。那时候的瓦隆前景大好，正是农民们向往的地方。她的远房亲戚也有一户搬去那里从事农耕了。那里有足够的土地，还很便宜。而佛兰德却只有少量的农场和过多的农家子弟。但是，由于爸爸不会说法语，他们最终还是选择了前往圩田。

"路上，我看见一个女农民拖着机器犁地，因为他们连一匹马都没有。"妈妈说，"孩子们穷得穿不上裤子。五十年代的时候，那里还很穷，就像当今的海地一样。圩田地区的状况稍微好一些，但是非常潮湿。"

1953年2月，一场暴雨引发的洪水席卷了以泽兰省为首的一些地区，带走了一千八百多条生命。圩田的一部分区域也被水淹没了。妈妈四处奔走，为灾民们募捐。也就在那个时候，她鼓起勇气，开始经营自己的农场。他们不得不跟庄园的东家一同多住了半年的时光，那家人正在一个街区开外的奥克福德区建造一栋私人住宅。"我们有整片圩田里最好的土豆。小麦和豌豆也非常棒。'咯咯嗒'和'哼哼'也为我们带来了可观的收入。"爸爸激动不已地给家人写信,"可是,对于当地的风俗,我们还不是怎么了解。每个星期天,都会有成百上千的人涌向大峡谷,去那里游泳。斯泰克讷的摩托车越野赛绝对值得一看。"

直到他死的时候,在一些人的眼中,他身上仍然贴着"新农民"的标签,因为这里的社区封闭而又多疑,拒陌生人于千里之外。我和我的哥哥是第二代移民,从小就接受双语教育。另外,妈妈至今为止还一直坚持讲她的摩勒根姆方言。康复中心里那些来自瓦斯地区的老年人几乎一个字也听不懂。他们不明白她口中的"普陀"说的是她的大衣,"湾湾"指的是毛衣,至于"哼哼"是猪的意思就更不用提了。每当妈妈问道"出发大厅"在哪里时,他们总是瞪大了眼睛看着她,因为他们自己所去的地方叫"更衣室"。

每一年,我们都会上几次摩勒根姆的"农民嘉年华"。然而,在那个没有高速公路的年代,这简直就是一场穿越一个又一个村庄的远征。我和我的哥哥坐在后座上,往窗子上哈一口气,画一个小人儿。终于看到那座白色的风车了,还有僧侣修道院,以及居住着我们大家庭的世代相传的庄园;几十个叔伯姑舅姨和表兄弟姊妹,我甚至都叫不上他们的名字。我们一同待在农庄里。盛大的晚宴上,菜上了六七轮。通常,那里面会有一道牛舌,上面还有一个个巨大的泡泡。我很怕那玩意儿。最糟糕的要数让我们站在椅子上,朗读我们的新年祝福,并且晒出我们的成绩单。接下来就是环绕田野散步,大家认认真真、详详细细地看着牲口和收获的农作物,一边看一边谈论。最后,我常常会在回家的车上吐一路。我的哥哥大肆地嘲笑我,做着丑陋的鬼脸。

"你们两个是那么不同。"妈妈说,"你的哥哥十个月就学会走路了,可你却到十五个月大的时候才会走。他毫无防备地踏上了爸爸新铺的水泥地。直到现在,那里还留着他的脚印呢。"

后来,我们的差异就更大了,不过,在我们很小的时候,差异还没这么明显。那时候,我们共享着一些大的东西,比方说奶牛、棚屋、田野;此外,我们也共享小的东西,比方说一件穿破了的大衣、一把弹弓、一个打火机。

来到小道的尽头,我们的面前出现了一个很旧的大棚,人们把它改建成了一座清真寺。戴着头巾的女人们友好地朝妈妈点点头。她为自己坐在轮椅上而感到羞愧。"这么多陌生人啊,"她喃喃地说道,"这里到底会变成什么样?"

散步的终点站是鸿登农庄。在那里的小商店里可以买到农家自制的产品。苹果、鸡蛋、土豆、奶酪、牛奶、冰淇淋、黄油、酸奶。几十头黑白相间的奶牛走上前来,瞅着妈妈和她的轮椅。

她醋意大发地看着面前那个忙忙碌碌的女农民。她的一生都是在劳碌中度过的，为的就是经营好农场，给我们提供更好的生活。如今，妈妈愿意用自己的一切去交换，只为换回再一次把脑袋伸到奶牛的肚子下面、再给小牛犊喂一次奶、再挖一次土豆。如今，在她的眼里，鸿登农庄就是坠落人间的天堂。

所谓地狱就是在高峰时期想要通过铁路桥下的十字路口，与此同时，货运列车隆隆地从我们的头顶上方驶过，汽车从我们的身旁呼啸而过，一个弯腰驼背的乞丐把手伸到我们面前，妈妈一连嚷嚷了三遍："为什么它们全都开得这么快？"

\*\*\*

当我回到农场上的时候，我看见其中一只毛色泛红的公猫倒在地上，已经死了。它的四只脚僵直地悬在空中，脊背撞断了，显然是在过马路的时候发生了意外。我把它埋在房子后面的一片泥泞的土地里，每到夏天，小牛们就会在那里走来走去。另外那只毛色泛红的公猫骨瘦如柴，身上长满了疥疮，两眼溃烂。它一边喵喵叫着，一边迎上前来。我从冰柜里拿出家里的最后一袋冷冻食品，当作它的晚餐。那是牛舌配马德拉酱汁。它狼吞虎咽地把还没完全解冻的肉吞下肚去。

这两只猫或许都会死掉，不过我的家禽却茁壮成长。农场上一直都养着鸡、火鸡、珍珠鸡、鸭子和鹅。此时此刻，几只咖啡色的母鸡正在我的窗前花枝招展。一只毛色火红张扬的公鸡咕咕叫着，领它们去吃饲料。它就这样站着，抬起一只脚，歪着脑袋，长时间地盯着我，目光简直像要把我看穿。菜圃里，一只白色的矮脚鸡领着十只小鸡仔四下觅食。显然，它们还没学会怎么飞。

我们是和动物们一起长大的。我们为奶牛接生，并且照料小牛犊。我们为小猪阉割，也会在必要时宰杀成年猪。只是，我们并不愿意那样做。我惊恐地见过妈妈把小猫咪溺死在化粪池里，只因为猫瘟的侵入。我也见过爸爸把我们三人在扎勒赫姆抓到的兔子剥皮。圩田里的野生动物和院子里的家禽不仅看上去赏心悦目，更会被人类抓住吃掉。我觉得最刺激的莫过于设计一个陷阱捕麻雀，可是，我也会在爸爸撕咬它们小小的腿时心有余悸。

每当我拎着一只小动物进家门时，妈妈总是摇摇头，而后默许我的行为。杰基就是其中之一。它是一条黑色的流浪狗，大家笑着叫它"田园犬"。我们俩形影不离。有一天，杰基跟在我的身后去学校。走到村子里的一个十字路口时，它就在我的眼皮子底下被车撞了。我抱着它软绵绵、血淋淋的身躯，一路呜咽着回到家。我把它放在鲁汶式火炉热腾腾的管道下面。可是，它并没有活过来，再也没有活过来。

我一直都和动物们尤为亲近。我和它们聊天，我给它们喂食，我给予它们关注。反过来，它们也用大量的关心回馈我。"这些动物简直就像是爱上你了。"我的爱人曾这么说过，言语之中无不透着几分醋意。

很久以前，我曾在安特卫普的花鸟市场上买了两只刚出生几天的家鹅。我要的是一对儿，可之后才发现，它们两个都是公的。我把这两个毛茸茸的小家伙装在一个盒子里，垫上干草，喂它们吃面包屑和水。白天，我带它们到草地上去。每当我走近时，它们就会唧唧唧地叫。呱呱呱，我回应道。不管我所模仿的鹅叫声是多么可笑，反正它们从百米开外就能听出我的声音来，并且立刻变得兴高采烈。它们跟在我身后一颠一颠的样子令人忍俊不禁。它们走起路来跌跌撞撞的，就像忠实的小狗。它们给了我孩童般的挚爱。

从小，我就着迷地听着奥地利人康拉德·劳伦兹是怎么凭借对鹅的研究获得诺贝尔奖的。电视所播放的感人画面中，这位老教授无论是去散步还是游泳，身后总会跟着一排年幼的小鹅。他发现幼小的禽类会把自己见到的第一个会动的东西视作母亲，即便那只是一个被拴在绳子上的枕头，也不例外。

很快，我的小鹅仔们就长成又大又白、举止优雅的鹅了，它们的身高近乎一米，成长的速度比我预想的快得多。呱呱呱，每当我朝它们走去时，我依然发出这样的叫声。嘎嘎嘎，它们响亮地回答我。每当我坐在院子里看书的时候，它们就躺在我的脚边。每当我要离开它们的时候，它们哀号得肝肠寸断。它们想要时时刻刻地陪伴在我身旁。无论见到其他什么人，它们都会斗志昂扬地发起攻击，它们用力地发出咝咝声，使劲儿用它们有着锯齿边缘的、强有力的喙咬人。当我跟别人交谈的时候，它们疯狂地嘎嘎叫着，洪亮的声音盖过了我们的对话。动物和人类共同享有最为基本的情感：高兴、生气、害怕和悲伤。

即便在我厌倦了它们过度的依赖时，我也没法把它们赶走。事实恰恰相反，每到那时，它们反而会靠得更近，紧紧地挨着我的裤腿。唯一令它们感到恐惧的是一个绿色的洒水壶。它不仅大，还有着一个长长的喷嘴。只要把它举到它们面前，它们就会被吓得撒丫子逃跑。不过，有的时候，它们也会进入战斗状态。它们直起身子，挺直腰板，展开双翼，展现出自己最强的战斗力。紧接着，它们满怀着憎恨和暴怒，朝着塑料洒水壶扑去，用喙、脚和翅膀使劲儿地殴打它。经过一刻钟的生死之战，它们精疲力尽，最终气喘吁吁地一边叹气一边呻吟，躺倒在地。如此，每一场战斗都以洒水壶的胜利而告终。

每逢星期天的早晨，我常常带着我的家鹅们去附近散步。它们会在长满青草的路肩上吃上一会儿草。根据我的经验，一旦它们开始觅食，它们的第一波排泄物也会在一刻钟后出现。随后，它们会以每小时十次的频率滚落下来。青草以惊人的速度穿透它们的肠胃。

我可以带领着我的鹅，绕着整座村子走一圈。它们像士兵一样，踢着正步，肩并着肩，跟在我的身后。有一天早晨，我们碰见一群沙鹅，它们嘎嘎嘎地叫喊着，从我们面前飞过。作为沙鹅被驯化了的后代，我的这两只翅膀经过修剪的家鹅站住不动了,长长的腿脚就像被钉在地上的木桩似的动弹不得,它们的脖子伸得老长,脖子上的羽毛立了起来,半张着喙。随后,它们可怜巴巴地拍打了一下翅膀,向上一蹦,摔了个生疼。我走到它们跟前,然后奔跑起来。它们跟在我身后奔跑,很快就追赶上来。它们簌簌发抖地展开翅膀,飞到了一米高的空中。它们飞起来了,飞出了几十米远。接着,它们筋疲力竭地掉落下来,喙扎进沙土里。

为了安慰它们,我在它们面前蹲下,与它们保持同一高度。我爱抚着它们的脑袋和脊背,这是它们最喜欢的。呱呱呱,我安抚着它们。嘎嘎嘎,它们有气无力地回答道。呱呱呱呱,我又一次响亮地鼓励它们,让它们振作起来,与此同时,我如同一只青蛙似的继续前进。

就在那个时候,我发现一群步行者正盯着我看,他们推搡着彼此,摇着头,哼哼着,冷笑着,就好像发现了一个农村白痴似的。

这件事过后不久,其中一只鹅被一条狗咬掉了脑袋,那条狗属于一个怪咖,它住在街角,平日里放养在外。这也是我唯一一次走进警局报案。我在森林里筑了一座精美的坟墓。

\*\*\*

一辆汽车朝着农场驶来。大门徐徐打开。一个手提公文包的男人走下车。他走到桌子跟前,坐在妈妈的位置上,把一摞文件推到我的面前。

"我有一个有意思的提议要告诉你们。"他说。

来人是比利时伊莱克拉宝电力公司的,这家公司负责为全国供电,如今是法国苏伊士跨国集团旗下的企业,它保障了杜尔核电站的运营,并且每天为我的灯光和炉灶提供能源。伊莱克拉宝将环绕着农场建造一个风车公园,以此为周围的几千家住户生产足够的绿色能源。他们将在公园里安装超现代化的风力涡轮机,包括一百米高的桅杆和五十米宽的叶片。它们会被建造在我们家农田的前方和后方各三百米的地方,沿街是许多新兴住宅房,里面居住着年轻的家庭。

我的哥哥不愿意接受别人在他的地盘上建造风车,因此拒绝了伊莱克拉宝利润丰厚的提议。之后,他们与新建成的西红柿大棚的经营者达成了一致意见,反正对方的土地正好多得没处用。我哥哥甚至还呈交了一封抗议信:"我很担心,风车过分靠近我的牧场,由此会对动物,尤其是处于孕期的母体造成损伤。如果研究的结果显示它们会对人类造成噪声及光线遮挡的困扰,那么动物必定更加无法幸免。"另外,他也向西红柿企业提出了不满,原因是唯恐土地外沿的运河会发生塌陷,可是,在比利时农民联盟的支持下,那家企业依然我行我素。

"叶片刚巧触及牧场的边缘,但是这对光线遮挡几乎不会产生任何影响,"伊莱克拉宝的来客试图缓和关系,

"声音最高不超过三十分贝。"

"可它会是环绕立体声式的,前后包围我们的房子。"我说。

"我们只需要借用你们的牧场,铺一条五米宽的通道,用来运输材料,以此铺设地下管道并且投入日后的维修。"

"借用多长时间?"

"二十年,"他说,"我们每年支付你们一万欧元。"

我咽了一口口水。这些钱比整片牧场在我余生所能创造的价值还要多。"我们会研究一下合同的。"我决定。

等他走后,我仔仔细细地阅读起纷繁复杂的期权合同。那里面尤其强调了伊莱克拉宝要求对周围属于我们的土地享有"专有权"。如果相关补贴政策出现变更,则他们对这份合同具有"单方面终结"的权利,因为他们也需要很努力才可以获得清洁能源的财政补贴。

我又一次坐在旧猪圈旁边的矮墙上,眺望着牧场。我看见牧场后面的混凝土界线以及园林公司的玻璃。这家公司将为成千上万的住户供应西红柿,而他们的目标也瞄准了清洁能源的财政补贴。事实上,这是一种热电联产,这种系统旨在复原阳光房里的能源,并将其卖给伊莱克拉宝。这被称为清洁能源,并且由此而获得财政补贴。它跟外面的老百姓一窝蜂往屋顶上安装的太阳能电池板如出一辙。

我的哥哥找不出任何一个褒义词来形容西红柿企业。在他眼里,他们只是一些抢占了二十余公顷肥沃的圩田土地，然后用它们去做交易的家伙。它再也不是农场了，只是工厂而已。当经营者们想要购入他的土地时，他自然而然地拒绝了。企业家们大言不惭地告诉他，无论他还打算在这里耕作多久，都是白日做梦。

过去的这段时间里，我的哥哥曾三次提出抗议，反对搭建风车，反对西红柿企业，反对挨着他的牲口棚建造别墅。他也对位于同一条街上稍远处的家具店感到怒不可遏，因为他们将一小块牧场拱手用作了停车场。这些本能的抗拒到底是从哪里来的？该不会只是"邻避主义"在作怪吧？是不是出于农民改良运动的因素？又或是因为他渐渐觉得自己受到了想要把他赶走的各方势力的包围？

那些一直以来受到我们珍视的地方以越来越快的速度消失。我们为什么就做不到不四处染指，让一切维持原样呢？那种感觉就像是身上长了一只虱子。我们小时候所熟悉的景色几乎与我们父母亲儿时所见到的无异，甚至与他们父母的那个时代也如出一辙。同样一种景色可以沿袭一代又一代人。到了如今，却是一年不同于一年。

牧场后面的运河从西红柿企业跟前的地基穿过。现在，它们已经塌陷、淤滞。我向堤坝水督[①]提出请求，重新开通水沟。尽管一切都经历了数不尽的变动，可这一中世纪的传统却被原封不动地保留了下来：各水域仍然由堤坝水督和圩田理事会管辖。

---

① 堤坝水督，即水务局局长。

我决定去找我的律师谈谈。他安慰我说:"新的邻居永远也别想更改农场的历史边界线,就算是把你们拖到法官面前,也不可能,除非是你们想要妥协。"

"我们一公分也不会让的。"我说,"一厘一毫都不可能。"

***

蛎鹬又来了。它们发出刺耳的叫声,从我的头顶上空飞过。它们的喙长长的、红红的。这么早,它们就要去保护它们的蛋了吗?我用大镰刀刨出了牧场上的蓟草花。随后,我为了不受阻碍地割草,特意扯断了一截铁丝,反正再也不需要隔离了,因为这里再也不会有奶牛了。割草晒草是六月或七月要干的事,具体的时间取决于天气情况。下个星期,我得先把玉米种进土里,并且向老天求雨。至于剩下的耕地嘛,我已经跟泽兰的农民们约定好了,让给他们种植亚麻、土豆和洋葱。

我意识到,我的脑海里再也没有纯粹、真诚的记忆了。可是,有一件事却依然清晰,就像昨天刚刚发生的一样:那就是几年前,同样是在这个季节,同样是在这片牧场上,只不过那时候的牧场还没有被封闭起来,在某一个刹那,我心中充盈着一个奇特的想法——在这里,我很幸福。我很珍惜那一刻。历经一个漫长的冬天后,我和我的哥哥把奶牛赶到了户外。起初,它们犹犹豫豫,竖着耳朵，然后，疯狂地朝着门口蹦去，两头两头地并排向外挤，接着，它们飞奔着冲向鲜嫩的青草，后腿在空中乱蹬，狂乱地在牧场上奔腾。那时候，我们看见的同样是眼前这对蛎鹬，然后彼此对视了一眼，说道："它们又来了。"

上个星期，我除掉了粪堆和玉米洞。眼下，空空荡荡的粪坑就像一个被掏空的伤口一样，田野的中央，一个洞正敞着血盆大口，周围环绕着被常春藤覆盖了的矮墙。玉米已经略微发霉。买下这个洞的农民在原定的价格上扣除了三分之一。这让我如鲠在喉。这一定都是那些寒鸦害的。我的哥哥带着他与生俱来的对变化的抗拒，按照老派的做法，把玉米埋进地里。他不肯像别的农民那样挖掘一条混凝土的狭槽。那样的做法可以减少发霉的概率，并且简化机械化铲土的步骤。很多次，我试图劝说他，可是如今，我却为果园里没有混凝土而感到庆幸。

在我飞去经历了地震的国家之前的那几个星期，我们还一起挖了最后的一个玉米洞。与以往一样，那是一件令人伤脑筋的事情，是一次恐怖事件。那是一个阴雨绵绵的秋天，成熟的庄稼在雨中渐渐凋零。过了很久，一位临时工才开着收割机去收割玉米，不想，收割机却深深地陷进了泥泞的土壤里，留下了一道道沟渠般的痕迹。之后，那一大堆收割下来的谷物还得被运送到农场上，在果园里的一片狭长地带上进行切割。接着，我的哥哥必须开着拖拉机，从玉米上碾过，把它们轧得严严实实的，挤走里面的空气，确保它们可以安然度过冬天。

他对大自然的了解远远超过我。我所说的人正是我的哥哥。他知道发芽、生长、成熟和腐烂的秘密。可是，在过去的这些日子里，他却越来越频繁地成为所有人里最后播种、收割、晒干和拔根的那一个。

我们埋头苦干，甚至不曾抬起头看一眼。我们在玉米堆上覆盖了一张白色的塑料布，然后又是一块黑色的帆布。我用几十条绳索把它系得牢牢的。这样就可以避免寒鸦和乌鸦用它们凿子一般锋利的喙啄出一个又一个的洞洞，要不然，空气就会进入大坑，使得里面的东西发霉。最后，我们在顶部压上一堆汽车轮胎，我的哥哥还会用他的铁锹在外沿浇上一层土。

就算我干得精疲力尽，可是这样的工作还是带给我很多满足感。我一边身心俱疲地躺在玉米堆上，感受着我们劳动的成果，一边看着我哥哥扛起铁锹。他比我更健壮、更坚韧，面对这个以艰苦劳动为法则的世界，他的全副武装显得更加完备。他喜欢在土地里刨来刨去。土地不留情面地展现出我们作为农民的价值。这是我们播种过的土地，是我们所生活的土地，是将会埋葬我们的土地。

劳作时，他一言不发，我也没有说话。等工作完成后，我们往往会长时间地跟妈妈一起聊聊天。她滔滔不绝地讲述着生活中所发生的一切。可是，妈妈却缺席了。她缺席了那一刻，缺席了第二天，缺席了永久。

"我们的运气真不错呢，"工作结束后，我说道，"玉米很好。还很多。"

"是啊,主要乌鸦不来捣乱就好。"他说。他看着高大的白杨树,那上面坐着几十只黑色的鸟,它们正贪婪地望着地面。

曾经,我亲眼目睹过一只乌鸦张开双翼,朝着地面上一只年幼的兔子俯冲而去。它的两只脚牢牢地抓住兔子,带着它飞离地面,逃走了,不停地发出响亮而又可怕的嘶喊声。

有一次,奶牛们受到了布鲁氏病菌的侵袭。过后不久,我的哥哥把那个地方改建成了一家母乳饲养的奶牛公司,自此开始,巨大无比的玉米洞就成为了农场不可分割的一部分。那时候,欧盟正鼓励这样的转变。进入二十世纪,农业政策成了其自身所获成功的牺牲品:农民的数量大幅削减,农业用地的面积严重缩水,可是产量却呈显著增长的态势,并由此导致食品过剩,其中包括黄油山和牛奶湖现象的出现。

因此,欧盟的策略逐步逐步地从一个以产量为导向的农业朝着一个更为广泛的乡村管理转变,与之相随而来的是在生活环境、食品安全和动物福利等领域所设立的一系列条件。新的策略首先在牛奶领域展开,采取了严格的指标、产品定量和定额。政策及财政补贴都敦促着农民们从饲养普通奶牛向母乳饲养的奶牛转型。

我的哥哥组建了一支强大的比利时蓝牛种群中的大屁股牛队伍,这为大量的肉和昂贵的价格提供了保障,可是，它们的繁殖要依赖剖腹产。他大约饲养了一百二十头牛。刚出生的小牛犊和牛妈妈单独生活在一个被隔离的棚子里，直到小牛犊长到三至四个月大。到那时，小母牛会被留在农场上，养成母乳饲养的奶牛，小公牛会被喂得壮壮实实的，等到两岁以上再被出售。按照某家连锁超市的要求，公牛的年龄不能超过一岁半，这样，它们的肉质才能保持鲜嫩、紧实。我的哥哥不愿意，因此，他只能卖到相对低廉的价钱，在他看来，这样的标准很不公平。

另一个新现象在田地里上演，那就是辅助生育技术，又名人工授精。有些奶牛是由自家的种公牛受孕的，但是其他的奶牛就得找人工授精站点了。人工授精技术员会开车上门，后备厢里放着液氮桶，里面满是灌着冷冻精液的试管。他用一个细细长长的输精器把精子注射到母牛的阴道里。农民们可以从一览表里挑选中意的种公牛。顶级的、健硕的公牛很受欢迎，相应的价格也就更高。一流的公牛精子被低温冰冻起来，运送到世界各地。

阁楼的台阶上摆放着妈妈的日程表，她每天都会做记录，写下母牛受孕和生产的日期，并且还清楚地分成了"公牛配种"和"人工注射"两个类别。值得一提的是所有用作人工授精的公牛都有着响亮的名字，例如阿帕奇、尚酷、检察官等，而我们自己的牛却用十分不起眼的称呼命名，比如胆小鬼、扭扭、麻秆之类的。有时候，妈妈所写的笔记读起来就像诗歌一般有韵律："高贵的夫人和帅气的美臀配了种。"

在母乳饲养的奶牛棚里工作意味着整日都要跟体液打交道：精液、牛奶、口水、鲜血、粪便、尿液以及其他各种各样从和暖的身体里流淌出来的东西。有些圩田农民的业务更加全面，自己把胚胎放入液氮罐里冷冻，再自己亲手将它们移植。我的哥哥并没有做这样的事，在农场生活的最后几年里，他多用自家的种公牛，这样的做法既可以减少照料奶牛的工作量，又比去精子银行来得便宜。

"精子银行到底是怎么运作的呢？"有一天，我顺口问人工授精技术员。

"这个嘛，"他迟疑了一下，鬼鬼祟祟地看了一眼妈妈，"我们让公牛去搞一个幻影。"

"幻影？"

"是的，就是一头假的牛。等它射精的时候，我们就把它的精子收集到一根试管里。它每搞一个幻影，我们就可以分装到上千根管子里。这样，大家就可以挑选究竟想要谁的精子，是高肩膀的托钵僧，还是宽后背的尚酷，或者是大屁股的松露巧克力……"

"我就要肥屁股的那个了。"妈妈说。

"很明智的选择。"人工授精技术员称赞道。

\*\*\*

天色已经渐渐暗了下来。我为了写一篇报道，出门去了附近的地方。回到农场时，门敞开着，雾气腾腾的厨房里正在煮土豆，我发现所有的事情都被抛到了一边，只因为有一头奶牛要生产了。我在牲口棚里找到了他们。兽医已经走了，奶牛的肚子被剖开，之后又缝合上了。小牛犊躺在一堆稻草上，那是我哥哥事先就从装着干草的阁楼上取来的。稻草堆的后面有一张小桌子，上面摆着干净的毛巾、肥皂和两桶热水。妈妈向来都是这样给兽医打下手的。最后一束阳光透过瓦片的缝隙照射进来，照亮了漫天飞舞的灰尘。

我的哥哥小心翼翼地把奶牛的乳房冲洗干净，握住其中一个乳头，轻轻地捏了捏，手向下扯动。牛初乳喷进桶里。这是保护小牛犊不受病菌侵扰的第一口母乳。妈妈用一块旧毛毯把小牛犊的全身擦干，往它的嘴巴里涂了一点盐，给脐带消了毒，把两条后腿分开，以此判断它的性别。母的，这再好不过了。她让小牛犊吮吸她的手指，以此学会喝奶的动作。等哥哥挤完奶后，妈妈就把牛初乳倒进一个奶瓶里。小牛犊舔了舔，又吮了吮，却没有喝。它看上去很虚弱，病恹恹的。我的哥哥在房梁上挂上一盏白炽灯，为它取暖。

我很喜欢看着他们做事。他们之间有着强烈的感应，知道怎么配合，偶尔交换一个眼神相互意会。他们谁也离不开对方，缺一不可。妈妈、我的哥哥、农场，他们共同形成了一个三合一的整体。他们共同进退，他们如影随形，亲密无间。

这触及了我们生存的本质。这就是他们的认知，是他们日日夜夜所倾注的对象。出生、成长、死亡是一个循环，其中的互动给他们的世界注入了意义和韵律。生存的斗争往往就是与大自然之间的斗争，它与过去和未来紧密相连。作为农民，必须同时兼顾过去和未来。他们在春天播种，在秋天收获。他们把牛犊带到这个世界上来，如果一切顺利的话，在未来的几年里会拥有一头漂亮的牛。如果奶牛和小牛犊一切都安好的话，他们也会跟着感觉良好。如果出现糟糕的情况，他们便会坐立不安、心神不宁。小牛犊的死去总会给他们带来痛苦，他们悲伤、哀戚，程度不亚于失去一个孩子。

刚出生的小牛犊还不会喝奶。我的哥哥洗刷、梳理着奶牛的毛发，直到它的后背像一面镜子似的闪耀。妈妈对小牛犊说道："来吧，喝一点吧。拜托啦。"

她忧心忡忡地看着我的哥哥："这个小豆芽一口奶也不肯喝。算了，我们明天再继续吧。"

他点了点头，把刷子放到窗台上。

她拖着双腿朝门口走去，在地上留了一盆牛奶给猫喝。她看见我站在那里。"你不会不帮忙喂饲料吧？"这样的话她已经不知道问过多少遍了。

"不会的，妈妈。"我说。我推着独轮车，去拣玉米。

我怀念奶牛和储藏的玉米的气味；我怀念每当装着饲料的独轮车从门口进来时，它们异口同声发出的哞哞叫；我怀念小豆芽吸吮着我的手指。

\*\*\*

我坐在我的课桌跟前,透过窗户望着我们在街对面的田地。一个老头儿头戴一顶巨大的帽子,慢慢吞吞、聚精会神地踩在耕地上。我朝他走去。他的手里拿着一个金属探测器,此刻正嗡嗡作响。小屏幕上显示出一些数字和字母。一旦那个机器发出警报声,他就会弯下腰,捡起一样东西,把它的角角落落全都检查一番,随后又甩手丢出去。

微弱的阳光洒在大地上。天气干燥而又闷热。我向他道明自己的身份,并问他在找什么东西。他回答说,他是一名业余的考古学家,并且说我哥哥曾经许诺过,允许他到这里来探寻古迹。

"他告诉过我,他犁地的时候被地基绊倒过,而且地底下还有基底。"对方紧张兮兮地说道,"他还说过,他的弟弟是一位作家。"

"哦,是吗?"我问道。随后,我沉默了片刻。"您有什么发现吗?"

"一枚西班牙统治时期的尼德兰硬币。一个中世纪的小勺子。还有一枚用来封印文件的图章。"

我看见田地里到处都布满了砾石。早在六十年代和七十年代,我就见到过不少手持探测器的人来此处寻找扎勒赫姆中世纪修道院的遗迹。那个时候,老一辈的农民们还管这片田地叫作"礼拜堂耕地"。这个地方最好不要种植土豆，因为挖土豆的时候，也许机器会从地底带出比土豆更多的石头。令我诧异的是，环顾四周，我发现这种情况至今都没有改变。

"这玩意儿的年份够老吗？"我一边掏着一块红色的碎片，一边满怀期待地问道。

"先生，这是一个花盆的边沿。"他傲睨自若地说道，"据我估计，大概五到十年那么老吧。我猜想，您家里应该还有比它更老的花盆。"

他只对金属的物品有兴趣，不过，他也会向我说明哪些石头是上千年的。探寻了一刻钟后，我已经收集了一大堆碎片。那里面有涂了瓷漆的瓦片残渣，有黑色的地砖，有罐子裂片，还有几块只剩下一半的僧侣修道院墙砖。他解释说，那些是中世纪特有的大砖块。那些石头本身并没有什么价值，可是具备了在我们脚下的土地里沉睡百年的历史，有了见证神秘僧侣修道院过去的经历，它们在我的眼中活了，变成了会说话的石头。我克制不住自己想要继续探寻的欲望。

考古学家还给我看了几张纸和地图。他说，从来没有人对这座修道院进行过调查研究。由于修道院的建成初期被载入了贵族的史册、主教的史册，甚至是教皇的史册，因此有关那一段历史的记载极为详尽，但是也仅限于最初的那一段。作为地方志的研究专家，神父认为早在法兰克王国时期，这周围就曾建起过隶属于坎普胡克和扎勒赫姆的修道院，但是后来被维京人损毁。大约在公元1100年前后，一名又或是多名隐士曾来到这里定居，为的是能够与世隔绝，过着崇尚禁欲主义的生活。1136年，人们修建了一座修道院，地点就在"一个旨在尊崇上帝的地方，那个地方坐落于国王仙林和巴德玛拉别墅之间，百姓们将它称作扎勒赫姆"。

根据考古学家手中的文献资料看来，修建修道院是当时一位有权有势的贵族——瓦斯和阿尔斯特的勋爵"光头伊万恩"的主张。他受到岳父佛兰德伯爵，即阿尔萨斯的蒂耶德里克的庇护。在那个十字军东征的时代，这两个虔诚的男人极度重视自己能否获得灵魂的救赎。他们在修道院院长霍泽万的指引下，向修士们捐赠了一大片泥炭地和周围其他的"未开化的土地"，土地总面积达到六百多公顷。早期的修道院需要自行维持其他开销，并且遵循普利孟特瑞会的生活法则。手工艺、贞操和贫穷是社会的主旋律。这些与云游四方的传教士圣诺伯特在十二世纪初期所提倡的宗教改革不谋而合。

奇怪的是两年后，修道院院长霍泽万搬去了德龙恩，那个村庄靠近日益繁盛的贸易之都根特。在那里，他把一个地方上的小教会转变成了一座修道院。之后，德龙恩发展成了主修道院。孤立无援的扎勒赫姆变成了一座可有可无的僧侣修道院，为人们所遗忘，只剩下一座农场。除了教堂的礼拜仪式之外，修士们还忙于当地沼泽地区的发展。首当其冲的就是泥炭加工，之后还有农业和畜牧业。为此，他们招揽土地租用人和自由农民。那个时候，我们的坎普胡克大街还是扎勒赫姆堤坝——第一座用来排干围区内积水的早期堤坝。

在中世纪的地图上，广袤的僧侣修道院庄园被标注为"扎勒赫姆农场"，它就坐落于费勒的一个急弯处。而坎普胡克恰恰与费勒这条狭窄的水道相交。扁平的小船和木筏沿着费勒，把泥炭运送到城市里，当作燃料出售给有需要的人。小教堂旁的扎勒赫姆农场有一扇精美的庭院大门、一栋石头房子、牲口棚、一处施舍所，还有一座风车。那个地方大致就在伊莱克拉宝准备建造风力涡轮机的位置上，也就是在我们的土地后面。

老考古学家走后，我径直来到我们家耕地尽头那条宽阔的水流旁——费勒运河。严冬时分，我们偶尔会在那里玩冰球。要是在那里盛起一杯水，可以在里面看见泛滥的各种生命体。如今，水变得清澈、透明，一眼就能看到底，再也看不到蝾螈和蝌蚪。运河的水面上铺满了芦絮和白柳，它保留了中世纪的、蜿蜒曲折的形态，逶迤地朝着堤坝村落土恩其和小村子费勒布鲁克的方向流去。

近千年前，僧侣修道院院长霍泽万和他的修士们到底是来这里寻找什么呢？之后的岁月里，扎勒赫姆庄园究竟是怎样同风暴潮、洪水和战争抗争的？为什么若干个世纪过后，僧侣修道院会骤然间消失，而那些石头却至今还残留在我们的土地里？我真的很想知道。

我的哥哥迷失在时间的长河里，远离时代的进步。我可以想象到，当哥哥像一个中世纪的居民一般，在一个几乎没有任何道路的时代里，生活在一片融入大自然里的荒芜地、劳作在一片拥有夯实土地的农庄上的时候，他的感觉或许还挺不错的。

当我背着满满一麻袋手工艺品回到家时，我看见一只燕子在高空中盘旋。我屏住了呼吸。它会不会是一名侦察兵，前来检验它们曾经住过的巢？由于气候变暖，燕子们回归的时间也变得越来越早。我撒开腿，跑到牲口棚门前，拉开顶部的镶板。过了不到半分钟，它就以飞快的速度俯冲进来。它是我们家的燕子，是刚从非洲回来的。

***

我把新的环保许可证挂在篱笆旁的一块木板上。按照要求，这得挂足三十天。我清理了一下菜圃，修剪了草坪，又修剪了树篱。当然，还有金叶女贞。我的哥哥把它们种在田野的中央，并不是为了分隔土地，而是把它们当作观赏植物。他只是想看看，要是在地里插上几根枝杈，会获得什么样的效果。那道树篱像皇冠一般光彩夺目。

住在周围的人们会不会好奇我到农场上来干什么呢？我时不时就会见到一个农民开着拖拉机从门口驶过。他们中的一些人会举起手，高声地问候，说的好像是"雷猴啊"。他们的反应就好像什么事情都没有发生过似的，就好像我接管这片土地是顺理成章的一样。尽管街道也经历了许多的变化，可是我还是立刻感受到了久违的熟悉，就好像我是离开许久之后回归了，闭着眼睛也能够找到路，自然而然地听懂并且说起方言。老邻居长时间地、仔仔细细地打量过后，重新认出我来，像几十年前那样呼唤着我的乳名："你好，克里斯蒂安。"

西蒙娜和乔治斯住在我们的斜对面，他们与我的妈妈和哥哥相处得非常融洽。此刻，他们正一个劲儿地朝我挥手。我也向他们挥了挥手，穿过马路。他们骄傲地带我参观了他们的院子，尤其是长长的黄杨树篱。它们全都是从我们家的高大的棕榈灌木上所剪下的枝杈栽种起来的。每年的复活节期间，我都会从这些灌木中剪下一些神圣的棕榈枝，插在每个房间、每个牲口棚、每一片耕地里，以此来祈求上天的庇佑。

"我们非常怀念我们的农场。"西蒙娜一边说，一边为我倒了一杯西福莱特伦修道院自酿的特拉比斯特啤酒，"那里从来都是生机勃勃的，可是现在却变得了无生机。"

房子空了，牲口棚空了，牧场也空了。不过，即便如此，我也不能完全同意她所说的话。农场上依然富有生机，大树依然富有生机，田野里也依然富有生机。

从五十年代开始，乔治斯就去杜尔的小港口工作了，现在是一名海关官员。他的工作就是申报虾、在海关单据上绘制牛犊的草图，以及抓捕走私贩。

"我骑着自行车在圩田穿行，却抓到了一个重要的走私贩。"他夸夸其谈。

"小时候，妈妈骑着自行车，我就坐在她的后座上。"

我也以夸夸其谈回敬他,"我们从许尔斯特回来,沿着一条小道穿过卡尔夫后面茂密的森林,越过边境线,衣服里藏着好几公斤的走私品,却都没被发现。"

乔治斯笑了起来。这是一桩众所周知的走私事件。那个时候,泽兰省卖的黄油比边境线这边的便宜一半,这带来了无限的商机。因此,上面特意派来了许多海关官员,甚至还有"飞行编队"。有一天,他们拦住了一个身材肥硕的女人。她说自己怀有八个月的身孕。他们建议她休息一会儿,让她坐在火炉旁的椅子上。很快,她的裙子底下就开始有液体滴落。她当场生出了十公斤重的泽兰黄油。

西蒙娜给我看了家族的老照片。她是在杜尔出生,在繁祉圩田长大的。那片承载了她无数记忆的农场眼前正在被新建的自然保护区所埋葬。1945年,当一颗炸弹横空飞来的时候,那座农庄就第一次被夷为平地了。那正是吃午饭的时间,所有人都被压在了废墟底下。五位家庭成员和一名雇农因此丧生,只有父亲和两个孩子幸免于难。后来,父亲重建了农庄,可是轰炸的撞击却给她留下了伴随一生的心理创伤。身为自然保护组织的一名成员,西蒙娜赌咒发誓,无论那片自然保护区变得有多美,她永远都不会回到那片故土。"我一步也不会踏上那里。"

## 第五章 遗失的过去

芬芳路肩的小教堂上写着"圣母，请保佑我们"这样的字句。我开着汽车，朝繁祉圩田教区驶去。每当我受到困扰的时候，那里的元素总能平复我的心境。芬芳路肩是一座长达一公里的中世纪堤坝，一条石板路沿着堤坝，将拉本伯格和老杜尔这两个村落串联起来，一直通向斯海尔德河。亚麻的种子已经被播撒在地里，土豆已经被种下，果树上鲜花怒放。路肩上，花朵欣然怒放，其间满是峨参和山楂。

当我从几座农庄跟前路过的时候，我发现所有人的目光都集中在我的身上。难道他们觉得我像是一名检查员吗？又或是一位土地征收委员会专员？到达老杜尔后，我无路可走了。我看了一眼全球定位系统，它让我沿着卡洛斯路走，可是那条路已经不复存在了。

这是我从前来到圩田时，最喜欢的地方之一。它脱离了世间所有的纷繁和喧闹。坐在千年的芬芳路肩上，我可以在身旁茂密的白杨树的陪伴下，长时间地凝望着田野，凝视着在其间辛勤劳作的农民。我尽情地享受着经受过树叶过滤后的阳光。我吸入满满一肺的新鲜空气。我任由眼睛恣意地观赏。目光所及之处，只有一马平川的圩田。围绕在安东尼奥斯庄园周围的广袤的、肥沃的耕地被细细地分门别类。田野里有一栋粉饰一新的泽兰农家住所，正门上方写着1853这个年份，房屋的后面是一座长达六十米的牲口棚。它的屋顶火红火红的，具有重要的历史意义。

一眼望去，圩田如此富饶，如此不可或缺，如此亘古不灭。最令我着迷的是人类文明与大自然的水乳交融。所有的一切都密不可分。那里继承了数不胜数的故事，承载了不胜枚举的神话传说。

而我现在看到的又是什么？一座全新的、高耸的堤坝，它紧紧地挨着古老的芬芳路肩，使得芬芳路肩相形见绌。那里立着一块很大的牌子，上面用奶牛一般庞大的字体写着"潮间带——海德维赫-繁祉圩田"。下面还写着一个电话号码，用于"工作时间以外的灾害情况"。

我登上堤坝，眺望着风中光秃秃的泥淖平原，觉得它像极了饱经沧桑的月球表面，千疮百孔，布满了火山口。看上去，这里似乎是一个新建码头的船坞。它被同样的工程师和建筑工程队承包了。在堆积如山的泥浆之间还堆着一些锈迹斑斑的排泥管。起重机、推土机和装卸车在其间来回穿梭。空中弥漫着柴油味十足的浓烟。一排电线杆形成了泥淖荒原中的一道风景线。沿着这道线向前望去,就会看见一片无边无际的垃圾堆填区,足有二十米那么高。那是不久以前被迫拆除的安东尼奥斯庄园的废墟,它的消失就是为了给潮间带的新建自然保护区让步。

它的斜对面是我邻居西蒙娜长大的那座农庄。可是,显然,它在更早以前就已经被拆除了。1945年,那个地方经受了炸弹的洗礼,一度灰飞烟灭。重建之后,庄园曾存活了几十年的时间,一直坚守到现在。十四座农庄和房屋已经被夷为平地。就连门庭若市的"一扎"小酒馆也无一例外地收到了拆迁款,被迫关门大吉。为了这项工程,一大批业主和租户的财产都被征收了。

当船坞的施工停下之后,我顺着新建的堤坝走了下去。我沿着那排电线杆往前走,艰难地、战战兢兢地在泥沼间跋涉。我尽可能不引起任何人的注意。要是被环保卫士发现的话,他一定会给我开传单的。我吃力地爬上安东尼奥斯庄园那堆高耸如山的石头。当我爬到顶端,向东面眺望时,我看见了矗立在港口的冷却塔和工厂。当我向西面眺望时,我看见了泽兰的土地和海德维赫圩田的森林。目前,海牙驳回了他们退田还海的要求。不过,在佛兰德这一边的部分却已经被彻底挖掘了。成百上千棵大树被连根拔起。就连安东尼奥斯庄园里的果树也连带着树根,四仰八叉地倒在地上。去年，我还在这里尽情地欣赏鲜花盛放的美景，翻看着老地图，享用农家厨房烤制的糕点，可如今，我却双脚踩在这座厨房的废墟上。

《瓦斯快讯》上写道："人们感到自己正身处战乱地区，不寒而栗。"

晚些时候，我来到了菲利克斯·费尔许尔斯特位于村庄上的新房子里。他的土地也被征收了。我们盯着面前的一块蓝色瓦片。那是我从废墟里找到的。他如鲠在喉，又一次拿出了古老的编年史。他重新把地图铺在桌面上。作为一位致力于将一生都奉献给圩田的人，菲利克斯为了圩田民众的利益耗尽了心血。过去的几个月里，他跟进了安东尼奥斯庄园被毁的每一个阶段。从1893年起，这家人就在这里劳作，至今已经经历了三代人。他保留着一本厚厚的相册，那里面满是挖掘机和残垣断壁的照片，当然也囊括了胃溃疡、争吵和幻想的破灭。

"他们毁了农民的根本，也伤了农民的心。"菲利克斯说。

早在中世纪的时候，人们就已经在这个地区围海造田。然而，在1584年的洪水中，土地从人们的视线里消失了。直到1847年，人们才在阿伦贝格的繁祉公爵的授意下再度将围区里的海水排干。那也是历史上土豆受灾最严重的一年，由此导致了饥荒。两千名堤坝工人罢工抗议，要求获得更高的薪水。在这片"两国交界圩田"上建起了四座示范性农场，其中就包括了安东尼奥斯庄园。大约在世纪之交的时候，阿伦贝格的公爵决定增加一块围海造田的区域，并且以他妻子的名义为这个地区命名，称其为海德维赫公爵夫人圩田。

早在十九世纪，作为当地最富庶、最显赫的家族之一，"阿伦贝格的显赫家族"就选择了农业经营的规模化和工业化。这成为了"圩田资本主义"的先例，并且延续了很久。阿伦贝格家族也为"善举"给予了大量的拨款，只因为他们是坚定的天主教徒。落后的开拓者们组成社区，无一缺席星期天的弥撒。起初，弥撒是在碾槽房里举行的，后来，又把地点改到了新建的、无比雄伟的教堂里。神父、教堂理事会、僧侣修道院和天主教学校分别都能收到补助。

第一次世界大战结束后，公爵受到了谴责，人们指责他的家人勾结德国人、里通外国。他们的财产被充公，随后公开出售。其中最大的一块土地——海德维赫圩田落到了富庶的德·克鲁特家族手中。这是一个从事淤泥疏浚的家族，声望不及公爵一家。狩猎时负责驱赶猎物的租户们讲述着大臣们与商人们签订协议的来龙去脉，以及在堤坝的凉亭里所上演过的狂欢盛宴。相传，堤坝后面那片不大的塞莱娜圩田就是以老德·克鲁特的情妇命名的。

作为教堂理事会的主席，菲利克斯·费尔许尔斯特因其所获得的成就和智慧广受人们的爱戴。此刻，他摇了摇头："如今，很多地方原有的那些肥沃的黏土已经被挖完了。对于圩田来说，这是惨绝人寰的破坏。曾经，在人类最需要的时候，圩田为我们供应了数不尽的粮食。要不是靠着圩田，我们怎么可能熬过十九世纪的饥荒与贫穷？更别说二十世纪的两次世界大战？二十一世纪的我们要怎样养活这几十亿的人口？自古以来，农场主一直都是这片辽阔地带的守护者。说真的，这里所耗费的金钱在我看来不值一提。可是这有什么意义吗？我已经眼睁睁地看着他们运走无数的断瓦残垣、一船又一船的受到污染的淤泥，还有一个垃圾倾倒区，只为了建设大自然。我真的看不出这里面能有什么剩余价值。"

无论在世界上的其他什么地方，人类和大自然几乎都不可能像在这里一样对立。这项巨大的工程是西格玛计划中的一部分，旨在斯海尔德河及其支流沿岸建造几十片防洪地带。可是，这也同时被政府定性为对于加深斯海尔德河的"生态补偿"。这一加深的目的在于令世界上最大的集装箱船能从这里通过，直达安特卫普。如今，这一通航目标也已经实现。可是，补偿机制中的最后一笔，也就是海德维赫圩田的命运，却多年来都成为海牙"是是非非"的文字游戏。

在边境线以南的佛兰德一侧，货车隆隆地驶过街道，只为令这一切成为既成事实。将近五公里长的环海堤坝已经完成了一大半。为了加固淤泥，人们往那里倾倒了过量的石灰。一眼望去，周围的树木就像是被大雪覆盖了一般。一家规模巨大的混凝土制品厂必须生产足以在地里建造起一道长长的板桩墙的混凝土，以此避免内陆地区的土壤盐碱化。另外，那里还建造了一座巨大的水泵站，用来排放过量的水。水泵站的顶部还将为大自然的爱好者们建造一个"极好的观景台"。

菲利克斯获许在地里播种的最后一年中，他收到了环保卫士的传单，起因是他在地里一个狭窄的区域里焚烧东西了，然而，类似的事情他做了大半辈子。比约恩向他发出传唤，要求他到水闸大楼的办公室里去接受审讯。一夜之间，菲利克斯成了大自然的威胁。

他们曾假惺惺地向他保证，他还可以继续在这里农作一段时间，可是，这样的承诺并没有兑现，因为他的土地突然要被改造成反嘴鹬的栖息地了。反嘴鹬必须从另一个地方"搬迁"到这里来。难道他们是打算用反嘴鹬的语言立起道路指示牌吗？菲利克斯百思不得其解。尽管这一公告在若干年前就已经公之于众，可是对他而言，这样的结果还是非常扎心，就像公牛的角一般扎心。他的感受如同很多讣告中所写的那样：对于他/她的离世，我们终究始料未及。

或许人们没有意识到最后一片斯海尔德圩田作为文明史传承的价值。或许农业一直以来都没有受到与大自然同等的对待。可是，对于不再是自己的归属地，而自己又感到有所亏欠的大自然，人类又是抱以怎样的态度呢？菲利克斯觉得，大家似乎宁可让人类从圩田上消失，也不愿意让麻雀从圩田上消失。几千年来，农业所留下的烙印乃至房屋，将被彻底抹去，了无痕迹。

将大自然修复到原本的状态？这是环境影响报告中所写到的。尽管已是老生常谈，可是听起来还是不错的。谁敢反对修复大自然？可是，这里自中世纪开始就已经是圩田地区了。这里是曾经的路易斯圩田的所在，也是卡苏韦尔小村庄的所在。

把土地还给河流？那简直就像是承认了我们的祖先是小偷。一千年前，西斯海尔德河根本就不存在，只有一条名为宏特的内河航道。直到几个世纪以后，海水才侵入进来。直到那时，安特卫普的船只才得以在西斯海尔德河通行。

如今，那里必须被改变成一片结合淡水与咸水的荒野地带。可是在菲利克斯看来，那并不是荒原，那里曾是他的家，是他被迫背弃的地方。他十岁大的孙女曾经写过一段感人至深的话："农场再也不会回到原来的模样，一切都消失在一片巨大的水塘中。"

在庆祝繁祉圩田的恩格贝图斯教区成立一百周年之际，在主教的见证下，菲利克斯以教堂理事会主席的身份发表了感人肺腑的告别演说。每个人都在场，屋子里坐满了农民。他赢得了震耳欲聋的掌声。可是，演说结束后，他却因为批判性的评论被政府当局一举拿下。他大吃一惊，丝毫没有料到这样的事会发生在教会庆典的现场。

他认为，作为第一个对鹅的豢养提起诉讼的农民，大自然爱好者们对他或许并没有什么好感。过去的若干年里，他发现鹅的数量发生了不可抑制的增长。生活在萨弗町赫淹没地带及其他自然保护区域的鹅总量达到了五万只之多，可是它们全都聚集在耕地上寻觅食物。它们在那里找到了一张丰盛的餐桌。对于鹅来说，这算得上是一家顶级餐厅，因为平均每只鹅每天要吃掉半公斤的食物，却一分钱也不用付。有时候，菲利克斯不得不把种植冬季作物的土地翻新，重新播一遍种。他在田里立了几十个稻草人，还给它们套上了村姑的衣服，可是鹅压根不予理睬。对此，荷兰有完善的规章体系，给予农民赔偿，可是在佛兰德，农民们则需要进入长达数年的诉讼程序。前来耕地勘察的代表团队伍足足有十几个人，人人都身着定制西服，皱着眉头。他们之中有法官，有林务官，有行政官员，还有律师。

是啊，未来的潮间带也许会是一个具有吸引力的地方，尤其是对于沿着环海堤坝上长长的柏油路散步或是骑行的路人，以及想要对新建自然保护区的演变进行研究的生物学家和生态学者而言，当然了，还有鹅。

\*\*\*

一段通向世界尽头的旅程——这就是我的感受。我路过泥浆堆和混凝土搅拌车，围绕着船坞，走在无穷无尽的弯路上。越过边界，通过一条长长的白杨树大道，穿行在耕地、牧场、池塘和森林之间。路的尽头便是斯海尔德河堤坝，脚下是那座当地人口中的"白房子"。那是一个布鲁塞尔人的郊区住宅。他很想与我交谈。他就是海德维赫圩田那位骄傲的主人——挖泥大王格里·德·克鲁特。

我不禁回想起第一次见到他时的场景。那是在完好无损的海德维赫堤坝上，只不过堤坝如今已经不复存在了。天空中高悬着一只褐色的白头鹞，它的翅膀一动也不动，俯视着涌动的人潮。没有它们的出现，圩田就会显得冷冷清清。雷达塔的站台右侧站着十几个戴着帽子的农民，左侧站着十几位穿西装、打领带的绅士。治安法官、土地征收委员会专员和律师们正热烈地讨论着政府为什么非要紧急征收这个位于佛兰德最偏远的角落。

那是一幅奇怪的场景。四十出头的大地主紧张而又冷酷地观望，与此同时，律师们却挥舞着手中厚厚的报告书。他们在圩田里争论不休，简直把圩田当成了法庭。"您就不能说得简短一些吗？"治安法官愁眉苦脸地问。格里·德·克鲁特已经向荷兰、比利时以及欧盟当局提起了诉讼，他的律师们也俨然成了专家，对错综复杂的文档有着最细枝末节的了解。

"他们没想在这里重建大自然，而是想破坏大自然。"德·克鲁特一边说，一边领着这支阵容强大的团队走进丛林，"作为一名大自然爱好者和水利工程的专家，我全身心地热爱着这个地方。港口把环保人士当枪使，不仅是在短期内，更是想永久地占据河的左岸，范围一直延伸到边境线上。况且，退田还海的做法徒劳无获。看看旁边的萨弗町赫淹没地带吧。它已经彻底干涸并且淤滞了。它已经完全不再是被淹没的土地，反倒成了泽兰海拔最高的地区。如今的它是河流的凸岸，不断地被灌入沉淀物。"

"德·克鲁特先生，我们是您的后盾。"农民们齐声喊道。

半年过后，他惊慌失措地给我打来电话："快带着您的照相机过来，他们正在砍树，要砍掉这里的一千多棵树。"法官的判决支持征收佛兰德地区的圩田，内环堤需即刻被拆除。在接下来的年头里，海德维赫成了低地区域里最臭名昭著的圩田，也成了一场政治闹剧的主题，于是，他频繁地同我联系。

如今，高高的、绿油油的斯海尔德河堤坝后面安静得简直不可思议。偶尔也有拖拉机从那里经过。我的身后是一幢用集装箱搭建而成的移动的公寓楼。站在堤坝上，海德维赫在我的脚下延伸。这是一片典型的泽兰圩田，地平线很低，而天空很高。我的脑海中再次出现远方。透过云层之间一道蓝色的缝隙，我看见了太阳，它在圩田上空笼罩了一层忧思的烟雾。我看着这片土地，就好像它此刻就已经不复存在了一般。我试图想象未来的这里会变成一幅什么样的场景。

牧场上依旧有驴行走，这与从前无异。只不过，现在还多了几十匹用于马球比赛的赛马。它们在阿根廷赛马骑士的指挥下进行训练。格里·德·克鲁特将几片广阔的土地用于驯马，只不过这项兴趣爱好已经无法再进行下去了。他总是说，自己之所以能在乌特勒支附近的弗雷兰多次获得极负盛名的马球比赛，全靠海德维赫能生产出最好的草。余下的土地被租借给二十个来自周边地区的农民。在绿茵的庇护下，圩田里只剩下为数不多的几栋房屋和庄园。

这会儿，格里·德·克鲁特正坐在白房子里等我，陪伴他的还有他的律师和地产经纪人。他把最新的研究结果摆在桌面上：有老地图，还有装载着飞沙走石的卡车照片，以及被征收地区内拆毁的塑料和其他建筑垃圾。他的眼睛里燃烧着熊熊烈火，他的嗓音里透着怒气，他的批判精神比以往任何时候都更加尖锐。他夹带着法语口音，口若悬河。这个富甲一方、为了家族产业奉献了自己半生的男人在我的面前义愤填膺。"要不然的话，肮脏的淤泥现在就已经没到我们的脖子这里了。"他说。

他的结论是海德维赫圩田将会成为"安特卫普的下水道"。由于地处化工厂的下游，因此冲刷而来的淤泥将会是含有毒性的。即便根据最新的测量结果，污染被控制在合法标准以下，也于事无补。当地一直盛产鳗鱼，而如今，它们体内富含重金属，再也不能食用。"这项工程对大自然的修复毫无益处，对增加储水能力也毫无帮助。就算在我的三百公顷土地上全部灌满水，对于河水水位的影响也超不过两厘米。"

然而，覆盖着淤泥的、高高的盐沼地对于大自然来说也很珍贵，他请来的专家如是说。这样的话语令他热血沸腾。"那么我美丽的大自然呢？我的六千棵树、灌木丛、河湾、池塘、芦苇、野薄荷呢？其中有二十公顷土地自1973年起就已经是自然保护区了。其他的也早在十年前就被用作鹅的豢养区了。正是因为这样，我再也没在这里打过猎。可是所有这些都得滚蛋了。我的自然保护区该怎么办？消失。我的六千棵树怎么办？消失。我的野薄荷的芳香怎么办？消失。我们已经受够了。不光是我，还有我的农民伙计们，以及生活在这个地区的人们。"

在他看来，大自然已经成为了环保地产发展商的原材料。大自然是他们自我创造、自我制造的，是他们的私人定制，是当下最时髦的款式。沼泽正流行，树木已经过时。人们可以订购各种各样的生态系统，享受送货上门的服务："淤泥和盐沼""芦苇和水""池塘和河岸"……产品目录里能见到繁多的种类。你想要鳗鱼吗？那么我们就增设一条移居鱼类的河道。你想要不停歌唱的黄条背蟾蜍？那就加盖一条野生动物通道。大自然就是一家欣欣向荣的公司，绕着它转的正是大笔的资金流。"用的是纳税人的金钱，却是以我们为代价。"德·克鲁特冷笑道。

这里必须被改建为一片坚韧的大自然，能够自负盈亏，像不远处的港口一样经得起小风小浪。这片广袤、连绵的土地必须创造出更高的自然价值。在德·克鲁特看来，坚韧这种百搭的术语只不过是为了最大程度地抢占土地而想出来的托词。"环保人士所得的土地越多，港口就越觉得称心如意。为了换得这块坚韧的地盘，他们就可以摧毁其他地方的大自然。必要的时候，自然保护区依旧可以让步,这样的话,环保分子就可以重新得到别的土地作为赔偿。这就是背后的意图。这就是焦土政策。"

具有讽刺意味的是泽兰的抵抗先锋是一位倔强的比利时人。另一点具有讽刺意味的是他本人是一位挖泥大王。他油盐不进的执拗做派已经令他付出了生意场上的代价:"按照规定,港口和斯海尔德河的所有工作全都由挖泥大王德莫和德·努尔接手。每一年,快速受到淤泥阻塞的都尔冈克码头都需要疏浚。这需要支付每年几千万的费用。真是一个无底洞。这个工程,他们没有经过投标就中标了。但凡愿意支付我他们所报价格的百分之十,我就愿意去做。"

根据阿凯笛思咨询公司的计划,海德维赫圩田的部分区域必须再挖掘若干米的深度,直到出现泥炭为止。据德·克鲁特所说,安特卫普的梅尔勒教授便是所有这一切背后的驱动力,是自九十年代起就主张退田还海以及自然赔偿机制的发起人,也是与所有计划牵连甚广的生物学家。他们之间常有往来。他对这个名字嗤之以鼻:"派特里克·梅尔勒教授。多年来,他一直是安特卫普港口董事会的成员。基于他所提供的报告,他们才得以把泽兰和瓦斯圩田地区的居民们赶走。记住这个名字。"

我点了点头。

等他把想说的话全都倾诉完了,他又领着我登上了斯海尔德河堤坝,向我展示淤泥的阻塞速度有多快。对面就是曾经的塞莱娜圩田,直至1990年,麝鼠破坏了隔离堤的根基，从而导致了它的垮塌。那时，麝鼠还是一大灾害。德·克鲁特家族将被洪水淹没的区域卖给了泽兰景观集团。那份协议是在盐沼地的一场典礼中签署的。如今，那个地方更名为希伯达盐沼地，之所以叫这个名字就是为了纪念一位来自米德尔堡的法官，若不是他慷慨捐赠，收购就不可能实现。经过了二十五年的潮涨潮落，这里沉淀了大量的淤泥，地表抬高了好几米。

我们转过身，望向海德维赫圩田。它从我们脚底的深处展开，向着远处延伸。"其实，我现在也应该这样处理这片土地。"他无不动情地说，"卖上个不到一亿欧元。"

工头沿着边界线重新拉起了一道分割线，地点就在战争时期的死亡战线上。不过，它已经被顽固的农民们压得半垮了。一块抗议牌上写着"保卫堤坝"的字样。

***

当我到达康复中心的时候，正巧碰到妈妈坐在马桶上。她陷入了深深的痛苦之中。一名护理人员把她抱到了马桶上，留她在那里一坐就是半个小时。尽管妈妈拉了整整十次挂在脖子上的铃铛，却根本没有人理会她。我找遍了整栋大楼才找到那名护理人员。她解释说星期天只有两名工作人员值班，所以她同时照顾着五位坐在马桶上的老人。

半夜时分，妈妈偶尔也会一连十次拉响铃铛。她躺在床上不敢睡，生怕要尿尿。由于没有足够的人手照顾她，因此，就算她根本没有大小便失禁，他们还是给她穿上了尿不湿。只有当尿不湿上的某条标志线被染成蓝色的时候，他们才会给她换上新的。那个时候，它才是"饱和"的。要是标志线还没变颜色，她就还得再尿上一次才行。

"我甚至没法掌控我自己的身体。"妈妈的眼睛里闪烁着泪光，这大约是最令她悲伤的事了。

这是一名仰息他人的女农民的自恃心。她的生活有百分之九十五都需要依赖他人，可是她还是牢牢地坚持着剩下的百分之五。每失去一个百分点，对她来说都是一场悲惨的浩劫。不过，妈妈是一名斗士。

想要把她搬进汽车变得越来越困难。她紧紧地抱住我的胳膊，她的双腿简直就是负担，她的双手瘦得皮包骨，她的皮肤薄得只要轻轻一扯就会被撕裂。我们踏上了前往"圩田里的卢尔德①"——哈弗兰的朝圣之旅。那是妈妈每一年都要去的地方。小时候，我们总喜欢跟着一起去，因为那里有欢腾的嘉年华活动。我们可以在那里买到小风车、弹弓和棉花糖。可是如今，围绕在古老的礼拜堂旁边的椴树却带给人们平和的宁静和安详。

我们沿着十字架道路，一小步一小步地往前挪，从一处苦路到下一处苦路，而妈妈则手持着念珠串不停地祈

---

① 卢尔德，系法国南部的一座城市，是天主教的朝圣地，传说中圣母显灵的地方。

祷。朝圣的道路上有高大的灌木树环绕，看得出来，它们已经有段日子没修剪过了。无论走在什么地方，小鸟的歌声都会萦绕在我们的耳旁。

我们发现，这座礼拜堂如今由杜尔从前的教堂司事的妻子负责打理，她热情地接待了我们。妈妈请她帮忙点燃一根蜡烛，随后把钱投进功德箱里。一个友善的小矮子推着她的轮椅，一直来到圣坛跟前。那里矗立着神奇的玛利亚塑像。这尊塑像是1511年农民们在一棵椴树下锄草时发现的。古老的祭坛栏杆上描绘着1585年那个举世闻名的奇迹是如何发生的。为了攻占安特卫普，西班牙的亚历山大·法尔内塞将军将指挥部设在了距此地不远的护城山上，来到这里乞求圣母玛利亚的庇佑。紧接着，安特卫普沦陷了。

我们坐在咖啡厅的露台上，在遮阳伞的遮蔽下吃着华夫饼。"我的信仰给我带来了什么？"妈妈冷不丁地问道，"我不是什么道貌岸然的伪君子，但是我每个星期天都会到卡尔夫的教堂去。如今，我觉得自己受到了上帝的惩罚。我一定是犯下了什么极其严重的错误。"

对于一位年迈的女农民来说，生活不过就是每天长时间地瞪着眼睛躺在床上，连翻身都翻不了，只能盯着天花板等死，除此之外，还能有什么追求呢？她祈祷自己痛苦的深渊中可以出现一丝意外。她对未知的苦难感到恐惧。她也对死亡之后的世界感到恐惧，或许应该说是对死亡之后的未知感到恐惧。她一边祈祷，一边在心里想："祈祷究竟有用吗?"

"等待死亡实在太痛苦了。"妈妈说。

"爸爸不是说过死亡是自然界的必经之路吗?"

"是啊,可是医生也说过,几乎所有人都很难接受这个现实,尤其是我。"她说。之后,她又道出了一些显然是经过深思熟虑的想法:"有些人说,要是换作他们身在我的处境,他们宁愿挨上最后那一针。可是我却从来没那么说过。我觉得,世界上总会有一些东西可以成为我们活下去的动力。而且,我还觉得他们给老人安乐死只是为了让自己获得解脱而已。不然的话,为什么新闻里总是报道安乐死的案例呢?"

"安乐死是需要本人提出申请的,妈妈。"

"你听见我的话了吗?"她设下一个圈套问我。

"我听见了。"我说。

"你听懂吗?"

"我听懂了。"

很久以前,我就觉察到农民往往比城里人有着更虔诚的信仰,甚至直到现在还是如此。我猜想,是日常生活中的诞生、死亡、大自然和自然灾害令他们比常人更加虔诚,也更加迷信。我曾当过许多年的辅祭,当然,主要是为了每个月都能从教堂司事那里获得一些零用钱。我跟随着队伍,走在堤坝上,打扮得像一个天使似的,为耕地里的农作物祈福。我也曾被召集到神学院里去"试读"几天。那个时候,在所有的农村大家庭里,除了想要一个继承家业的子嗣之外,最希望的不就是家里能出一名神父吗?

我在农场上找到了几张"我的第一次"的印刷品。我说的并不是我的初夜,而是我第一次参加弥撒时的场景。照片上的那个小男孩恍如隔世,脸上露出一丝圆滑的微笑,身上穿着黑色的西服,左手拿着一本弥撒书。

"那时候,你就没觉得很诡异吗,妈妈?我说的是神父来农场上接我的时候。"我有点儿唐突地问道。

"嗯?"妈妈惊讶得瞪大了眼睛,"怎么了?"

我很高兴能用一次次简短的祷告换来跟"十四岁的大孩子们"一起去瑞士参加夏令营的机会。这是基督教卫生局的一项传统。我们乘坐夜班火车抵达萨尔嫩,然后转乘汽车进山,一直来到梅尔希塔尔。卫生局在那里租下了十栋军营营房,它们分布在一条陡峭的山路两侧。白色的木头营帐里有巨大的宿舍房间、公用的淋浴房和一排排不带门的厕所。每一座营帐都配有一名教士。

我们提着卫生局分发的纸板手提箱抵达那里。白雪皑皑的阿尔卑斯山山顶给我们留下了深刻的印象。我记得最清楚的要数小型的山地拖拉机和挂在牛脖子上的响亮的铃铛,每到挤奶的时间,山谷里便回荡着清脆的铃铛声。一条湍急的河流经过我们的营地,向山下奔流而去。河里满是岩石和鹅卵石。我们营帐的教士是一位来自瓦斯的年轻神父。他对我尤其偏爱。

他会捏着我的膝盖给我讲搞笑的故事,笑得我肚子疼。他教会了我们怎样采摘雪绒花。那时候,这样的做法还没有受到生态环境保护者的严令禁止。我跟他相处得非常愉快,度过了一个快乐的假期。这些话被我写在了明信片上,直到现在还收藏在妈妈的家庭相册里。

每当我们在阿尔卑斯山上的草地里散步时,我们就会唱起歌来。其中,我记忆最深刻的便是这一首了:

> 每当我走过草场,
> 看见天空和太阳,
> 我就深深体会到造物主的伟大,
> 您的威严至高无上。

从瑞士回来一个星期之后,那位教士开着车造访了我们的农场。他邀请我到他位于河边的私邸去。他博览群书,满肚子都是道不尽的故事。通常,他的穿着都很运动,偶尔有几次穿的是黑色的长袍。我们一聊就是几个小时,在此期间,他也会把手伸到我纤细的双腿上捏一捏,简直把自己当成了钳子手小德里斯。

每当他来接我的时候,妈妈就会笑逐颜开地站在篱笆旁,向我们挥手道别。她很高兴家里出了一个步入正途的孩子。就在他的手在我双腿之间越攀越高时,我终于忍不了了,说我再也不想去他家了。我感到十分遗憾,他也一样。后来,他还寄来过一张卡片。那张卡片一直被收藏在家庭相册里:"来自卢尔德的诚挚问候。"妈妈收藏它会不会是因为她此生唯一的一次远行,也就是她的蜜月旅行,同样是去的卢尔德?她从那里带回来的水晶球贯穿了我们的整个童年时代。只要把那个球颠倒过来,里面就会洋洋洒洒地下起雪来。

"妈妈,那个男人居然那么轻易就把我带走了,这简直太不可思议了。想想看吧,那时候,我才十四岁啊。"

"那个时候,我们什么都不知道啊。"妈妈局促不安地说。

无论她愿不愿意承认,即便她听说过几次关于那位神父的咸猪手的事情,她还是忍不住又笑了起来。起初,她用手帕挡着,偷偷地笑。后来,她扭过头去,把布满皱纹的面孔背对着我,越笑越大声。她笑得前仰后合。

***

海德维赫圩田长篇故事,第37集。新纳曼的德·考特社区活动中心里聚集了许多人。新纳曼是许尔斯特的一个自治行政区,紧挨着基尔德雷赫特。身穿T恤衫的激进分子们大声疾呼,他们手里的标语和徽章上写着:"退田还海?没门儿!"牌子上的口号把矛头指向同一个敌人:"环保毒瘤,好走不留。"窗户上糊满了横幅。游行示威者像剃刀般犀利。他们相互之间似乎全都认识。不知道他们每隔多久才会一同坐着汽车到政府内庭去一趟。

在咫尺之遥的地方,也就是许尔斯特尔洛大街上的教堂跟前，矗立着一座引人注目的耶稣受难像。长椅上镌刻着一段《雷纳德》的引文。新纳曼就是从前许尔斯特尔洛的所在地。十二世纪时，扎勒赫姆的僧侣修道院开垦了这个地方，并且在《雷纳德》一书中多次提到这一事件。在接下来的几个世纪中，这里变成了广为人知的朝圣地，因为这里也出土了一座神奇的圣母玛利亚雕像，不过，一切都在十六世纪的圣像破坏运动中被暴民们毁得片甲不留。

荷兰政府在社区活动中心里组织召开了一场有关海德维赫圩田的信息发布会。行政官员和发言人忐忑不安地在贴有计划书、照片和文字的巨大展板之间来回踱步。内室里的会议正进行得如火如荼。他们用华丽的词藻解释，言语中暗留余地。海德维赫圩田所在地区的省政府和许尔斯特市政府原则上反对退田还海的做法。去年，他们还在上书海牙的信件中慷慨陈词："作为当地政府，我们觉得自己完全被部长和内阁所忽视，他们不屑一顾地对这片他们眼中的海外地区做出决定。"

2005年，荷兰和佛兰德签订了斯海尔德河协议。随着协议的签署，这片地区立刻陷入了水深火热之中。加深斯海尔德河的代价就是荷兰和佛兰德分别修复六百公顷和一千一百公顷的自然地带作为补偿。这一决议尤其在泽兰省引起了反对的浪潮，从而引发了一场外交骚乱，安特卫普甚至还大肆倡议人们联合抵制泽兰出产的青口。政府和党派像一片树叶似的在空中摇曳，一次又一次地举棋不定。唯有自然保护组织和荷兰的鸟类保护组织坚定地要求退田还海。后者还驾驶着飞机，向媒体展示这一地区，并且在报纸上声称："我们总不能把西斯海尔德河的未来全权托付给区区一个可怜巴巴的女农民吧？"

作为"拯救我们的圩田"这个最主要的抗议团体的主席，麦赫达·德·费耶特对此泰然处之。她是一位自信的女农民，身负着一项使命。她在西斯海尔德河古老的家族农场——和协圩田上从事农务。起初，和协圩田也曾受到提名，可能会被归还给大海。除此之外，她也是泽兰农场协会的主管之一，这个协会旨在美化农庄，并且将它们的历史载入史册。另外，她也积极参加"泽兰土地"——一个针对精神病人的特殊住宅项目的活动。在这个越来越多的农场被空置的地区，已经有很多"特殊人群农场"了。

会议结束后，麦赫达简短而又有力地向我解释了为什么大多数泽兰民众都会反对退田还海。首先，放弃全欧洲最肥沃的土地，对于人们来说是一个无法承受的想法。还是让他们到贫瘠的地区去建设新的大自然吧！其次，将圩田交还给河流会深深地刺痛泽兰人民的心灵，并且有违自然规律。试试去劝服那些经历了1953年大水灾的人们吧，那个时候，堤坝并没能拯救那些逝去的生命。这里的每一个人几乎都有家人或朋友为此长眠在教堂的墓地里。

那么她为什么愿意把这样的烂摊子扛上身呢？麦赫达犹豫不决地向我讲述了她做过的梦。事情发生在和协圩田退田还海的议案被提上日程之后不久。在梦里，她看见一位行政官员来到她的庄园上，要征收她的土地。就在这时，海水席卷而来，海浪把那个男人连人带椅子地卷走了。而麦赫达自己也大头朝下地被包围在海水里，直到她到达死后的世界。那里已经有人在等候她了：她的父亲、祖父母、伯伯、婶婶。他们无法理解圩田为什么再度被水流覆盖了。她的父亲对她说：回到和协去，尽你一切的努力拯救那里的圩田。于是，从那时起，麦赫达就将全部的时间都投入到"拯救我们的圩田"去了。

在许尔斯特，受到影响的不仅有海德维赫，还有花床圩田。那是一片源自十二世纪的圩田，比西斯海尔德河更古老。她同样也为它的生死存亡奋力抵抗。"如果让梅尔勒教授如愿的话，"她说，"那么用不了多久，西斯海尔德河所有的圩田都会被海水覆盖，这一点你知道吧？"

不，我并不知道，不过，我还是点了点头。

除了她之外，几乎从不缺席这一类示威活动的还有来自繁祉圩田的保罗·范·布鲁克和拉夫·范·布鲁克。他们是父子俩，两人的学科背景都是农业科学硕士，职业都是农民。他们频频用约翰迪尔拖拉机和他们的"我要坚持当农民"标语牌示威。他们将会失去海德维赫的十八公顷农田，以及其他圩田里的土地。明年，繁祉圩田南区将会变成一片池塘地域。那又是一个新的生态补偿机制。到时候，那里就只剩下村子的中心地带了。零零落落的几条小街道将会是整片自然保护区中的飞地。那片飞地甚至还会被冠上一个新的名字——繁祉村。

无论如何，保罗和拉夫都坚持要在这里农作，哪怕只能像最后的莫西干人那样，苟活在保留地里。可是，他们能够如愿吗？生态区域周围的农场受到了极大程度的限制。其中一部分被亮了红牌，必须停工。其他的被亮了黄牌，必须在空气滤清器上做大量投入。

一切都飞快地变化着，速度超尘逐电。一谈到与港口扩张斗争的四十年以及亲身经历的人生悲喜剧，保罗的心情就变得沉重起来。位于卡罗的那座世代相传的农场被征收时，他刚刚二十岁。他才刚开口，眼睛里就已经饱含热泪。他亲眼看见庄园是如何受到摧残，那些情景在他的视网膜上留下了深深的烙印，令他一生都心有余悸。

保罗也是教堂理事会的成员。我惊愕地从他那里听到托尼·威尔克斯神父是如何中风去世的。他生前是一名热忱的退田还海反对者，当人们在繁祉圩田的教堂私邸里发现他时，他的尸身已经开始腐烂。多年前，神父曾给我年幼的儿子多里安做过有治疗功效的羊奶奶酪，我们坐在他的私邸里，倾听古老的乐曲。如今，他的教堂被封闭，塔楼里住满了寒鸦。

不久前的一天，保罗一大早开着他的约翰迪尔拖拉机前往他的农田，途中经过了新纳曼。他的农田上积累了一大坨堆肥，他必须在一周之内把它们清理干净，否则就要交罚款。那些天里，他饱受退田还海的困扰。突然间，他眼前一黑，连人带车地掉进了运河里，径直掉到了一个混凝土的涵闸上。他的头撞到了挡风玻璃上。苏醒过来的时候，他顾不上断了的肋骨，从圩田沟渠里爬了出来。

"医生说，这是由于压力所导致的，当时的情况就是这么糟糕。"保罗说，"可是，只要还有一口气，我就一定会坚持到最后。"

当听说满头白发的理查德·布莱恩伯格羞辱"环保黑手党"的时候，我大吃一惊。他在新纳曼出生，也在这里长大，可是一直以来确实支持退田还海的。理查德是出类拔萃的原始人类，是一名真正的盐沼地里的印第安人，一个活生生的传奇。他经过计算得出，自己以偷猎者和导游的身份，总共在萨弗町赫的淹没地带走过五万公里。五十年代末，他和他的岳父在那里杀死了最后一头海豹。但是，当他们把海豹的右腿作为小费交给田间巡查时，才发现这样的狩猎行为已经被明令禁止了。他也曾多次带我走在田间。历经五十年后，他结束了这样的生活，因为盐沼地里拉起了八公里长的铁丝网。这并不是为了控制奶牛的活动区域，而是为了阻止人类进入。如今，那里已经变成了鸟类的栖息地。只有鸟类管理员才能在那里随意走动，也正是他们，向警察告发了他在这里抓了一辈子比目鱼的朋友。

"有时候，对鸟类的爱和对人类的厌恶是相辅相成的。"老理查德咕哝道。他曾经当过船长。1953年的洪水过后，他亲眼见过漂浮在水面上的尸体。"可是，盐沼地并不仅仅属于环保分子，更是属于我们所有人的。大自然所拥有的并不单单只有绿色。"

***

我去到淹没地带的另一边，拜访退休医生柯莱特·赫尔曼斯。她是一名狂热的大自然爱好者，是一位草药婆婆，也是一个好巫婆。我要问问她这些痛楚的根源是什么。她住在斯海尔德河的内环堤上那栋古老的盐沼房里。几年前，她收到一封信，信里说，由于她的房屋坐落于海德维赫-繁祉潮间地带，因此将被征收。她聘请了一位律师，向国务委员会提起诉讼。调查发现，管理层在绘图板上画线时往右偏离了一点点。那不过是一个五毫米的小误差。

她不仅对大自然充满热情，对待艺术和文化也是如此。因此，她和她的丈夫在早年间买下了杜尔的高屋①。那是一栋受保护的古迹，始建于十七世纪。就连那栋房子的生死存亡也和杜尔一样受到了威胁。十年前，柯莱特的丈夫去世了。一连数年，柯莱特捧着所有的文档材料，踏烂了各级政府的门槛，如今，那栋房子已经变得破败不堪，受到了无赖们的毁坏。1998年底，我获许在高屋暂住，用大约一年的时间写成了《缺口》一书。那是我回归的一年，也正是在那一年里，我发生了一些质的变化，内心深处的本我被唤醒。

---

① 高屋，建于1613年，曾多次易主，其中最著名的主人是比利时画家彼得·鲁本斯。

从那时开始算起,我还回来过几十次。每当我走在这片土地上,一个又一个的故事回荡在我的脑海时,我都会来到这里,来到这栋盐沼房汲取养分。我们会一同喝上一杯,透过窗户望着在圩田里劳作的农民,后来,又变成望着窗外经过改建的自然保护区。有一天,我们亲眼见证了解放庄园是怎样在短短几个小时内被推倒、铲清,然后运走的。据环保管理部门所说,这栋古老的牲口棚制造了"不便和障碍"。柯莱特扼腕叹息,因为那里常年居住着一窝仓鸮。

盐沼房后面的斯海尔德河堤坝如今被篱笆和堆积成山的淤泥封闭了起来。不过,我没费吹灰之力就翻了进去。我来到繁祉圩田那个古老的小港口,那里依然停靠着三艘船只,它们陷在泥沼里,动弹不得。这里将会挖掘出一个巨大的缺口和河道,从而确保海水可以每天两次流经这里,一直涌入潮间带。然而,由于有关海德维赫圩田的政治秀还远远不能结束,因此,这项工程预计还得耗上好几年的时间。与此同时,人们打算将被征收的繁祉圩田用于其他的环保项目。

一块指示牌上写着,这里现在被打造成了一片"水域鸟类的临时繁殖区域"。尽管只是短短的几年,却会耗费几百万欧元。为什么要让水域鸟类生活到一个距离大海几十公里的地方呢?是因为港口地区多年来一直处于休憩状态,使得那个地区看上去像一片沙滩似的,由此吸引了反嘴鹬和燕鸥。而现在,港口崛起了,鸟儿们也应当有权力得到一片新的区域,作为港口对占领它们地盘所做出的赔偿。

我的面前有一连串的小岛屿,它们是用几十辆推土机、起重机和卡车共同铺就而成的,出现的速度堪称创造了新的世界纪录。那里正是从前安东尼奥斯庄园的土地。这项工程必须快速进行,以求赶在孵化期开始之前竣工。问题在于这里的海水必须在水泵的帮助下永久地维持在必要的标准线上。此外,那些小岛必须定期收割、研磨,并且抛撒沙子和贝壳覆盖在其表面,令它从表面上展现出海滩的模样。

此刻,它们已经呈现出了田园般的景象,大自然的发展就是这么迅猛。如画的风景与从前的圩田景象形成鲜明的对比。这里的景观正在以迅雷不及掩耳之势变得落伍过时。

根据官方文件的说法,这就是具备极高自然价值的优质自然。衡量的标准并不是普通人的目光,而是以动物的种类和数量为立足点记录大自然的鉴赏家们。重要的是他们如何在评分表中打分。

这说起来是一个技术性很强的事情,一点也不浪漫。这样的介入必要并且紧急,因为部分鸟类的"豢养目标"并没有实现,而按照欧洲环境法的要求,它们恰恰是需要受到保护的。尤其是反嘴鹬,又或者该称它为鸟类指令的附件 i 中第 a123 项。

我透过我的老望远镜,看见它的的确确坐在松散的沙子上孵蛋。它的脑袋黑白相间，它的喙向上拱起。看来，这样的做法的确有效果，就连这个地方也不例外。反嘴鹬读懂了道路指示牌。唯有一个瓶颈：它真真切切地受到了a176项，也就是成百上千只高声尖叫的海鸥的包围。小岛为此而变得白茫茫一片，就像漂浮在海面上的浮冰。

这一切听起来就像是大自然实现了从神话到科学的转变，如同要将所有的魔力都驱散一般。只不过，显然并不是所有的事物都能被操控和掌握的。

稍后，我们一同喝起了啤酒。"它看上去倒是很美，"柯莱特一边喝，一边说道，"可是，孵化的计划却被搁浅了。海鸥把其他的鸟类全都驱赶出去，抢夺了它们的蛋。万一蛋里真的孵出小鸟，我们的朋友小雷就会把它们拿走。就在这个星期，我还看见一只狐狸在我门口的台阶上，一个劲儿地挠门。那些小岛的出现恰恰就是为了把狐狸赶走。可是，我亲眼看见，它游泳游得很棒。"

那只狐狸并不是豢养目标唯一的敌人。令柯莱特伤心不已的是斯海尔德河堤坝沿岸所有的树木都被清除了，目的只是为了防止猛禽落在树干上，偷偷窥视，最终将附件i美餐一顿。

"你觉得大自然最美的地方是什么？"我问她。

"在冰天雪地中，一队野鹅气势磅礴地从空中飞过，就好像要把天空切割成几块似的。"她不假思索地回答道。她和我一样，都是季节的孩子。"每到夏天，我就会想，不知道这里下雪、结冰时会变成什么样。而每到冬天，我就会努力想象一切变得温暖和郁郁葱葱时的模样。"

"为什么这里的人这么抗拒环保主义者呢？"

"喊，"她说，"要是经过了设计和开发，那还算得上哪门子的大自然？只知道以自由生长的人类自然为代价，要知道，那可是人们赖以生存的环境，不是用来完成目标的。这里的人们与大自然有着那么密切的、感知的联系，然而，那些人却偏偏容不下它。"

我们透过窗户，望着路禽栖息地里的一群野马。十匹种马相互咆哮，撕咬着彼此的嘴，扑到彼此的身上，在池塘里来回奔腾。作为史前马种的高级翻版，科尼卡野马可以在无人饲养的情况下，在自然保护区熬过整整一年的时间，可是，眼下的它们看上去却是一副饥肠辘辘的模样。这一回，我出门时没有带面包。

柯莱特又陷入了深深的不安之中。报纸上刊登了政府将要征收老杜尔这座村落的消息。这座只有几十栋房屋的村落将被改建为自然保护区，这样一来，她也就不得不背井离乡了。新闻里也提到了，这则消息还未经确实。顺带提一句，柯莱特的房子后面立着一块大牌子，那上面写着，之所以精挑细选，最后确定了潮间带的原因就是"从而将老杜尔变为一个更适宜居住的村落"。

沿着斯海尔德河堤坝向前走，一直走到头，那里如今矗立着杜尔的战争纪念碑。那是在战争之后建造的，旨在纪念横飞的炸弹，例如落在西蒙娜家庄园上的那枚致命的V-1飞弹。前不久的一个清晨，市长偷偷让人把它销毁了。

经过强烈的抗议，他又让人在这片荒凉的地带将它重建起来。

"要是想破坏一个群体的话，那就必须夺走它的声誉和象征意义。"柯莱特叹息道。

在斯海尔德河堤坝的淡水一侧，我幸而看见了圣安东尼奥斯那座古老的礼拜堂。圣安东尼奥斯被视作遗失的过去的守护神。可是，曾经坐落在它后面的农场却已经消失不见了，安东尼奥斯本尊也一样。礼拜堂里空空如也。

## 第六章　扎勒赫姆。擅自离去

当我站在篱笆旁时，眼前出现的是一幅意想不到的景象。在上百米高的风车的笼罩下，我们广袤的农场突然变得渺小而又无足轻重。一眨眼的工夫，它们就被巨大的起重机搭建起来，如同乐高积木一般，层层叠加。风车的顶端，一盏蓄电池照明灯不安地一闪一闪。

风凄厉地刮过田野，牲口棚大门上方的雨棚啪啪作响，可是风车却没有转动。我局促不安地望向老棚屋的侧墙，侧墙临街，是我请村子里的工程队加固过的。墙面突然倾斜了，古老的砖块间裂开道道缝隙，屋脊上的木板已经开始松动。我在心中猜想，这一定就是隔壁那栋别墅大肆施工的后果。不过，我并不打算就此去指责隔壁的新邻居。他刚刚委托他的律师给我们发来了一封信,对农场的历史边界线一事提出和解,前提是我们允许他拆除一截老隔墙,用铁丝栅栏取而代之。

"我不想听。"当我想要把风车和别墅的事情告诉妈妈时,她打断了我。至于加固牲口棚嘛,那是:"做的无用功。"

最近的雨水特别多,以至于原本空荡荡的粪坑被灌得满满当当的。一对绿头鸭落到了池塘上。那只缺了一条腿的黑水鸡在鸢尾花丛和拐角处的常春藤里安营扎寨。偶尔可见,芦苇和香蒲开始生长。大自然一寸一寸地侵吞这片领土,与房屋后面的沼泽般的牛犊领地无异。在那片受到牛犊过度施肥的土地上,柳树和接骨木生长得郁郁葱葱。一棵白杨树被风刮倒,我任由它腐烂,成为昆虫和霉菌的食物。田野将会成为专属于我的新荒野。我的一席原始丛林。原生态。

然而,我还是最愿意看见田野上巨大的、发酵的、臭到令人作呕的粪堆,这远比生长着鸢尾花和浮萍、有鸭子嬉戏的池塘令我欢喜。幸好,尽管没有了牛群和粪堆,可是我还是在农场上发现了十只左右的家燕。它们飞舞着,在牛棚、车库和旧猪圈里进进出出。它们叼走稻草和叶片,把它们浸入粪坑里的泥浆中。它们原本在牲口棚顶部的窝隐藏在就像蕾丝编带似的厚厚的蜘蛛网之间。它们加固了鸟窝。以前,每当看见妈妈清除搭建在房屋檐槽底下的鸟窝,而燕子则唧唧唧地围绕在她身旁飞舞时,我总会大发雷霆。她说，外墙面和窗户被燕子粪损坏了。

　　下午，我从地窖里搬来了妈妈的天竺葵，往里面插上一些枝叶，又添加了肥料。我在每个窗台上都摆了一个花盆。我按照她所要求的那样，耐心地等待，直到五月中旬的冰圣期①过去，再也没有不会有霜冻的危险。在那之后，我开始了菜圃里的劳作，那片菜圃被称作"自家菜田"，而整座农庄便是"自家农场"。过去的几年里，那里一直种植着花椰菜、豆角、芽甘蓝、胡萝卜和西红柿。我常常从那里带回蔬菜，每当那时，我总是尽可能地报以赞颂的语气，因为曾经有一次，我抱怨在甘蓝菜里发现了毛毛虫，自此，我的哥哥一连责备了我几个星期："你们这些城里人啊，哼。"如今，我自己在这里种下了韭葱、茴香、西兰花、洋葱、小胡瓜、南瓜和土豆，全都是些容易养活的东西。巨大的花盆里还生长着一种当地的特产植物，它是我在新纳曼的农艺中心购买种子和盆栽土时，两个满脸青春痘的小伙子兜售给我的。几天之后，我把它们栽入腐殖质中，随后，这盆植物就像火箭般地向上蹿升。

　　"这种植物用来泡茶特别好，能让人感到平静，"农艺中心的小伙子们笑着说，"而且还拥有外星的生长力量。"

　　"对农民的儿子来说，还真是一项挑战。"我说。

　　菜圃旁边的女贞树篱后面摆放着一些工具，别的人多

---

① 冰圣期，5月11日至15日，是分别以五位圣人命名的日期。根据节气历法，是春季最后可能出现霜冻的日子。

半会把它们当作废料吧，不过，对我来说，那就是一座小型的农业历史博物馆。那里有蓝色的甜菜切割机，我们曾经用它研磨了大量的饲用甜菜用来喂养奶牛；有沉甸甸的石碾，每当我们拖着它，穿过街道，到农田里去碾轧土块时，它就会发出隆隆的喧闹声；有装着钳子的犁，当我还是一个小男孩的时候，我就已经会用它给农田翻地了；有陈旧的土豆挖掘机；有最早的铣刀；还有其他各式各样的工具。出于怀旧的原因，它们长年累月地堆放在这里，直到如今还因为它们的坚不可摧令人刮目相看。我的哥哥另外打造了一所工具屋，里面装着巨型的、自动化的土豆挖掘机和甜菜挖掘机，不过，随着时间的流逝，那里也像其他的农庄一样，越来越多地被当作雇农的工作场所所使用。

当太阳开始西沉，落到西红柿企业的背后时，我行走在收割完毕的牧场上。天气预报员预测未来一个星期都很暖和，可是一个星期的时间对于制作干草来说偏偏短了一丁点，不过，任何时候，这都是一场赌博。我走到风车的跟前，望着头顶上方巨大无比的扇叶，它们一直伸向我们的牧场。风力发动机上用斗大的蓝色字体写着"伊莱克拉宝"。白色的桅杆中央画着一条红色的腰带。我穿过泥潭，朝着台阶走去。上了门闩的钢筋大门旁有一个站台。我站在站台上，环顾着周围凌乱不堪的景象。

风车旁边有一个移动厕所，它的门是蓝色的，屋顶是白色的，里面有一个马桶和一个盥洗池。厕所的墙壁上挂着一张表格，上面记录着马桶清洁的日期，还加盖了保洁公司的印章。我走进去方便了一下。

等我上完厕所，我发现面前有一个小小的、四四方方的容器，上面插着一根管道，就像从潜艇里伸出一副潜望镜似的。容器的下面挂着一个扬声器模样的东西。我绕着容器走了一圈，发现潜望镜一直跟着我转动。我觉得自己被抓了个现行。

它的侧面写着"飞碟"，底下还有一行小字：非常谍影观测装置。难不成这是出现在我们的圩田里的又一外星现象？

"喂，有人吗？"我问道。我做了个鬼脸。没有任何反应。

我朝着伊夫斯的家走去。这个"发明家"就住在五十米开外的地方。他恰巧也在观望风车。他是这里的新人，原本打算到一座古老的小农场上实现自己的田园梦。从前住在那里的是农民杰夫和他智力有缺陷的儿子维尔弗里德。我很喜欢维尔弗里德。他总是穿着一身灰色的工作服，戴着一顶大帽子和架着一副厚厚的镜片。他着迷于我们家的拖拉机，几乎每天都会来看一看："大铁牛，大铁牛，大铁牛。"他总是心满意足地哼哼着。平日里极少让我坐拖拉机的哥哥却总会带着他去兜风。如今，维尔弗里德家的田野上堆满了伊夫斯丢弃的肥料和垃圾。几年前，伊夫斯参加了一项发明大赛。他所发明的用千斤顶的车获得了二等奖。那个千斤顶很大，足以把汽车侧立起来，这样，司机就可以更加轻易地修理车盘。获得第一名的是一个提裤器。有了它,老年人不用弯腰就可以穿上内裤。这是有史以来最伟大的发明创造之一,伊夫斯挖苦地笑了起来。

"你看见那个'飞碟'了吗?"我问"发明家"。他是对新科技最熟悉的人。

"那些跨国公司一直关注着我们的动态。"他对此一清二楚,"别相信伊莱克拉宝,看看他们对他们的杜尔核电站做了什么吧。"

"自从有了那些风车,这里的景色就有了很大的变化。而这些变化离我们的房屋仅仅三百米之遥。"

"不管怎么样,总比核能好。"伊夫斯总结说,"况且,除了视觉障碍之外,我们并不会受到太多的困扰。那些风车就像白杨树一般在风中沙沙作响。"

***

"那些亚麻长得真好啊。"妈妈说。她让我在鹭鸶林旁边的耕地里停一停。她倚靠着车门,贪婪地望着地毯般绿色的田野。浅蓝色的小花朵已经在那里崭露头角。植被生长的速度很快,因为亚麻的生长周期不过只有短短的一百天。幼小而又坚韧的茎已经接近一米高。我已经掰不动其中的纤维,因为这种植物的韧性极强。我很高兴能和妈妈一起来到这里,眺望我们的土地。

我缓缓地驶向农场。我收起她的轮椅,搀住她的胳肢窝，把她从汽车里抱了出来。这些日子以来，那只毛色泛红的公猫看上去越来越健康，毛色也闪闪发亮。它在她的脚边蹭来蹭去，可是，她却嘟了嘟嘴。她既忐忑不已，又望穿秋水地看着她的农场——他的农场——我的农场。

"玫瑰花的苗圃里长满了杂草，草地上到处都是蒲公英。"妈妈说。

"我会处理的。"

"门廊已经彻底被苔藓覆盖了，瓦片也已经松动了。还有，那又是个什么玩意儿？"

她满腹狐疑地指着我们的樱桃树。我把她色彩最为鲜艳的围裙挂在木板上，由着它像风筝似的迎风摇摆。

"呃，是稻草人，妈妈。"

"那是我的围裙！光凭它，怎么可能把乌鸦吓跑呢？"她鄙夷地说道，"我现在就可以告诉你，树上一颗樱桃都不会剩下的。"

"那些是寒鸦，妈妈。你还是看看燕子吧，它们又回来了，虽然这里已经没有奶牛了。"

"这里空空荡荡，连一头牛都没有，真悲哀。"妈妈说，"你和你的燕子啊。它们会把窗户拉得不成样的。"

"它们不是毛脚燕，而是家燕。它们不会离开牲口棚的。"

"那就还好。这么说来，它们会抓苍蝇。"

"那些干草还得晒多久啊，妈妈？"

"八天就够了。"她说，"如果能晒九天的话，那就更好了。十天是最完美的，不过那是不可能实现的。"

我们站在果园的矮墙边，她望着她的牧场。这里是她当年动用了自己的积蓄购买的，所以她对这片地方的感情也更深。她望着西红柿企业。工厂的涡轮机冒着滚滚的浓烟，贮仓高高地耸立着，远远看去，就像是一艘在农田里搁浅了的蒸汽船。她又望向旁边的风车，那是一座带闪光的灯塔。早些时候，伊莱克拉宝欢天喜地地在我们的牧场上铺了一条沙石路。如今，紧挨着沙石路的便是一座温室，那是西红柿企业的又一棵摇钱树。

"耕种几乎已经不可能了。"长时间的沉默过后，妈妈说道。随后，她说了一句深情的话语，听起来像是她趁着独处时经过深思熟虑后才说出来的："可是，如果你的哥哥有妻子、有孩子的话，他一定会继续经营这座农场的。"

"这里有这么多五十岁上下的单身农民，他们还跟自己的老母亲或是老父亲住在一起呢。"我说。

"你有后代啊。"

后代。这算个什么词？！

"你有子嗣，所以你要为他们而活。"她强调说，"延续家族的香火。"

子嗣。

"人类也应当为自己而活啊。"我说。

"如今已经没有人愿意跟农民结婚了。就算是农家出生的女孩儿也不愿意。她们接受了高等教育，想要有自己的工作，有时间去度假，无论做什么都比当农民好。"

"七十年代,当我们出门消遣的时候,总能看到农家的男孩子们里三层外三层地聚集在酒吧里,一副可怜巴巴的模样。"

"他以前还是个帅哥呢。"妈妈叹了一口气,"他讲话很有条理,总能吸引很多女人。可是,一旦到了上床那一步……"

换作以前,妈妈是绝对不支持上床的。我们几乎也从来不会谈及这个话题。妈妈是一个非常保守的人,不喜欢过多的肢体接触。她拥抱我们的次数屈指可数。即使看的是她最喜欢的电视剧《冷暖人间》,一旦出现亲吻的镜头,她都会把电视关掉。因此,当我们这两个青年人开始下地干活时,我们对这方面的事情还一无所知。不过,我们是伴随着动物们一同长大的,见过公牛爬上母牛的背,见过公猪爬上母猪的背,也见过公鸡跳到母鸡身上。在这方面,大自然并没有对我们隐藏什么秘密。还是小男孩的时候,我就得把母牛的尾巴拽到一旁,以便种牛坚硬的阴茎可以更好地插入。

左邻右舍家里的孩子们几乎全是男孩,所有人的年龄也都略长我一些。我们一起在附近踢足球,或是骑着摩托车四处游荡。当邻居家的一个男孩结婚时,我们在婚礼前的那个晚上到他父母家门口去,用碳化钙的子弹朝大门开炮,以此驱赶牛鬼蛇神。新郎给了我们一大箱啤酒,我们头一遭喝醉了。在我们自己家里,从来都只有甜甜的淡啤酒。

所有的农家子弟无一留在家中，而是全都外出工作了。那些年的现实情况就是这样：要么留在家里，要么外出工作。在骄傲的农民眼中，后者简直就是奇耻大辱，是羞辱门楣的做法。书架上一本六十年代出版的书里写道，如果两个儿子之中，有一个离开了农田，那么必定会引发大家对于"农家子弟恶迹昭著的擅自离去"的悲叹。

那么，大家对于农家女孩们的擅自离去又是怎么看的呢？

我的哥哥和我有着截然不同的娱乐消遣。那个时候，他迷上了英式摇滚，常去那些如同雨后春笋般出现在农村地区的迪斯科舞厅。我更喜欢听嬉皮士的音乐，总是去黑漆漆的嬉皮士酒吧。当然，我们也参加天主教农村青年会的活动。那是那个年代唯一一个男女混合的青年俱乐部。我还清楚地记得，有一天，我们来到游泳池，我纵身一跃，想要给姑娘们留下深刻的印象。结果，我却呛了一大口水，疯狂地挥舞手脚，就是没能浮出水面，相反，倒是沉入了水底。突如其来的恐慌过后，我变得无比平静。这时，奎多拽住我的头发，把我拖出了水面。后来，奎多得了脑肿瘤，对此，我觉得上天太不公平。

"你游泳游得很好，"那时，我的哥哥对我说，"尤其是砖头泳①。"

有一天深夜，他从巴巴罗萨回家，在行驶到奥克福德

---

① 砖头泳，是比利时人形容某人不会游泳时的调侃。

区的弯道口时翻了车。我不得不钻出温暖的被窝，跟爸爸一起去把汽车从运河里捞出来。那个地点就在年久失修的城堡大门附近。那次的事件之后，海港大亨费尔南德·绪茨对其进行了整修。当我们找到我哥哥的时候，他醉得不省人事。每到星期六，他总会在午夜时分倒在我的身旁，呼呼大睡，身上散发着啤酒和香烟的臭味。每到那时，妈妈就会来到我们的床边，站在跟前询问他："没有出什么意外吧？没有喝多吧？没有偶遇吗？"她想要他一五一十地告诉她。原来，每逢我们出门消遣的时候，妈妈总是合不上眼。

"他交过好几个女朋友，"妈妈一边摇头一边说道，"可是，基本都没维持多久。想想那个来自泽兰青口村的洋娃娃吧。最长的那段是跟一个漂亮的农家姑娘，金发碧眼的大长腿，维持了两年光景。他等了很久才敢把她介绍给我们认识。她来家里做过几次客，之后就结束了。当然了，是因为他想要留下来耕地的缘故。他躺在床上大哭。爸爸坐在他的床边，对他说：忘了她吧，大长腿一点也不实惠。不过，这还是给他留下了非常深刻的印象。"

"你们对她还满意吗？"我问道，"你们要的是农家姑娘，体格健壮，最好有良好的出身。"

"是啊，门当户对。"她的嗓音里透出几分绝望，"这件事很纠结。后来，等你们的爸爸去世之后，我当然希望他能跟我一起在这座农场上守下去。可是，从另一方面来说，我还是很希望他能找到一个妻子的。"

她很纠结。简单地说,她对这桩事情的态度就是又期待,又害怕。就这样,时间一年一年地过去,他的年纪越来越大,每个星期六晚上耗费在洗手间里打理发蜡和须后水的时间也越来越长,直到头发被打理得整整齐齐,直到衣服看上去整整齐齐,直到他叹着气离开。有时候,刚刚过了一个小时,他就回来了。年过四十之后,他就再也没有出过门。

我把妈妈送回到康复中心。她照常问我能不能把她抱到马桶上。然而,她却差一点从马桶上摔下来。她受尽折磨,痛苦不堪。这时候,我要是有一个提裤器就好了。马桶圈上脏污狼藉。我把所有的东西都清理干净。我无法相信自己会做这样的事,不过,还是坚持完成了。

"我在自己的农场上感觉到了陌生。"半小时之后,妈妈对希尔德说。希尔德是负责送药的护士。"我已经无家可归了。"

"您的家就在这里。"希尔德说。

"这是我等死的地方。是我生命的最后一站。"

随后,妈妈又鼓起了勇气。"我们的干草就快晒好了。"她突然骄傲地说道。

"但愿不会下雨。"

"不会的,燕子飞得那么高。"

希尔德搂住她单薄的肩膀。我发现,向来害怕拥抱的妈妈此刻却由着她熊抱,还很喜欢似的。这位护士有着一颗金子般的心、纯良的动机,她自己也是一个农家姑娘，所住的地方距离我们的农场只有一公里路程。希尔德是伊西多尔修士的远房外甥女。伊西多尔修士是奥克福德区的一位病恹恹的农家子弟，他的名字来源于农民的守护神——圣伊西多尔。他进了修道院，三十五岁时死于癌症，1984年，他被公认为圣人，因为，相传他创造了神奇的治疗手法。无论对于妈妈还是整座村子的人来说，这都是一桩历史性的事件。

当我开车返回农场的时候，我在伊西多尔修士的出生地停了车。那是一栋很小的村屋，完好地保留了十九世纪的建筑风格，屋顶还有一个完美无瑕的阁楼。在他的救助下病愈了的人们感恩地送来了牌匾，我阅读着上面的文字。我按照妈妈的要求，点了一根蜡烛——一根插电的蜡烛。我阅读了墙壁上的祷文：

农民的祈祷

　　万能的、永恒的上帝啊，是您派伊西多尔修士承担我们对农耕的爱，并令他有别于我们，成为最完美的人。我们祈求您，让我们与他积极、圣洁、奉献和祷告的灵魂融为一体。

　　阿门。

***

那是不久之前的一个星期六的下午。我站在火炉跟前，偷偷摸摸地看着我的妈妈。她站在厨房的窗户跟前看着我的哥哥。他正在车库里焊接一些东西。那里充斥着机关枪似的火花、吵闹的嘶嘶声、燃烧的金属所散发出来的臭味。他还会时不时地戴上一副焊接专用的护目镜。汗珠顺着他的脖子滑落。他的嘴里还叼着一根烧了一半的、已经熄灭了的香烟。他脸上的肌肉紧绷着，露出我熟悉的轮廓。他遗传了妈妈的圆脸，我遗传了爸爸的长脸。

他全身心地投入到他的工作中。他拿起一块金刚石锯片，伴随着震耳欲聋的噪声，锯掉了边缘和角落。火星四溅。随后，又轮到灼炽的电焊棒了。围栏熔化了，交融成一团。再上铁锤和钳子。他举起一个东西，用审视的目光看着它。那个东西看上去很像牛棚里的围栏，上面还带着锁和门闩。开放式的牲口棚里，小牛犊们心慌意乱地目睹着眼前的场景。

那么长的时间里，我看着妈妈怎样连一秒钟都不让哥哥离开她的视线。无论他做什么事，她都着迷而又关心地看着他。就算她已经年过八旬，身体变得很虚弱了，可是她还是包揽了所有的家务、看管家里的小牛犊。我们很担心她终有一天会突然摔倒在牛群之间，不过，我的哥哥把她照顾得很好。

她每天都在思考，如果她不在了，他会过得怎么样。她从没教过他怎么烧饭、洗衣服、买东西。一直以来，她都认定了那是"女人该干的事"。可是，留下一个男人孤零零的，他该怎么办呢？

四点钟的时候,她叫他进屋来吃午饭。他们先分别往一堆切片面包上抹了酱料。他们习惯喝清咖啡,因为刚刚从乳房里挤出来的新鲜牛奶在他们看来有点恶心。他们面对面地坐着,坐在固定的座位上,坐着固定的椅子。他们谈论着鲜花、植被、牛群。

对他而言,农场和动物就是他的一切。对妈妈来说也是如此。

"你会来帮忙的吧?"妈妈又一次问我。

我的哥哥会焊接,会打磨,会做许多我不会的事情,不过,我的胆子比他大。午饭时间过后,我得爬到屋顶上去,因为寒鸦正在堂前的烟囱里筑窝。我先爬上搭在屋后墙面上的梯子,然后又攀上哥哥斜放在屋顶瓦片上的梯子。他紧紧地扶住梯子,好让我向上爬。我的嘴里抿着几个扣环,跨坐在屋脊上向前挪动。来到烟囱跟前时,我从里面掏出了一把柴草。我的哥哥丢给我一片铁丝网。我伸手接住,用扣环把它固定在烟囱里。完成这一切后,我在屋脊上站起身来,挥舞着双臂,就像一只准备起飞的寒鸦。它们被吓得大吼大叫起来。

"可惜了那个窝,"我一边蹲下身子,一边说,"寒鸦是最忠实的伴侣。"

"有多少人是因为寒鸦堵塞了烟囱,最终窒息而亡的?"我的哥哥问道。

"它们和鸡一样,有社会等级的啄序。"

"猎人说,它们是受保护的鸟类,我们甚至再也不能破坏它们的鸟窝了。"他说,"他们必须大规模地控制它们的总量。"

随后,他看着地面说道:"是这样的没错吧,妈妈?"

这是不久之前发生的事情,然而,却又像是沧海桑田,这简直令人无法理解。此刻,我独自一人站在窗前,古怪地举着望远镜,就像一个穿越了时空的隐士。就连田野的前端,远方已经彻底被破坏了。扇叶停止不动的时候,风车看上去就像一个十字架,占据着我的视野。它吸引着我的注意力,令我的目光无法抗拒地落在它的身上。它后面的景象退出了我的视线。

风车周围围绕着一大群寒鸦,它们乱糟糟地飞舞着。那些机会主义者的紧张并不是没来由的。"嗝啾——嗝啾——嗝啾——",几十张喙异口同声地叫喊着。它们围绕着风车,不停盘旋,像导弹似的在扇叶间穿梭,以令人眼花缭乱的速度彼此追逐。它们中有一些撞作一团,爪子扎进彼此的身体里,而后赶忙转向一旁,"嗖"地一下迎风飞走,其他的寒鸦一窝蜂地跟在它们身后。它们任由气流把自己带到高处,像瀑布似的俯冲下来,颤颤巍巍地展开翅膀,从低谷重新一飞冲天。它们快乐地与风嬉戏。它们是自然界力量的主宰。

一大群寒鸦落在我们的玉米地里。小个头的玉米穗已经骄傲地昂起黄绿相间的头。我只需要坐在课桌后面,就能见证它们的生长。我的视线越过扎勒赫姆僧侣修道院的遗骸。

我听见一对寒鸦在烟囱里聊天。它们在铁丝网上拉开了一个角落，衔来了嫩枝条。我倾听着它们在壁炉里的交谈，由它们去了。

我像一只猫似的爬上樱桃树。树已经被季节染红了。樱桃已经熟透了。我的双手沾上了果汁，黏糊糊的。可是，几乎没有任何一颗樱桃是没被啄过的。我吃力地爬到树顶，取下了妈妈的围裙。

***

我驾驶着拖拉机和干草翻晒机，从妈妈的牧场上驶过。平日里很少被使用的拖拉机已经发动不起来了。我动用了跨接电缆，费尽九牛二虎之力才把它启动了。此刻，蓝色的纽荷兰 TL90 正隆隆地来回行驶，驾驶室里的无线电正播放着轻柔的音乐。它拉动一台干草翻晒机。干草翻晒机负责把青草摇匀、翻转、铺在笔直的车道上以便晒干。在户外工作的感觉真好，不过，我也时不时地在心中默念：我不该这么做的。有时候，我觉得我侵入了自己的世界。

一连几天的时间，我每天下午都在做这项工作。不过，我得在今晚之前把干草收进屋里。晒干草总是有风险的，原因在于要是它们没有干透的话，就会升温、发酵，从而导致整堆干草都燃烧起来。这样的事情早就不足为奇了。俗话说，后院失火。整整一个星期的时间，我整日仰望天空，敲打气压计，听着气象预报。今天的黄昏时分预测有雨。

此刻，太阳还张牙舞爪地扑向我的脖颈。干草堆里起了尘土，这是一个好的预兆。燕子低低地贴着地面掠过，捕捉了成千上万只昆虫。田凫在空中翻着筋斗。就连那对在这儿住了许多年的蛎鹬也加入了这场庆典。过去的一整个星期里，我一直都是它们空袭的目标。它们大声地叽叽喳喳，冲我飞来，长长的红喙就像弓箭一般扑面而来，在就要戳到的一瞬间掉头飞向天空。面对寒鸦和海鸥，它们也需要几近毫不停歇地拍打翅膀。

我已经事先勘察了牧场，却连一个鸟窝也没有发现。或许鸟窝都筑在了稍远处的牧草耕地上，也就是马可干活儿的地方，他是伊西多尔修士的远房外甥。那里种植着意大利黑麦子，它们的销量在农业领域有着显著的增长。它们有很高的营养价值，可以切碎贮藏，消除了对太阳的依赖。在有些地方，它们一年收割五次，这对于定居在麦草间的鸟类来说，可不是什么好事儿。它们的主要用途是提供给大型饲养场，用于喂养那里成百上千只足不出户的牛。那些就是所谓的"零牧棚"——从不需要放牧的牲口棚。

在我的哥哥去部队服兵役的那一年里，我有生以来第一次得以开着拖拉机工作。那段时间，爸爸急需我的帮助，尤其是收割稻草和铺平干草。很快，我就闯祸了。我们把一捆一捆的稻草堆得高高的，用绳索绑在车上，从扎勒赫姆堤坝回家。尽管被绑住了，稻草还是左摇右晃。我把半个身子探出卡车外，想要看看货物会不会侧翻。就在那个时候，我被一个巨大的后轮卷了进去。我伴随着车轴转了好几圈，最后才被甩了出去。直到现在，我还能感觉到膝盖创口的伤痛。

我看见牧场旁边被西红柿企业的温室垒起了一大堆烂了的西红柿。一辆推土机围绕着风车把泥土平整、铺路。工地办公室里坐着两个身穿橙色工装的男人，他们盯着一个屏幕，摁下按钮。扇叶缓缓地转动。扇叶的影子在我们的牧场上滚动。风车并没有按照"发明家"伊夫斯所猜测的那样，像森林一般发出沙沙的声响，而是制造出一种持续不断的、机械化的杂音。

当这些工作全都结束后，我走到高大的白杨树下，躺在地上，等待雇工把干草压块机送来。我感受着宽阔的树冠遮挡在我的头顶上空，还有茂盛的枝叶、窃窃私语的风、令人精神大振的凉爽，这一切完全不同于遮阳伞下的荫凉。因此，它拥有专属于自己的名字——树荫。身在这处荫凉之所，我感到无比的惬意。

我不由得回想起了奥诺雷。他是住在这条街道上的一位身有残疾的农民。在我的少年时期，他总在夏天邀请我乘坐他的老拖拉机。那些旅程让我十分受用。我帮他采摘水果，尤其是红醋栗、鹅莓和樱桃，并且把它们送到拍卖会场。每当奥诺雷来找爸爸支付我的酬劳时，我都会感到无比骄傲。他是本地农民联盟的主席。早在那个时候，他就对农业的规模化生产提出了警告。不过，他最终还是上了一个阴险狡诈的商人的当。那个人糊弄他说，只要他肯做一个大型投资，就能从南美洲栗鼠身上赚得许多钱。那些栗鼠的繁殖速度比兔子还要快，可以为他生产大量的毛皮。然而，那些公仔的生殖能力很差，最后不了了之。直到现在，我还能听见它们在昂贵的笼子里吱吱叫的声音。

同样是在那些年里，奥诺雷的儿子和钳子手小德里斯民间舞蹈团一起动手书写了一篇关于我们的一位著名老乡的文章。他和那个卖南美洲栗鼠的商人一样，也是一个骗子。十九世纪中叶，当越来越多容易轻信的人们为小德里斯慕名而来，期待被他捏动、治愈时，医生们联名控诉他非法行医。有一次审讯时，他解释说，作为上帝派来的使者，自己曾被闪电击中，因此，他的血液里充满了电流，可以通过捏动，将电流传递给别人。从此以后，他便被人们称为"电人"。

当法庭宣判他无罪时，他被人们高高地抬着，凯旋而归。一个身患痛风病的商人把自己的靴子寄给他。小德里斯捏了几下，据说远距离地治好了那个人的病。他让他的邻居们来帮他数钱，因为他自己从来没有学过算术。那个年代的他富甲一方。一年之后，他的神话突兀地终结了。他生病了，在仅仅几天之后的1853年1月8日，他去世了，年仅二十六岁。他的拥戴者们声称他是被妒火中烧的医生们毒死的，根据猜测，在此之前，他就已经感染了伤寒。报纸上的文章戏谑地声称，钳子手小德里斯没能治好自己的病,没能逃脱死神捏着他的魔掌,受到了致命一击。

***

干草农驾驶着一辆巨型的拖拉机,风风火火地赶来了。拖拉机的噪声比旁边的推土机更大。他既是农民,同时又是雇工和干草商。是啊,现如今,想要在这个世界上存活,就得涉足所有的领域才行。他隆隆地穿梭在牧场上,现代化的压块机以三百公斤为单位,压制干草,并且立刻在四四方方的草垛外面套上一层白色的塑料。他让我站在旁边看着,唯恐寒鸦和乌鸦在上面啄洞。他自己则用拖拉机的吊臂把干草堆砌起来。

我以十五欧元一扎的价格把干草卖给他,可是他看上去还是一脸的不满意。我把手插在口袋里,帽檐半遮着眼睛,听他大发牢骚。

"往上面倒点肥料吧,那样它会沃腴得多了。"他假笑着说道。

"该怎么样就怎么样。"

"这个生意本小利微,根本就没有油水。"

"你等着,我去把我的大哥叫来。"

我很想这样对他说,不过,终于还是没有说出口。我感到非常失望。我们事先约定得清清楚楚,就是十五欧元一扎,可是现在,他却只愿意支付十三欧元。从前,农民口中的话一诺千金，任何人都不敢违反约定好的事情。如今看来，农业生产就像大自然一样，历经几十年的、毫不间断的生存斗争后，机会主义者又蠢蠢欲动了。

后来，我暗自庆幸自己只接手了这片广袤牧场中的一半。我让人用传统的方法，把那里的干草压制成小扎，每扎十二公斤。听别人说，这样的干草垛很受养马人的欢迎。这类人多得数不胜数，并且越来越多地在圩田里造就他们的兴趣爱好。农村饲养马匹和弃养奶牛的现象已经引发了讨论。每一年，畜牧业都在持续衰退。

当我和我的儿子纳唐把最后一捆干草搬进屋的时候，天色变了，狂风大作，第一朵云飘了过来。这个年轻的男孩儿辛勤地劳作了好几个小时：他的双手起满了水泡、双腿被划伤、鼻子里满是黑乎乎的鼻涕，可是，他还是坚持下来了。他用一根长长的耙子把干草递到我的跟前，我把它整整齐齐地摞了起来。"一捆横着放，一捆竖着放，就像垒墙壁那样，交替着摆放。这就是垒东西的技巧。"我解释给他听，可是他却只顾捧着他的智能手机上网。

远处传来隆隆的声响，最初的几丝细雨飘落下来，我们必须与时间赛跑才行。我们的最后一架手推车刚刚被推入棚子，雨珠就像弹珠一般滴落在屋顶上。天气又热又闷。我们赤裸着上身，在巨大的、空旷的仓库里卸下干草。从前，我们总是来到陈旧而又闷热的干草阁楼上，汗如雨下地站在系梁下，形成一条人肉链，接力着传递草垛：有爸爸，有妈妈，有我的哥哥，有我，还有其他所有能来帮忙的人。

收割的作物已经全部存进屋子，像铜币一般闪闪发光。看着再次被堆得半满的棚屋，闻着那里的气味，心中的满足感油然而生。可是，最后的那捆干草摸上去潮乎乎的，所以我感到忐忑不安：它该不会闷着闷着就升温了吧？棚屋不会被烧了吧？后院不会起火吧？

***

当我站在课桌旁，仔细地看着墙壁上那个小相框里的照片时，我的脑子里突然灵光一闪。第一张照片里，我的哥哥坐在自行车上，穿着牛仔裤和T恤衫，后座架上坐着两个亲戚家的小孩子。他在笑，小孩子们也在笑，古老的牲口棚连带着粉刷一新的窗户和门，也一同在笑。当然了，每当妈妈说世事无常的时候，她的话无疑是有道理的。

第二张照片上，他骄傲地站在新搭建的棚子跟前，身旁还有一头高大的白色种牛。那头公牛抬起沉甸甸的脑袋，嘴里吐着泡沫，眼睛望向照相机。我的哥哥严肃地看着那头公牛，似乎世界上没有任何事情能比它更重要。他的左手紧紧地拽着一根绳子，右手拿着一根粗粗的棍子。要是不手持棍棒的话，还是很危险的，因为每一年都会发生农民被公牛踩死的事件，不过，我的哥哥只有在危急的情况下才会出手鞭打。

拍下这张照片过后不久，他最喜欢的那头公牛死在了牧场上。那是他所拥有过的最温驯的牛，多年来，给他贡献了许多漂亮的小牛犊，它本身的体重也达到了将近一千公斤。那时，我恰好身在国外。照妈妈的说法，那个打击简直就是五雷轰顶。

第三张照片上，他身穿着一尘不染的制服，站在C中队4排5室的士兵中间。他在照片的背面写下了每个人的名字以及他们分别来自的那个村庄。他站在队伍的最前排，单膝跪地，嘴角硬挤出一丝浅浅的微笑。

我们房间的壁橱里还存放着那个时期他的所有证件。有贴着他证件照的《军事手册》，还有指南书《战斗生存法则》。甚至还有召唤"敬请您拿起武器"。他完成了他技术学科的学业以及夜校的法语课。进入"大部队"的时候，他十九岁。作为飞机机修工，他先服务于科克赛德空军基地的海王直升机，那些飞机负责在海上执行营救任务；之后，他又去了梅尔斯布鲁克，服务于C-130运输机，这些庞大的飞机负责向非洲运送紧急援助物资。

他在信里写道自己经常喝得酩酊大醉，那里的就餐情况很差，他们会在泥淖里走方步，还要练习使用冲锋枪，并且抱怨被剃掉长发有多么糟糕。那个年代，所有蓄长头发的士兵都必须受上一剪子。他还写了自己对于飞机的迷恋和他与其他士兵之间的战友情。

每逢周末，他就会回家，到迪斯科舞厅买醉，午夜时分像一块石头似的倒在我身旁呼呼大睡。我还记得妈妈跑来质问他，却是白费力气，最终只能叹着气回到自己的被窝里。之后，父母的卧室里会传来争吵声。我们的房子一点儿也不隔音。我把耳朵贴到隔墙上，听着爸爸低沉的嗓音和妈妈抱怨的声音。而这场争辩的当事人却打着呼噜磨着牙，沉沉地睡着，膝盖还顶着我的后背。

他们争吵的焦点并不在他出门消遣时的品行，而是在于那个时候刚刚五十岁的爸爸还很年轻，不应该"把拖拉机交付给别人"。

"他退役后会去找工作。"他说。

"你就是想把他变成你的雇员。"妈妈抗议说。

"那又怎么样？马克·范·皮尔也要开始工作了，他就是一位体面的绅士啊。"

"肯定是雇工咯。别的农场上，都是允许他们住在家里的。"

"他已经可以开始为今后属于他自己的农场赚钱了。"

"乖乖啊，好家伙，他也是有自尊的。"

奶牛的声响从牲口棚一直传到我的耳朵里。我十分确信，我的哥哥除了农耕之外，什么也不想做。一直以来，农场的继承权都是一个艰巨的话题。如今，它的艰难程度甚至超过了以往的任何时候。有一天，我们隔壁的老农场突然开始对外出售。它原本属于一对无儿无女的夫妻，而他们打算从此以投资为生。那一刻，爸爸鼓起勇气，计算自己是否买得起那座庄园。当然了，是为我的哥哥而买。

最终，那座农场被一个年轻的、精力旺盛的农民买下了。他来自河的右岸，腰缠万贯。他是继我爸爸之后的一代"新农民"。他在古老的农田上盖起了一连串的猪圈。这是我们在那个年代见所未见的。另外,他还从小农民手中购入了大量的土地。他是我们这条街道上第一个真正实行精耕细作的人。这个"新农民"令原来的农民社区为之一振。若干年前,他突然离开这里,去了匈牙利,在那里接手了一座苏联式的集体农庄,拥有了更多的土地和更多的牲口。从那个时候开始,我们隔壁的猪圈就归属于另外一个农民了。

就在哥哥的兵役即将结束之际,他又撞了一次车。那场事故中,他撞断了锁骨,由此在安特卫普的军区医院度过了他兵役的最后几天。妈妈埋天怨地地坐着汽车去看他。

他从部队寄来的信件中有一封是以这样的一句话结尾的:"他过着多姿多彩的生活,可我们却整整一年身不由己。"

那些年出台了一条新的法律,那就是每个农民家庭里,兄弟二人之中只需要有一个去服兵役。我立刻冲到市政厅去,申请免除服役。此时此刻,看着这些照片,我才如梦初醒:兄弟二人中的一人必须牺牲他生命中的一年光阴,而另外那个却不需要,这是那个年代里最大的不公平。

\*\*\*

后院起火了。我透过宽敞的窗户看见牲口棚的顶端燃起滚滚的黑烟。幸好熏烧起来的不是我的干草。今天早晨，一位"新农民"家的其中一座牲口棚燃烧了起来。我看见消防车一直停在这条街道上。我朝着西蒙娜走去，想要问问她究竟发生了什么事。她告诉我，是电气出现了问题。我转身回到我的书桌跟前，从那里望着涉事牲口棚的屋顶上出现的巨大缺口以及被烟熏黑的地方。

大火总能吸引我们的眼球。妈妈、我还有我的哥哥最喜欢做的事情就是点火。当我收到新的环保许可证时，我惊异极了。那上面写着，我的哥哥在棚子后面点燃一堆灌木丛和报纸时，当场被巡视员发现。如今，这种做法是明令禁止的。是啊，他还生活在一切都可以、任何事情都允许的年代里。想要成为自家田野的主人，这早就已经是不可能的事了。然而，根据调查问卷显示，这在农民们的价值观念中，却占据着首要的位置。紧随其后的是能和动物相处，并且在大自然里工作。

我们为什么对火如此着迷？五岁那年，我跟着我的哥哥四处走动。作为长子，他已经开始参与农场的运作。他必须把圆壶铁炉子装得满满当当的，以此为新牲口棚里的一千只鸡取暖。我的心被那些黄澄澄、毛茸茸、到处乱跑的小鸡仔融化了。我猜想，它们会觉得冷。我抓起一只小鸡仔，把它塞进了炉子里，然后又塞了两只，之后又塞了一大把。它们发出哗哗的声响，火光四射，变了颜色。它们唱道："叽叽叽，叽叽叽，叽叽叽。"在我的眼中，那是一个温暖而又美好的时刻。可是，事情发生后，我的哥哥却被爸爸骂了个半死,而我只会像个胆小鬼一样一声不吭。这件事成了家族的经典事件,在之后很长的时间里,常常被提及。

小鸡仔丑闻过后多年,在一个艳阳高照的午后,我们需要把大峡谷旁边的麦茬地烧掉。收割季节过后,农民们就是这样清理耕地的。灰烬会成为土壤的自然肥料。尽管我们的峡谷耕地由于傍着河湾,以至于它的形状很不规则,可它还是我们最喜欢的土地之一。河湾的边缘种植着一排奇形怪状的白柳。水里的桩子上搭建起了一片渔人区,那里对我们有着无穷无尽的吸引力,从而导致我们多次闯入了那片场所。我们坐在脚手架上,面向沼泽地凝望、倾听。芦苇地是一个神秘的世界,那里生活着蟾蜍和大麻鳽。每当薄雾升起的时候,动物们的叫声在潮湿的宁静中显得阴森森的。青草伴随着蟋蟀的跳跃,发出窸窸窣窣的声响。我们目所能及的某个角落必定就是消沉的基雷克普特。狐狸雷纳德便是把它的宝藏埋藏在了那里。这里积聚了隐形的力量。

后来,我们在土地集约运动中失去了峡谷耕地。而土地集约运动也使这一地区陷入了长时间的混乱之中。如今,在河湾的弯道处有一片牧场,那里生活着健壮的马匹。自然保护组织在它旁边的土地上种植了这一地区的特产树木。它们的树干定期受到环保人士的修剪。大自然爱好者们沿着一条狭窄的小道在那里散步,就好像他们是在围绕着一个恒温箱行走一般。

前不久,我在他们的一份文件里读到,点状苔草——一种罕见的、类似青草一般的植物,在绝迹了几十年后,再度被人发现。无论我的内心是多么迫切,我都不可能找到点状苔草在哪里,除非我被绊倒在地,不小心摔了个狗啃泥。可是,当我读到这则消息的时候,我不禁下意识地思考,我和我的哥哥是否应当对点状苔草的根除负有责任呢?

那是一个阳光普照的午后,我们肩膀上扛着一把耙子,行走在我们的麦茬地上。耙子上挂着一簇燃烧着的麦秆。我们随意地在各处点燃一些麦茬。火焰上方的空气摇摇晃晃。这让我们感到兴奋。火焰鼓舞着我们,吞噬着我们。火是纯粹的自然,看得见,却抓不到,它令我们的土地沃腴富饶。远处一片已经完成了土豆收割的耕地上,大堆的树叶熊熊燃烧,欢欣雀跃。

一阵猛烈的风吹来。火焰咆哮着、追逐着、跳跃着,从一片麦茬延展到另一片麦茬。它们纵身跃入沟渠。它们品尝着干枯的芦苇的味道。它们发出噼里啪啦的声音,火光四射。放眼望去,似乎一切都在燃烧:芦苇、灌木丛、天空。火焰杀出一条路来,直奔渔人区而去。它是一个灵动的生命体,有着自己的思想。于是,我们挥舞着手里的耙子,砸向它的脑袋,又使劲跺脚,用鞋子把它踩死,往上面撒上一铲泥土,将这个猛兽玩弄于股掌之间。

我们精疲力竭地靠在一截巨大的、古老的树干上。树干上的枝杈早已变得空洞。我们面面相觑,感受到了大笑之后的惊慌。我们想到，万一我们没能及时把火扑灭，那么等渔民们回来时，他们的木桩房就已经变成一堆炭了。在芦苇地里时，我们甚至没有想到这一层。

说时迟那时快，被焚毁的黑漆漆的植被中突然蹿出一只长长瘦瘦的动物，我认出，那是一只白鼬。它瞪着大大的、亮闪闪的眼睛看着我们。随后，它跃入了大峡谷里。我们欣喜若狂。

一直以来，峡谷耕地总能带给人们不期而遇的惊喜。放纵不羁的大自然随处可见。这恰恰就是这个地区的神奇所在。大自然和农业相辅相成，于我们而言，这才是基雷克普特真正的宝藏。

我的哥哥酷爱户外的生活，他酷爱动物和植物，酷爱四季的更替，他绝对忍受不了工厂或是港口公司里的工作。这一点，爸爸也终于明白了。

在我们自家的牲口棚失火后，他生平第一次捧起了报纸："农场主酿成重大火灾。"我的哥哥为了给初生的小牛犊保暖，在它头顶上方挂了一盏白炽灯。灯光点燃了稻草，不多久，火苗便蹿出了屋顶。他听见瓦片崩塌的声音，拨打了消防局的电话。妈妈刚刚从集市上回来，走在耕地温室门口的小道上时就远远地看见浓烟四起。她被眼前的景象吓得魂飞魄散。她丢下手中的袋子，匆匆忙忙地赶回家。走进家门时，她看见我的哥哥正忙着把一大捆一大捆燃烧着的稻草往外拖。牲口在整座农庄上四处乱窜。

她将那则新闻报道保存了下来："消防队抵达现场时，

牲口棚的一角已经着火。农场主成功地引领五十头牛撤离现场。为此，他的身上有多处灼伤，伤情略为严重。经过一个小时的抢救，灾情受到了控制。"

火灾的损失不算太大，灼伤也很快就愈合了。除了唯一一头被烧成灰烬的小牛犊外，其他的牛全都得救了。救它们的不仅有我的哥哥，还有亨特。他闻烟而来，冲进火光四射的棚屋，松开牛群，把它们赶了出来。他和我的哥哥算不上很熟，可是他们总能融洽地相处。亨特住在水道的弯道处，和哥哥一样，他也独自跟老母亲一起住在庄园里。直到有一天，他的家里突然来了一个菲律宾女人，而且他们结婚了。告诉我这些事情的时候，我的哥哥露出大惑不解的神情，瞪大了眼睛看着我，眼神里充满了疑问。

这个星期，我发现亨特家农场的篱笆上挂了一块牌子："待售"。他要弃农场而去了吗？这一点，我的哥哥一定也会觉得大惑不解的，因为他完全没法想象，离开了农耕，他要怎么生活。

\*\*\*

爸爸入殓后，棺材在豪华会客厅里停放了几天。屋子里围上了黑色和紫色的帐幕，被改造成了一个灵堂。就在那几天里，我的哥哥接管了农场的一切。如今，他是农民。我只是他的弟弟而已。我摒弃了这个地方。自从我出生以来，我的哥哥一直都伴随在我的左右。我所度过的每一天，都和他在同一张床上开始和结束。可是，如今，我要和这一切保持距离了。我变成了局外人。这个外人的身份持续了将近二十年的时间。

此刻，我坐在我的课桌跟前，写下这一切。这些事发生在将近半辈子之前，回首过去，人的目光总是会发生变化。我烧上水，准备冲咖啡。在等待咖啡过滤的时候，我翻看起相册来，那里面贴着丧葬承办人在葬礼期间拍摄的照片，这样的做法在那个年代十分普遍。

兄弟俩埋葬自己的父亲，现如今看来，这该是多么沉痛的事情。我们两个都穿着黑色的西装，两手交叠在一起，紧皱着眉头，长长的、飘扬的头发。我们这两个尚且年轻的儿子肩并着肩，走在长长的送葬队伍的最前面，伴随我们的是响亮的丧钟。妈妈蒙着面纱，跟在我们后面，与我们保持着一段距离。

我父亲得脑肿瘤的时候，正是我现在这般年纪。两年的时光里，病痛把他折磨得不成人形。他在隔壁的房间里度过了人生的最后阶段，痛苦万状。我们轮番守着他。他去世的那个早晨，正好轮到我看护，我的哥哥正焦头烂额地忙着给牛挤奶——生死一线间的挤奶。

那天之后，我离开了我们狭小的飘窗屋，睡在父母的卧室里，反正妈妈再也不愿意踏进这个屋子一步了。我选择了去离家最远的大学上学，借此建立起自己的生活。我对于自己和未来有着无穷无尽的信念。尽管现在看来，已经很遥远，可是，它们却鞭策着我不断前行。

随着我的世界日益扩大，他的世界却日益缩小。作为一个如此年轻的农民，在失去爸爸的帮助后从点滴做起，一定非常不容易。他内心的骄傲在滋长，可是，他的焦虑也如影随形。我们曾是兄弟，来自同一个母亲的肚子，源于同一个父亲的种，可是，我们之间的疏离却不可避免。我只有在周末的时候才会带着脏衣服回家，除此之外，便是他急需我帮助的时候，尤其是在收割季节。

"你还好吗？"我问道。

"你已经丝毫不再关心农场的事情了。"他说。

"那又怎么样？"

"不在了就是不在了。"

"咳，你自己解决吧。"

他该自己想办法才是。

随着时间的流逝，我的离开越来越像书架上那本书的书名一般，是擅自离去。谁也不会逃离自己的家庭。一家人就是一家人。对于农民的家庭来说，更是如此。

## 第七章　鬼　村

"嗨，奎多，杜尔还没被夷为平地吗？"汽车上，一个人笑着问道。

"天知道。"坐在我旁边的男人叹了一口气。这位兽医曾经到各个农场上为奶牛接生，可那些农场如今却已不复存在了。他很想再看一眼那些地方。"这样的速度还不算快吗？"

这是一个星期三的晚上，一天的操劳结束了。当地的农民联盟骂骂咧咧地为"灾民旅行团"组织了一场环保观光。太多人想要参加这次的远足，以至于他们不得不租用了两辆长长的大巴车。他们之中有许多内心满怀留恋和酸楚的老人，也有不少年轻人。他们几乎无一例外地都与农业有着直接或是间接的联系。他们的向导是奎多·范·米赫姆——杜尔最后的农民之一。

我们的车沿着护城山，驶向卡罗。在滚滚的历史长河里，其中一个最重要的时刻就停留在这个地区——1585年，安特卫普的衰落。那是南北方的分离，是新教和天主教的分离，是自由和束缚的分离。"然而，一个地区绝无仅有的历史发展却完全不作数。"奎多说。心中的愤慨令他瑟瑟发抖。"自1585年的洪流以来，这个国家再没有经历过比此时此刻更加急剧的变化。正如1585年那样，我们正在不计后果地经营我们的土地。"

紧邻卡罗村子中央的梅尔塞勒圩田如今已经成了自然保护区。那里有广阔的池塘、小小的岛屿和芦苇栽种区。到处都是鸭子和鹅。木制的步行桥从古老的堤坝一直通向芦苇地。

这是一项针对里夫肯斯霍克铁道的突如其来的、意想不到的赔偿，奎多举着麦克风解释道。"首先，他们会在高速公路的沿线建设生态补偿机制，等一切就绪的时候，他们在其中开发出一条铁道，这条铁道又必须以占用其他的农田委以赔偿。那些人就这样没完没了的，不是吗？他们现在只有一个问题了：鹅把他们刚刚种下的芦苇嫩芽全都吃掉了。正是因为这样，芦苇地的周围才会有那么多的铁丝网。"

车上的许多人都听得目瞪口呆。他们已经很多年没有来过这里了。他们彼此推搡着，梳理着哪些家庭曾经在这里居住。三座农场必须为沼泽地让路。一些墙体向人们诉说着1953年的洪水水位究竟有多高。如今，大水已经退去。

新兴的卡罗芦苇地以及它后面的两片生态补偿机制用地间贯穿着几十条电力线，它们被夹在高速公路和铁道之间动弹不得，而不远处的炼油厂和工厂烟囱却大肆地排放着浓烟。化学物质的聚集形成了欧洲最骇人视听的景色之一。然而，从宣传手册里的精选照片以及政府的报告中，人们通常见不到那些黯淡无光的背景。

我回想不起来，世界上是否还有任何一个地方的大自然和人类文明是以如此怪诞的方式共处的。越野摩托车手们就是在这里撞上了锋利的缆索，险些被割断脖子。如今，这里驰骋着野马。地里立着一块牌子，禁止人们给"大型食草动物"投食。

汽车沿着港口的道路往前行驶，途中经过了一片正在建设水塘和沙丘的地方。"这是众多对黄条背蟾蜍以及洛西羊耳蒜所作赔偿中的一个。"奎多用嘶吼的嗓音喊道，"它们是港口地区最娇气的两种生物。夜晚，生物学家来清点喊叫的蟾蜍数量。四十只？那正好对应额外的一公顷土地和两个水塘。请你牢牢地记住这两个名字：黄条背蟾蜍、洛西羊耳蒜。如果你在你自己的地里遇见了它们，千万别动恻隐之心。要不然，你就只能做出让步了。"

汽车驶入费勒布鲁克的圩田，车里传出窃笑声和幸灾乐祸的声音。突如其来的宏伟景象令人眼前一亮，它驱散了雾气，令乘客们为之一振。他们或许和我一样，对农业充满热忱。这里是真正的农村。小麦的麦田、甜菜地和土豆种植地从我们的身旁一闪而过。一片孤零零的亚麻地。一片梨园。又到了一年之中植物在我们的眼皮子底下生长的季节。

"到树荫底下坐一会儿吧，看看圩田是多么美丽动人。更何况，现在正是一年之中日照最长的日子。"奎多哽咽着说道，"这不应当是世界上最好的生态补偿方式吗？可是，我显然是醉心于错误的东西了。你明年再来看看吧。到时候，你就知道了。这里会被建成一座物流园区，这就是当下流行的叫法。所有的农民都得离开这里。"

两辆汽车穿过省路，沿着大峡谷驶向梅尔唐克和圣吉尔。"眼下，这里被征收了百余公顷的农田，以便建造沼泽地和清香的草地。"奎多说，"另外，水位需要大幅度升高，以至于农田必须退居到遥远的边缘地带。如果奶牛走进这里的话，它们的脚一定会湿答答的，而且非得学会游泳不可。"

我看见远方出现了扎勒赫姆的轮廓。

汽车掉转车头，驶上德莱堤坝。两边的车窗外都是处于开发之中的新型大自然。就连这里的一排排大树也不能幸免。三座堤坝交汇的高处矗立着一栋遍体鳞伤的乡村小屋。那就是从前的圩田咖啡厅——塞瓦斯托波尔。许多年前，那个地方就被征收了。前不久，当我闯入那块地盘时，我看见乌鸦从里面飞出来，大树向屋里生长。原来的主人依然野心勃勃地提出诉讼,想要把他们的"梦想之屋"夺回来。就连堤坝后面的一座养鸡场也被征收为自然保护区,为此受到拆除。不过,公司的土地暂时还风平浪静。那里的女农民告诉我自己曾受到多大的打击,只因为她刚一离开家,她的房子就被她的邻居洗劫一空。她告诉我她的丈夫为此病得多么严重,如今,他成为了一名码头工人。她还告诉我她的孩子们多么愤怒。

老阿伦贝格的景象令人触目惊心。瓦勒农场那座有着历史意义的圩田棚屋,那顶一直以来裸露着横梁的棚子,如今却被拆毁了。暴露在空气和风雨之中的房屋在短短的时间内就完成了拆除工作,拆迁工人在抗议者们的逼迫下不得不停工。瓦勒农场外围的西部凹地自然保护区眼下在雅各布千里光渲染下变成了一片金黄。十字路口是堆积成山的干草,它们是要被送到焚化炉去的,因为被杂草染上了毒性。

奎多的眼睛里燃烧着熊熊怒火。"我们失去了属于我们的开放式的圩田,换来的却是一片无法靠近的沼泽地。我们这些没有常识的农民一直以为大自然是很奇妙的,是自然生长、繁盛的。可事实并非如此。显然,它是用推土机和起重机造就而成的。我不知道居然还能有这样的操作。大自然的自然发展已经不再重要了。"

奎多的脸红得像甜菜。他伸出一根削尖的、边缘黑漆漆的手指,指向围墙。"你看见周围的那五根电线了吗?它们是用来防止狐狸进入的,因为它们有时候会来这里猎鸟吃。要知道，一旦发生那样的事，环保管理部门就没法达到他们的环保目标了。如果他们不能达标，那他们就只能从我们手里抢夺更多的耕地。眼下，狐狸和鹅是他们最大的敌人，可是这样的话，他们不能大声宣布出来。他们搬起石头砸了自己的脚。"

每当奎多作出一个嘲讽的评论时，我身旁的兽医就会哈哈大笑。"当然了，这只是他的一面之词。"他说，"不过，这样的一面之词，平时倒是不可能听得到。人们再也不是通过自己的亲眼所见去了解事情了。"

继续行驶了几公里后，汽车在杜尔的街角停了下来，那里设置了一道关卡。显示器上提醒，当地居民应当用电子身份证进行登记。看起来，那道关卡已经被无奈的人们砸坏了。

一块巨大的牌子上用四种语言的文字写着："杜尔是一片住宅区。请尊重当地居民。禁止进入房屋。"他们唯独没有写上的就是禁止喂食当地居民。

"欢迎来到保留地。"奎多轻声说道，"乖乖啊，我们去喝杯啤酒。"

\*\*\*

同样是这个奎多，他倾其一生，充当着农民联盟、教堂理事会以及各类圩田组织的支柱；他奋斗了足足四十年，在各类委员会中为圩田村落努力抗争；他将农业视作自己的使命以及上天的恩赐；用他自己的话说，他现在深深地陷入了一摊粪便里。他有两个儿子，他们都很希望能够从事农耕劳动，这让许多农民同胞都望其项背，可是，他却没有农田。即使找遍了国内外，他也没能找到一块农田。然而，2018年之前，他必须离开这里。

"他们要是敢来，我就把他们从我的地盘上轰出去。"他威胁说。他把庄园栅栏旁的狗窝指给我看。那条大个子的黑狗恶狠狠地露出了它的牙齿，凶神恶煞地冲我大吼大叫，它在自己的狗窝里一蹦两米高，想要一口咬断我的脖子。"要不是还有家人的话，我一定会端着枪等候他们的到来的。"

奎多伸脚在沙土里画了一道线。自然保护区的新堤坝恰恰就是要建在这里。他觉得自己像一头困兽，被这条铅笔线条压抑得几近窒息。工程师们说自己原可以救他一把，可是"人家"不愿意。

早在几年前，杜尔圩田北区就已经建起了自然保护区，周围还有一道引人注目的堤坝。可是这片区域如今却要扩大了，因此，新的堤坝也将被移建到几百米开外的地方。那个地方恰恰就在他的农田中央。七十年代，奎多就已经以一位年轻农民的身份上了电视，他的手里举着一条巨型的横幅："最愚蠢的行径：把肥沃的圩田变成沙漠。"可是，他怎么也没有想到，他那肥沃的圩田将要变成沼泽地了。

他大声疾呼，问题里满是不解。我们是什么人？他们是什么人？随随便便决定将一片历史性地域进行整顿的政府又是些什么人？为什么对于港口扩张和斯海尔德河加深所采取的自然赔偿机制，必须不惜一切代价地占用同一地区，哪怕已经有成千上万人为此背井离乡？难道环保运动不是跟他一起上诉了法院，要求对港口加以限制吗？同样的环保运动怎么会在之后不久就欣然与港口和政府达成了统一战线，并由此征收了更多民众的产权呢？奎多怒不可遏地称他们为庞大的联盟、魔鬼的约定、狼狈为奸。

"大多数的农民都已经疲惫不堪，"他总结说，"可是，如果我们不抗争的话，那就彻底输了。"

咳，有些时候，他简直忍无可忍，受够了那些连篇的胡话和剑拔弩张的气氛。他宁可带上我，一起去看他的牲口。宽敞的牛棚里，空气是那么温热，充斥着新鲜粪便的气味和沉闷的哞哞声。兽医正在检查那头跛脚的种牛。"它看起来状况不太好。"他嘟哝道，"要是按照您的说法来看，我很快就会失去圩田所有的客户了。"

几年前，奎多固执己见地建造了新的猪圈，就好像前景还很广阔似的。今天清晨四点，商贩就已经上门装载所有的猪了，这一点，从他眯缝的眼睛、疲惫而又黝黑的面孔就能看出来了。不过，他说出这一切的时候，神情中流露出骄傲，而不是哀怨。对他来说，农民不仅仅是一种职业，更是一种生活方式，它是人的宿命，也是生命的意义，它在我们的血液里流淌。

我们望着远处新建的自然保护区，那里小鸟云集。几位环境管理部门的人士刚刚在池塘里增设了一个塑料的救生筏,希望能够吸引燕鸥到这里来孵蛋。一块牌子展示着漂亮的照片,上面还写着,沙鹅是这个地区的"目标品种"。斯海尔德河堤坝沿岸的礼拜堂旁边只剩下最后一棵大树,如今,就连它也被链锯锯倒了。不过,好消息就是圣安东尼奥斯的塑像——那位遗失的过去的守护神,突然间又重新回到了礼拜堂里。他的胳膊里环抱着一本厚厚的书和圣婴耶稣。

从前,杜尔的圩田是一片峡谷地带,如今,它变成了一个路禽栖息地,在不久的将来,它又要被改建成盐沼地,而所有这一切将全部发生在短短的几年之中。是啊,生态工程是一个反复无常的过程,奎多这样想。起初,他总说,在圩田的制高点挖掘池塘和河湾是一个重大的失误。然而,环保管理部门能够借助拦河坝和水泵,将水位精确到以厘米计算。他们用不着像农民一样考虑经济效益又或是气候变化。在奎多看来,就连干瘪的毒麦也完全是错误的种植之选。对于自认为精通耕种的环保人士,他的心中充满无限的同情。这就像是一位面包师,仅仅因为自己偶然间烘焙出了圣体,就认为自己能够主持弥撒。

很长一段时间里,奎多都列席了生态管理委员会召开的会议,这个委员会负责左岸所有自然保护区的管理工作。在他看来,焦点并不在于大自然,而是在于生物种类的多样性、生态系统、赔偿机制以及环保的目标。"他们不是想管理大自然,而是想统治大自然。那全都是环保帝国主义的托辞,为的是最大程度地占领土地。杜尔的居民们和圩田的农民们对此采取了冷处理的态度。况且,他们也为自己能在圩田通往地狱大门的道路上助推一把而感到骄傲。"

他和他年轻的同事克里斯·德·斯密特一起,基于1970年拍摄的航空相片,亲自计算了有多少面积的大自然葬送在了港口的手中。当他们把所有的河湾、盐沼地、堤坝和池塘加起来之后,他们得出结论:消失的大自然面积最大值在一百五十至二百五十公顷。"如今,它们所得到的是两千五百公顷新兴自然保护区的赔偿,翻了整整十倍。这也相当于是港口本身在左岸所侵占的土地面积的一半。"奎多推算说。

"当然了,"他承认道,"从那些航空相片中,我们也能看出,这里从前有着更广袤的草地,后来,它们被改变成了耕地。那片草地吸引了路禽。因此,我提议建造路禽栖息地,由农民进行管理。这才是大自然和农业的真正融合。可是,他们却选择了隔离。"

他深深地叹了一口气:"要不然的话,我们或许就能留守在这里农耕了。"

正是这个偶尔会有激进的言论和行动的奎多,这个号召农耕并指挥政治运动的奎多,如果当初有机会,他倒是很愿意在环境管理部门承担一个角色。这是一个令人讶异的视角,在很多圩田农民看来,这依旧令他们感到难以置信。如今,他们已经能从燕子的巢穴和耕地外沿的管理中得到微不足道的分红,那么,如果他们真的能从中获利的话,情况又会有什么样的变化呢?奎多预见到,终有一天,一个农民会向另一个农民发问:"您这个季度有多少田凫?"

他拍死了手臂上的一只蚊子。"您看,这就是那些新兴沼泽地所带来的后果。用不了多久,疟疾又会盛行起来。照从前的说法,那叫圩田流感。"

听到最后,我终于忍不住提出了质疑:"这是一个笑话吗?"

"当然不是了。你已经不记得了吗?六十年代,老杜尔还有过疟疾呢。简直历历在目。"

我跟随奎多和他年迈的母亲,来到杜尔的墓地。她出生在父母的庄园上,如今,却要死不瞑目。他们久久地擦拭着家族的墓碑。这座村子有多么空旷,墓地就有多么拥挤。之后,奎多驾驶着汽车来到教堂,车上装载着翠绿的松树枝,他们一同用这些树枝装点了教堂。一块巨大的石头砸碎了彩绘玻璃窗。那块卵石至今仍在圣坛的后面。破碎的窗户旁边是一幅宏伟的壁画。画面上,农民们扛着耙子和大镰刀:"圣母啊,我们耕作,我们播种,求圣父赐予我们丰收。"

歪歪斜斜的教堂塔楼里云集着上千只寒鸦,它们在风中鸣叫着。它们在空置的房屋的烟囱里筑巢。地上堆满了它们的粪便——一片接骨木果的紫色。

***

十多年过去了，我再次来参加了杜尔传统的斯海尔德河圣秩圣事。小港口里聚集了好几十个人，神父举着牧杖为一排船只祈福。奎多站在第一排，手里举着本地农民联盟的旗帜，他是这次事件的策划人。人潮的上空笼罩着一层晨雾，这是炎热的一天。等到下午，将会有成千上万的民众聚集游行，他们会瞪大眼睛望着已经成为断壁残垣的村庄。跳蚤市场是古老手工艺品的展示区和民间艺术团体的表演区，届时，那里将会和往年的斯海尔德河圣秩圣事一样，吸引大量的民众。

高屋已经禁止入内了。它的外围用大捆的铁丝网隔离了起来，钢铁板子把窗户和门封得严严实实的。这栋古老的遗址经历了战争、洪水、土地征收计划，从中幸存了下来，如今却被一波入室劫匪和无赖所击倒。曾经，这栋十七世纪的房屋是圩田理事会聚集、会面的场所。当我以作家的身份在这里办公的时候，这栋房子依旧是村子里除教堂之外的中心点。可是如今，它却似乎受到了其他势力的主宰，那是一种可以令人不见天日的黑暗力量，是我永远也无法企及的。

蹉跎岁月留给世间的东西对我一直有着特别的吸引力。我从来都不愿意住在新建的房屋里。我所居住的房屋必然经历过生命的离逝。

1998年底，我来到了杜尔。那时的杜尔不过是一个人口接近一千的社区。那时的村庄生机勃勃。这里有屠夫，有面包师，有鞋匠，有小型超市佛兰德里亚，还有"小小百货店"。那里有多家银行，有一家邮局，还有一所学校。那里还有大众的咖啡厅和高级的餐馆。教堂刚刚经过修葺，新来的神父无比荣耀地骑着自行车穿梭在村子里的大街小巷。可是，市政府已经受到了"中间人"的介入。这个人受到政府的委派，就土地征收问题对居民进行引导。几年前，在他离任的时候，作为告别，人们把一个巨大的奶油蛋糕砸到了他的脸上。他的办公室里被涂上了"犹大""骗子""小偷"这些字眼。

　　如今，站在杜尔，就可以看见将近一公里开外的新建的都尔冈克码头上，庞然大物一般的港口起重机和堆积如山的集装箱若隐若现。为此，村庄被宣告为"不适宜居住"，甚至必须消失。早在2005年，码头的第一个区域就在众多的政治讨伐声中，由国王和首相为其揭幕。码头的容量依然只发挥了其中一小部分的作用，提供了相对较为少量的工作机会。输入成百上千万的集装箱，装上卡车再重新输出，这并没有带来太多的附加值，却引发了非常多的交通问题和环境问题。除此之外，港口还准备在不久的将来建造一个规模大上若干倍的萨弗町赫码头，覆盖整整四公里的路程，直捣杜尔的村中心。这样一来，一切都变得统一了：萨弗町赫既是码头的名字，又是自然保护区的名字，二者都是建立在被摧毁的村庄之上。

　　杜尔已然变成了一堆废墟、一堆垃圾，就好像被匈奴人踏平了一般。一座历经若干个世纪的村庄怎么这么快就走上了下坡路呢？早在土地征收开始之初，大规模的撤退就已经显现了。面包房、学校、商店、咖啡厅，它们全都关门大吉。建筑物被空置、遗弃，留给了耗子和乌鸦。院子里的植物肆意生长。衰落期开始了。不时可以见到住宅房屋受到掠夺。光天化日之下，小偷将浴室和厨房洗劫一空。居民们原本可以继续在村子里居住几年，可是，原先负责历史传承的斯海尔德河左岸社团却毫不作为，丝毫没有保护他们的安全。这被称为衰败策略。

随之而来的便是一些房屋首当其冲地被非主流文化者和艺术家们侵占了。2006 年，媒体发表了几篇有关杜尔的"免费房屋"的文章，自此之后，事态就变得一发不可收拾了。房屋侵占者们从四面八方涌向杜尔。他们捣破一扇门，安上一把新锁，轻而易举地侵吞掉一栋住宅。当东欧人民乘坐着大巴车，组团被运来这里时，情况就算是彻底失控了。几十名非法分子一同寄居在极其恶劣的环境中。人们自力更生地接通水和电，一名政治避难者还在此触电丧生。"体育迷"咖啡厅重新开张，却改头换面，成了"人民公社"，经营者是一名鼻子上穿了鼻环、嘴里叼着大麻烟卷的嬉皮士。

房屋侵占者和政治避难者引发的热潮给了杜尔当头一棒。第二年，他们中的大部分人再度消失了，可是，许多房屋也变成了废墟的模样。政府重新掌管了这一地区，着手拆除被称为不适宜居住的住房，即使其中包含了一些新近修建的别墅。至于其他的建筑物嘛，起重机猛地将窗框从墙壁里撕扯了出来，以求将它们变得不适宜居住。通常，在场的会有一名防暴警察，他专门负责拿着警棍和辣椒水，将示威者从房顶上驱赶下来。神父终究没能抵挡住癌症的蹂躏，可是就连他的葬礼都没能逃脱拆迁队的噪声滋扰。甚至连筑了燕子巢的外墙也被铲平了。

卡默曼大街是最华贵的街道，沿路满是雄伟的公馆。遭受遗弃后的它就像是一张掉光了牙齿的嘴，只是偶尔还能见到几颗蛀牙的踪影。我从前的邻居艾美莲娜就住在卡默曼大街的拐角处。几年前，她给我寄来了一封绝望无助的信。她也没能逃脱传票员的威胁，不得不离开那里，为此，她心脏病发作。她的丈夫乔如今已经过世。那时，这对年迈的老夫妻在此事发生前不久刚刚正式分居。乔同意了征收计划，搬到贝弗伦一栋小公寓楼里居住。刚住进去不多时，他就生病了。作为一名真正的杜尔人，艾美莲娜不愿意屈服。在乔生命最后的日子里，她把他接回了家里，最后将他埋葬在了杜尔的墓地里。

如今，她的状况有所好转，这让我松了一口气。只不过，她需要接受大量的药物治疗。她像从前一样款待了我：故事、饮品、香烟。她希望她能在这栋迎来她出生的房子里一直住到死去的那一天。然而，斯海尔德河左岸社团的主管最近却在报纸上发表声明，说居民们一定是"精神错乱"了才愿意继续住在这样的一个村子里。当法官将拆迁判定为不合法之后，拆迁工作停止了。从那之后，大约三分之二的房屋躲过一劫，其中的一些被木板和钉子封死了，还有一半被拆毁了。如今，这座村子又变成了很久之前的模样。无人地带。

艾美莲娜领着我参观了几栋附近的房屋。房子的腐坏程度已经无法用语言形容。坍塌的屋顶、崩裂的外墙、垂落的卷帘窗、破碎的排水管、砸扁的门。就算是近代的房屋看上去也像是经受了炸弹的洗礼一般。而仅仅在十年以前，它们看上去还很完美无缺，我也曾进去拜访过一些繁荣的大家族。地板被挖开，天花板垮塌了，暖气片被毁，门框和护墙板从墙上剥落。到处都是堆积成山的垃圾和排泄物。臭气熏天，令人无法忍受。几乎每一栋房屋上都覆盖着涂鸦壁画。

"看看这座村庄吧，我在这里出生，也将在这里死去。"艾美莲娜一边笑，一边不顾医生的劝诫，又点燃了一根香烟。

到了春天和夏天，每逢渡轮开船的日子，杜尔就会迎来心怀善意又或是不那么心善的访客。这样的结果也称不上奇迹。不时会有年轻人蜂拥而至，在村子里的断壁残垣中留下到此一游的痕迹。他们踏破大门，用石头砸烂窗户，四处点火，损毁坟墓和十字架。村庄上仅存的几十户居民多年来一直要求入驻警察，可是，他们的主张一无所获。只是偶尔可以看见一辆巡逻车从这里经过。

就连伽罗也离开了，这让我感到十分遗憾。距离高屋一百米处的小庄园已经被夷为平地。那上面被喷了满满一罐喷漆。临街的墙面上被画上了满满当当的长毛怪的脑袋。其中一句口号是:"我叫什么名字?婊子!"灾情和游客轮番地在此进进出出。他家院子里巨大的笼子和鸟舍被杂物掩盖了。那位农家子弟兼鸟类的朋友曾经和母亲一同住在这栋房子里,之后和一名年轻的房屋侵占者结了婚。不知道他现在怎么样了呢?

  自然保护组织在紧挨着这栋荒草丛生的庄园的地方建造了一座崭新的燕子巢,以此给无家可归的燕子们提供一个选择。那是一个绿色的钢铁塔架,高高的空中搭了一个仿造的瓦片屋顶,屋顶的下面安装了人造鸟窝。可是,四周围却连一只鸟的踪影也见不到。

***

  "丢人现眼。"妈妈说。她挥舞着胳膊,就像在驱赶蚊子似的,"他们真是一群流氓。"

  她话中所指的是不仅摧毁了杜尔,还想侵占其余的圩田地带的港口理事会。斯海尔德河圣秩圣事才刚刚过去,我推着她的轮椅,走过废弃的房屋和庄园。她还清楚地记得,当我住在高屋里的时候,我们举办过一场家庭聚会,而那时的村庄是多么欢乐啊。望着眼前的废墟,她几乎感觉到了生理上的疼痛。逼迫人们背井离乡是与她从小学到的乐善好施的观念背道而驰的。在给予我们母乳的同时,她就已经将正直的理念一同灌输给了我们。她依旧每天读报、看电视、关注新闻,一旦她听说了有关杜尔的任何消息,必定会在我刚一进门时就迫不及待地告诉我。

"原先在高屋的农场上工作的那个伽罗,他倒是过得不错。"我说,"能相信吗,他跟一个年轻的房屋侵占者结婚了。"

"真的吗?"她大感不解地问道,然后咬住下嘴唇,"可是,他的农场如今看起来就像是嘉年华上的鬼屋啊。"

她心目中最念念不忘的就是——农场。我们坐上前往对岸的渡轮,在利洛的堡垒散了会儿步。回到杜尔后,我们在杜尔五号吃了薄饼。它是最后一栋屹立在废墟之中的建筑。之后,妈妈觉得身体不适,想要回家了。我依然坚持跟妈妈一起出门远足。尽管她的健康状况有时不太适宜,可是,只要知道自己下午能够出门,她就会像花朵一般绽放。她总是抱怨说,等待就是她在康复中心的生活的全部:等待被抱离床铺,等待午饭,等待我。而等待却是她从来都不擅长的事情。消磨时光成了她最主要的生活。

当我们在返程的途中路过新建的自然保护区时,她像一个小女孩似的,用手拍打她裸露的膝盖。"这太难以置信了,"她嚷嚷起来,"这些圩田从前是那样的美好。"

"这就是进步的代价,妈妈。"

"要是一切都被淹没了的话,他们的态度肯定就不一样了。"

"现在人们更想要大自然。"

"我实在不能理解那些人的想法。这不是进步,而是退步。我们做出了所有的努力,为的就是让这片土地里的水排干。"

"这里已经不再是那个农民们熟悉的地方了。"

"战争和饥荒一定会卷土重来的。"妈妈说。这个地区的许多老人都是这么说的。"到时候,人们或许就能意识到食物的价值了。现在,食物都是依赖进口,而且还都是被贱卖的。这样的情况不会持续很长时间的。"

当我在康复中心门口把她从车里抱出来的时候,我看见她的座椅上有一摊血迹,座椅蹭到了她的腿,而用于稀释血液的药物使得她的皮肤哪怕只是碰到一丁点的刮擦,也会流血不止。我在上面裹了一块手帕。她的体能进一步地退化了,可是,她的思想依旧非常警觉。我们路过"活人区",神经错乱的病人们在那里集中受到照料。房间里传出一声声凄厉的呐喊,简直就像是野兽的吼叫。另外有一个人响亮而又高亢地大笑起来。妈妈怕极了自己有一天会被送到这里。

她拉响铃铛,刚过了五分钟,就来了一位照看她的护士。这里引进了八位菲律宾籍的护理人员,这样一来,就暂时缓解了人员短缺的问题。他们甚至还学了满嘴的荷兰语,只不过,他们的水平还不足以进行一段流利的对话,更别提听懂妈妈的方言了。

夜幕降临了,可是妈妈还是不愿意让我离开。她一会儿想要这个,一会儿想要那个,一会儿想到这儿去,一会儿想到那儿去。她把我当作一匹马,用来拖着她的轮椅到处跑。她自己则负责掌舵。

"这么快就要走了?"当我疲惫不堪地披上我的外套时,她委屈地问道。每次都是这样老调重弹。"怎么这么晚?"当我到达的时候,她总会这么问,即便我每次都非常准时。而每到晚上道别时,就变成了:"怎么这么着急?你又用不着去给奶牛挤奶。"

"妈妈,这话太不中听了。"

"滚蛋。"

"怎么了,妈妈?"

"他们全都应该滚蛋,"她嚷嚷起来,"我受够了。"

有时候,她会莫名其妙地表现得不可理喻。她自己并没有意识到,她说的话也许会伤害到别人。有时候,她的怒火会多到溢出来,使得她几乎无法呼吸。要是我胆敢评论几句的话,她就会说:"我狂躁的执拗恰恰就是支撑我活下来的理由。"

"可是,我的心常常在哭泣,"她补充说道,"尤其是今天,因为今天毕竟是你哥哥的生日。"

\*\*\*

我抑制不住内心深处想要去寻找伽罗的冲动。在艾美莲娜的提醒下,我在贝弗伦的一栋排屋里找到了他。那里的房子都有着美丽的院子。我找到他的时候,他正摇着摇篮,哄着一岁大的女儿入睡。我觉得自己去得很不是时候，可是，他却向我保证，我并没有打扰他。他的妻子比他小三十岁，是一个城里长大的女孩，留着一头棕色的鬈发。她为我端来了咖啡和茶点。

早在我住在高屋的时候，我每天都会去"长径"上散步，如今的长径因为港口的扩张而被缩得非常短。那时，每当我散步的时候，我总能看见伽罗忙碌的身影。他和他的老母亲在太阳底下坐着的样子令我至今依然记忆犹新。她不是在削土豆就是在剥豆荚，他或是在修理鸟窝，又或是信步田间。一种熟悉的感觉在我的心头蔓延。

如今，他成了一名六十岁的退休人员，留着花白的胡子，热情洋溢地眨着眼，握起手来强而有力。他的青少年时期过得并不如意，他娓娓地向我道来。在他七岁那年，他的父亲"安详"地去世了，起因是脑溢血，留下他的母亲和四个孩子。在她生最后一个孩子的时候，她腿上的血管被切开，从此便长期生活在病痛之中，然而，她却百炼成钢。

伽罗很小的时候就开始为家里干活儿，从来没有上过大学。在他的姐妹们相继离家之后，他便独自跟他的母亲留守在家。他常常外出消遣，有过不少女朋友，其中包括"小小百货店"的那个女孩，可是所有的恋情都没能持续多久。其中的部分原因是因为他的母亲曾经告诉过他："除了我，任何女人都别想踏进这个家一步。"

当他四十岁的时候，他屈从于命运的安排，向她保证，只要她还活着，他就不会离开这个家，也会一直照顾她。他会永远信守他的承诺，当然也会永远感到自己生命的不完整。他将大量的时间和爱都倾注到他所饲养的成百上千只鸟的身上：大个儿的长尾鹦鹉、鹦鹉、凤头鹦鹉。他在圩田里捕捉红额金翅雀、黄雀、赤胸朱顶雀。在各类比赛和展览中，他多次荣获"鸟类朋友"皇家协会颁布的奖项。

有时候，他能凭借一只陷阱里的媒鸟①捕捉到成百上千只八哥，然后要么将它们卖给一名来自贝弗伦的鸟贩子，要么自己把它们吃掉。直至有一天，他受到了环保卫士们的监管。

"这就是从前的圩田生活。"弗劳歌说。她一直竖着耳朵听我们谈话。"不过，我绝对忍受不了你如今还去猎取小鸟，更别说吃掉了。"

"雉鸡不是很好吃吗？"

"是啊，它们确实不错。"她微微一笑。

弗劳歌目前是一位效力于市政府的"可持续发展部门公务员"。她的主要职责中包括了监管我和其他农民在保护褐色的白头鹞在农田里所筑的巢穴方面能得到多少分红。她所学习的专业是犯罪学，对于农田琐事知之甚少，甚至可以说是一窍不通。两个相互碰撞的世界。

当富有冒险精神且善于交际的弗劳歌在大学毕业后决定侵占杜尔的一所房屋时，这两个世界合二为一了。她在捷马店（Gamma）里买了一把锁，撬开了一家银行办公室的大门，拉开电闸，惊讶地发现灯居然被点亮了。她把她

---

① 媒鸟，是作为诱饵，用来引诱其他鸟类的鸟。

的睡袋铺在地上，觉得自己就像是回到了家里。自此，她全身心地投入到杜尔的战斗中去了。

伽罗的母亲就住在小道另一侧的庄园里，她对她的儿子说："银行里来了一个奇怪的小贼。快去把她赶走。"

很早以前，他就亲手抓过房屋侵占者和入室盗窃犯，还狠狠地揍了他们一顿。他当机立断地按响了门铃。弗劳歌打开门。他吞吞吐吐地说自己是她的邻居，想来认识一下。她问他能不能帮忙修剪一下篱笆。之后，他的眼里就只有她了。不久以后，他就向她表白了。

他们的关系一直被掩盖得严严实实的，直到他发生了一起严重的车祸。他险些就死了。弗劳歌义无反顾地走进农场，承担起照顾伽罗和他母亲的责任。老妇人对此表示默许。她们之间的关系变得越来越好。几个月后，她在睡梦中逝去。

他们继续在杜尔居住了许多年，并且为保卫圩田做出了很大的努力。有一天，弗劳歌拍到了斯海尔德河左岸社团成员的照片，从中制造了一起丑闻。那些人用铁撬棍和大铁锤砸开了被废弃的房屋。政府对一切言论均持否认态度，直到她将照片公之于众。

她和伽罗有了三个孩子。这也是他们几年前终于决定离开杜尔的原因——那里已经变得太过危险了。不过，他们依旧坚持斗争。不管怎么说，这已经创造了一个好的结果："我有了一个漂亮的妻子，还得到了三个宝贝孩子。"伽罗笑着说道。

斯海尔德河圣秩圣事期间,他只是远距离地望着父母家的庄园。"太痛苦了。"

他非常想念圩田,丝毫不想知道人造的大自然是什么样的情况。她倒是愿意了解,除非那里有人被驱离了。

"如今,整个老杜尔都被驱离光了。"他说,"又少了一座村子。中间人已经转遍了一圈。这一点,应该每个人都知道吧?"

我是个例外。

***

我的脑子里只剩下一个想法,那就是开车到老杜尔去,像中间人一样转遍一圈。一束束阳光穿透大树,在死气沉沉、湿热难耐的空气中制造出频闪效应。一只松鸦发出刺耳的嘲笑声,声音在田地上空回荡。一只雉鸡"啪嗒啪嗒"地走在堤坝上,它长长的尾巴像锦缎一般闪闪发亮。我发现自己的第一个反应又是:我怎么才能把它抓住?

一头牛独自行走在西长大道上,它是从埃里克的牧场上偷跑出来的。我驶入它坐落在堤坝脚下的农场。似乎它根本就觉得无所谓。"我会找到那个家伙的。"埃里克一边说,一边倒了一杯温咖啡。他的厨房看上去就像一座灵堂。家人过世后,他便独自一人守着这里。早在1999年,当他的农场被牵连到二氧杂芑危机事件中的时候,我还跟他促膝长谈过。如今的埃里克看上去白发苍苍，一副饱受折磨的模样。"要是在这里再耗上几年的光景，或许我和我的奶牛们能赶上拿一笔退休金。"

罗比的养猪场坐落在堤坝上，尽管我还能听到小猪的呼噜声，可是它已经显现出了一副被废弃的模样。他的老母亲不久前刚刚因为脑溢血去世。他无法理解，为什么出生在这座堤坝上的他必须要离开这个地方。罗比是一名四十七岁的单身人士，他看上了林堡省的一座农场。"这样一来，游客们倒是可以到这里来游览了。今天参观淹没地带，下个星期参观普罗普萨之地。可是，日复一日、年复一年、世世代代在地里劳作的农民们却必须离开这里。"

果农保罗已经是第二次经历土地征收了。第一次是为了建核电站，如今是为了自然保护区。他是圩田理事会的七名理事之一。他的房子目前还在，不过，他的成千上万棵梨树却被起重机一棵一棵地连根拔起。多少年来，他一直像照顾亲生孩子一般地照顾它们。事情发生后不久，他就得了脑肿瘤。不过，为了他的儿子，他还是在基尔德雷赫特第三次开辟了农田。"关键不仅仅在于他们做了什么，"他叹息道，"更在于他们做事的方式方法，对人没有一丝一毫的尊重。"

谈话期间，我们时不时就会被手持苍蝇拍的人着急忙慌地打断。居民们的反应能力已经有了长足的进步。《瓦斯快讯》上登着："蚊子灾害席卷圩田村落。"喷雾和驱蚊剂的销售盛况空前。药剂师们的存货销售一空，这是从来没有发生过的事情。几乎每个人都知道,蚊子在沼泽地里的静止水面上大量繁殖。可是,生态管理委员会却否认了这个说法,不过,他们还是展开了新一轮的调查。

在老杜尔的中心,人们挂出一面面旗帜作为抗议,旗子不是黑色的,而是绿色的。这里聚集着好看的房屋、古老的坝上小屋和庄园、弥漫着历史气息的"棚子"——一家充满神奇色彩的伊尔马的圩田咖啡厅。咖啡厅对面有一栋新建的房屋——"盐碱滩",它是一家提供住宿与早餐的旅馆。旅馆的旁边挂着一只仓鸮的标本。老板迪尔克说,在所有有可能实施的计划方案和预告中,都确保了这座小村庄会被永久地保留下来。因此,杜尔那些刚刚被征收了土地的人们受到哄骗,搬来了这里。其中的一个人就是马克。他的父亲是杜尔人,在得知土地被征收的消息后,他选择了结束自己的生命。

如今,在杜尔事件过去了十多年后,就连这里的五十栋房屋也收到了新的中间人发来的通告信。信里写着,他们必须"消失殆尽",就像被掐灭的香烟一样。这则消息的出现就像是一记响雷、一次失信。在"棚子"的一次群众会议上,再度成立了一个行动小组。一个最具战斗力的人士被指派为捕鼠人。他几乎要以一人之力承担起根除整片圩田地区的麝鼠的重担。以前,他以一条老鼠尾巴就可以获得一份分红。而麝鼠本身则被送去一些餐厅,用棕啤进行炖煮后,以"水兔子"的名义被端上了餐桌。

雷纳德庄园的老牲口棚里,海德维赫圩田猎场看守人的儿子本杰明用一眨眼的工夫建起了一座"圩田博物馆",那里面的旧物件、地图、书、农业机械琳琅满目。照片里充满了对过去的怀念。人们所怀念的那个时代,在事后看来是如此单纯和简单。时光还有着另一个维度。压力还没有被发明出来。是的,如果一整个地区都在你的眼皮子底下被毁于一旦,那么怀念一下也没什么不对的,本杰明这么觉得。

他是一位考古学家,对于每一块残生物、每一种动物、每一株植物都怀着最大的热情。前不久,当环保卫士在勘察路禽栖息地时,他的山羊被她逮了个正着。这让本杰明结结实实地付出了一大笔罚款。他无法理解环保主义者们居然想要销毁一片绝无仅有的景观,更何况,为此还需要先清空一片世世代代为人所居住的地区。他们声称,出于对公共利益的考量,老杜尔必须消失得无影无踪。或许事实确实如此。又到了港口制作秘密日程的时候了,本杰明在心里想。到了灭绝圩田地区的人性的时候了。

如今,官方的文件中野心勃勃地论述着"从临时生态补偿方式到主动出击型自然本质"的进化。坚韧的自然保护区必须在事前就接受未来的港口工程所产生的负面影响,其中包括萨弗町赫码头,即便它永远也不会建成。如今,这些已经一清二楚:整片杜尔圩田、海德维赫圩田和繁祉圩田必须结合成一整片大型的自然保护区,与萨弗町赫的淹没地带形成无缝连接。它们共同形成大萨弗町赫边界公园——欧洲最大的淡水与咸水相结合的荒野地带。其中包括了老杜尔。

堤坝尽头的盐沼房突然间人去楼空。住在隔壁的女士名叫劳拉，六十年代的时候，她的儿子感染了疟疾。她向我解释了这里所发生的事情。退休医生柯莱特在马路上被一辆工程抢险车撞倒了。她所驾驶的汽车底朝天地落进了运河里。她撞断了骨头，被送去了安特卫普的康复中心——不过，永远也别想回来了。我又失去了一个倾诉之所。又一座古迹从圩田消失了。

\*\*\*

"中心地带"是基尔德雷赫特的一个宴会厅，也是一个花花世界。圩田理事会着急忙慌地把"水域屋主"聚集起来，召开了一个有关这一地区最新分区规划方案的会议。这是我第一次参加投票。在检查了我的证件后，他们给了我一张投票用纸和两张饮料券。

"这对于我们圩田的农耕来说，就是致命一击。"堤坝水督提奥·德·卢克开门见山地说。他是杜尔前任市长的儿子，许久之前，他自己在繁祉圩田的地产也遭到了征收。"我们面对的是强大的势力。"

他用低沉的声音历数了二十来个新兴的自然保护区，就好像那是阵亡人员名单似的。礼堂里鸦雀无声。礼堂里满是阴郁的面庞，礼堂里满是忧愁的思绪。

自从中世纪起，圩田理事会就承担了治水管理，并将此立为了传统,尽管有些地区也试图与时俱进。从前,每当受到洪水威胁的时候,堤坝水督必须亲临现场,直到危险消除为止。可是如今,他却可以躺在自己的床上,通过智能手机遥控指挥水坝和水闸。至少,他是这么说的,话语中无不透着几分骄傲。

堤坝水督请整个礼堂的人,按照传统的方式,"或坐或站"地赋予他行使职能的权力。

"您就想这么轻轻松松地得到我们的委任了?"港口的一位代表抗议说。显然,后排坐着几个港口和政府的工作人员和环保运动人士。占有大片土地的他们如今也是"水域屋主"中的一员。

礼堂里躁动起来。椅子左右挪动。玻璃杯叮叮咣咣的。人们流露出愤怒的眼神。

"好的,没有一个人站起来,这样的话,授权通过。"堤坝水督迅速地决定,没有给反对方留出抗议的机会。

他知道,不久以前,同样是在这个礼堂里,比利时农民联盟的全国主席被无情地轰下了台。彼特·范德姆瑟是来解释自己为什么最终答允了政府,以此在新的分区规划方案上达成和解。作为圩田理事会坚定不移的一员,克里斯·德·斯密特当场指责他违背了对农民们的承诺,没有通过他作为主席的考验。奎多·范·米赫姆把比利时农民联盟的宣传材料狠狠地砸在桌子上,向委员们致歉说自己一直以来都尽力地维护联盟的利益,并宣布本地的分部将会独立聘请一名律师。其他人则终止了自己的会员身份。

在冷若冰霜的宁静中，主席不得不夹着尾巴离开了礼堂。

眼下，圩田理事会的秘书介绍了文件和程序的概要。政府要再度征收一千五百公顷的农业用地，其中有将近一半是用于自然赔偿机制，所以说，必须通过投票来决定圩田理事会是否要向法院提出申诉。

奎多·范·米赫姆站在投票箱的旁边，用胁迫的目光盯着其他人。"哟嗬，你还敢在这里露面呢？"他问一名港口的代表。那个人留着一撇经过精心修剪的胡子，穿着一件时髦的大衣。"亲眼见到这里所经历的一切，你晚上还睡得着觉吗？"

"我们所生活的国度应该还是民主的。"那个男人说。他把他的选票塞进投票箱里。

"那么你呢？"奎多转而问我。

"放松点儿，奎多。"

一刻钟后，堤坝水督当场宣布投票结果："参加投票的总人数为八十六人，其中支持向参事院提出申诉的有八十人。程序顺利通过。以前，我们跟环保人士结成统一战线，可是现在，我们要首度向大自然提出申诉了。"

港口的那个人走出礼堂，狠狠地摔上了门。礼堂里爆发出雷鸣般的掌声。堤坝水督决定给每人加赠一张饮料券。掌声经久不息。

我和一群农民坐在同一张桌子上，一同喝着啤酒。那是一群健壮的男人，他们清楚地意识到自己的力量和见识。作为圩田的大农场主，尤里斯简要地介绍了自己对抗鹅、赤颈鸭和寒鸦的几十种"防御方式"。"相比把小鸟从它们的巢穴里赶出去，人们倒是宁可把农民从他们的土地上赶走。"他说，"我们的子孙后代会责怪我们没有用武力赶走那些人的。"亚历山大是一名充满活力的农民兼教师，他的土地也在被征收之列。他说，繁祉圩田的一些挖掘机不久前遭到了毁坏。他想要采取强硬的手段，就算不能产生什么结果，至少他也算做了"有良心"的事。那些安特卫普人在必要的情况下甚至会把邻居的房子点燃，只为了给自己煎一个鸡蛋。他们与食物之间没有任何纽带。他们对于农民的生存状况丝毫不能感同身受。因此，就应当把农民从他们的土地上赶出去……

趁着言辞激烈的故事和下流的笑话在桌上横飞的时候，我向我旁边的那个农民展示了安特卫普的梅尔勒教授所制作的一个图表。他常常针对港口进行调查研究。经他推断，一公顷的新建大自然可以通过提升生存环境的方式创造成百上千万欧元。一公顷的农田却恰恰只能创造零欧元，因为生存环境所消耗的钱刚好等同于它的收益。

"零？一点都没有？一文不名？"那个农民大惑不解地问道，"那么那位教授吃什么呢？光吃海藻吗？最好有人能给他套上一件约束服。"

"替我向您的母亲问好，"当狩猎监督官和几个身材魁梧的圩田农民打算离开的时候，堤坝水督说道，"别忘了啊。"

## 第八章 扎勒赫姆。突然袭击

那是一个清爽、明亮的早晨,也是我第一次见到环保卫士的日子。在卡罗新生的芦苇地旁,停着五辆绿色的小轿车,它们是麝鼠灭鼠公司派来的汽车。除此之外,还有一辆白色的大卡车,那是自然与森林管理处的环保卫士比约恩·德义志的座驾。他穿着一身棕色的制服,腰后别着一把手枪,正在与捕鼠人的首领伽罗·范·穆尔商量具体的事项。令我感到讶异的是,他们是来这里捕捉沙鹅的。

环保卫士之所以请求他们支援,是因为沙鹅啃食了新种植的芦苇、驱逐了其他的鸟类,还污染了水资源。它们的排泄物可能引起水藻的增长和水中氧气的减少,并由此导致部分植物和动物的生存形势变得严峻。"有一些自然保护区，例如阿尔特，那些地区水的富营养化已经造成了许多问题。"比约恩说。他是一个清瘦的年轻男子，戴着一副眼镜。

卡罗的池塘里，在输电铁塔之间，不少芦苇丛已经被篱笆围了起来，形成了一幅怪异的景象。走在木头小桥上，可以看见岸边处处都覆盖着一层鹅粪。这么一来，蓟草花和荨麻生长得越发猖獗。

我们见到了一只沙鹅的尸体。都是狐狸干的好事，比约恩一边解释，一边用靴子的尖头指了指一坨黑色的粪便。"只可惜，狐狸不仅吃鹅，还会吃掉其他受保护的鸟类，使得我们没法实现我们的环保目标。"

不远处的繁殖区用电线环绕了起来，以此避免狐狸的侵扰。这样的做法取得了很好的成效，直到有一天，电池耗尽，一只狐狸趁机钻了进去，将鸟窝洗劫一空。

捕鼠人穿着防水长靴踩进水里。他们划着两只小船，把沙鹅驱赶到一个前一天晚上赶制出来的巨大的长袋网里。伽罗说，他们在过去的三年里已经捕捉了七千只鹅。这个年轻的瓦斯兰人留着一根马尾辫，露出局促的笑容。他们捕捉到的以加拿大黑雁为主。它们和麝鼠、浣熊以及美洲牛蛙一样，被视作欧洲的"外来入侵物种"，需要受到防治。由于麝鼠已经几近灭绝，捕鼠能手们正在欧盟的支持下接受再教育，努力成为捕鹅人。

捕鹅的最佳季节是在五六月的换羽期。每到那个时候，它们就会褪去它们的飞羽，在长达一个月的时间内都无法飞行。除此之外，雏鸟们还没学会飞行。从前，人们也一度采取过"鸟窝处理"的方式。他们把鸟蛋打烂、钻洞或是浸入油里，从而杀死胚胎。这是一个劳动密集型的方式，而且并非总是有效。

眼下是捕鼠人有史以来第一次需要对本地的沙鹅采取某项具体的行动。一个世纪以前，这些卵生动物就已经在荷比卢地区销声匿迹了。二十世纪五十年代时，利本司伯爵从东欧运来一群鹅，将它们在兹温自然保护区放生。兹温鹅与其他的鹅生活在一起，占据了以萨弗町赫为中心的泽兰-佛兰德地区。自从七十年代开始，莱利斯塔德的欧斯特法尔德湖泊地区就成了理想的鹅群聚居地。最近一段时间以来，它们的数量出现了爆炸性的增长，其中的原因主要在于对狩猎的限制以及湿地自然保护区的扩大。

正如伽罗所担心的那样，人们很快发现，沙鹅比加拿大黑雁更难捕捉。我见过换羽的鹅，它们把脑袋压得很低，紧贴着水面，狡猾地在芦苇间逃窜，而捕鼠能手们只能在它们身后，以绝境求生的意志蹚水。

周遭的地区充斥着一股化学工厂所散发的刺鼻气味。高压电线在潮湿的空气里发出轻微的噼啪声。我跟比约恩一同从远处审视着这项旷日持久的工程。他时不时地把某一只稀奇的鸟指给我看。身为鸟类爱好者的他对这片芦苇地有着特别的偏爱。大麻鳽和小苇鳽依旧在这里繁衍生息。

"对观察者来说，可真是一块好地方啊。"他说。

"观察者?"

"是啊,就是鸟类观察者。他们乐于寻找稀有的鸟类,对照着自己的列表,寻出自己见到了多少不同的种类。他们的发现会被发布在专门的网站上。"

他本人已经实现了一个长达340项的列表。其中,最令他得意的"稀有品种"之一便是在卡罗的水闸大楼上见到的一只猫声鸟。那是一种美洲鸟类,会发出喵喵的叫声。最初,它是坐船偷渡来的。水闸大楼里所有的环境管理部门人士都痴狂地涌上前来。自从比约恩用智能手机追踪到了它们的行迹后,观察者们便从四面八方蜂拥而至,甚至有一些是从外国赶来的。第二天,猫声鸟就匆匆地消失了。

"可是,这不恰恰就是目的所在吗?"我小心翼翼地试探道,"就是把沙鹅当作受保护的类别以及新建自然保护区的保护对象。"

"当然了。"比约恩说,"不过,在某些特定时期,在某些特定的条件下,它们也是可以被狩猎的。眼下,这里迫切地需要这样的条件。否则的话,它们会像加拿大黑雁那样失控的。"

"加拿大黑雁是一个外来物种,任何人都可以捕捉它们吗?"

"是的,如果早在七十年代的第一个孵化期过后,我们就那样做了的话,事情就不会发展成今天这般模样了。所以,在刚刚过去的这段时间里,我已经开枪打死了不少棕硬尾鸭。"

棕硬尾鸭是世界上最美丽的鸭子之一。那是一种栗红色的潜鸭族，长着蓝色的喙，棕灰色的尾巴像鲨鱼的鱼鳍一般直直地竖立着。公鸭们长着极其坚固的、螺丝钉状的阴茎。眼下，正是这玩意儿在经过绚烂的求偶表演后所生产的东西，给人类造成了困扰。

"它们是一个美洲的外来物种，经过杂交，对欧洲稀有的白头硬尾鸭形成了一种威胁。"比约恩解释说。

"你的意思是说它们会交配吗，比约恩？以及对种族的纯净度形成了威胁？"

"是的，它们产生了杂交品种。长期的杂交会导致纯种白头硬尾鸭的消亡。况且，白头硬尾鸭本就只有在西班牙才能见到了。"

"可是，对我们来说，棕硬尾鸭恰恰是非常罕见的，至于白头硬尾鸭，更是已经绝迹。所以说，它们还是不要交配比较好咯？"

"问题的关键在于原则以及欧洲所肩负的责任。"比约恩带着些许的厌倦说道。

趁着眼下我们正一同坐在岸边的机会，我再也忍不住向他询问起有关那次几乎致命的事件。那个事件的起因是有人在距离这里几步路远的地方悬挂起钢丝缆索，险些割下了几名越野摩托车手的脑袋。于是，地方预审法官展开了一项调查，旨在将此事定性为谋杀。比约恩接受了无休止的审讯。自从《瓦斯快讯》上刊登了一篇言辞激烈的文章后，许多圩田居民便用充满敌意的目光看待环保卫士。

"那是一段糟糕透顶的经历。"比约恩忐忑不安地说，"我更愿意坐在审讯桌的这一头，而不是那一头，这一点是可以肯定的。越野摩托车手扰乱了这里的大自然，但是我们仅仅是用法律手段与他们进行了对抗。那场调查最终指出，我与那次的事件无关。我的手机电话通信显示，事情发生的时候，我甚至压根就不在附近。"

他亲口告诉我，他并不是当地人，出于安全考虑，他最好待在根特的附近，留在那里居住。"这里的自然保护区篱笆被损毁的频繁程度简直令人无法相信，以至于科尼卡野马甚至可以在大街上奔跑。我们一次都没能把破坏者抓个现行。"

捕鼠人从水里爬上岸，怀里抱满了胡乱挣扎的鹅。他们把鹅塞进卡车上的笼子里。伽罗·范·穆尔感到非常失望，因为他们只抓到了三十只鹅。有时候，他们可以一次抓捕好几百只鹅。就连比约恩也感到非常不满意。他说，他会亲自站在堤坝上朝沙鹅开枪射击。他已经打算到大卡车上去取猎枪了，可是伽罗却向他保证还会做第二次的尝试。

趁着他们着急商量的时候，我小心翼翼地走向装着笼子的拖车。被抓的三十只鹅里，有不少是只会唧唧叫的雏鸟。其中一只白色的家鹅更是强烈地让我想起我自己的鹅。从它伸长的脖子上，我看出了它的紧张程度。它脖子上的羽毛竖了起来，橙色的喙张得很大，蓝色的眼睛里透着恐惧。

"嘎嘎嘎。"它轻轻地呢喃。

"呱呱呱。"我用安慰的语气回答。

任务完成后，伽罗说，那三十只鹅将会接受"安乐死"。安乐死，那不应该是由本人要求的吗？是啊，好吧，兽医会给它们注射一支装有 T61 的针剂。按照伽罗给我的宣传手册中所列举的，另外一种可行的办法是"颈椎脱位法"。简单地说，也就是把脖子拧断。死去的鹅会被送到一家毁灭工厂去，尽管伽罗一直努力争取，想给予它们一段"有意义的死亡旅途"。他的言下之意就是还不如让我们把它们吃了。只不过，一定要好好地炖透才行，因为它们的肉质很柴。

令我感到惊讶的是我读到 G7——一个荷兰环保和农业机构的合作组织，正在酝酿一项鹅协定。他们相互约定要将鹅的数量降低到 2005 年的水平。为此，五年之内必须有一百万只鹅通过枪击或是毒气的方式被毁灭。正如愤怒的动物保护者们所提及的那样，就连荷兰鸟类保护组织也同意了这一"对鹅的大规模屠杀"。

身为环保政策的最大成功之一的鹅如今却受到了 G7 的抹黑，原因在于它们对生态和经济方面造成的损失。它们无处不在，它们随地排泄，它们臭气熏天，它们换羽，它们又咬又啄，它们制造噪声，它们像耗子一样繁殖，它们会活到五十岁，它们会传染沙门氏菌一类的疾病，它们把一切都啃噬干净，它们对生物多样性形成威胁，它们与飞机相撞。在史基浦机场附近，它们更是大量地被毒气毒死，以此从最大程度上减少"鸟撞"的次数。

在另一份文献资料上，我读到获得诺贝尔奖的著名鹅专家康拉德·劳伦兹曾在二战期间与纳粹有过密切的关系。这是我之前不知道的。他甚至效力于党卫军种族局，并支持人道毁灭的项目，其中主要包括了强制性的绝育和对低等民族的人道毁灭。劳伦兹教授宣称，优等人类和优等动物一样，受到了污染。他将这一现象称作"劣猪化"。之所以引用劳伦兹的先例，就是为了警示人们，激进的生态主义有可能会导致极端主义和极权主义的诞生。

根据捕鹅人所说，这或许是一份很好的用来制作鹅肉酱的食谱：

> 把鹅肉和猪腹培根放入绞肉机里搅拌。将它们与调料及经过炖煮的葱混合。倒入适量干邑白兰地或波特酒。给盘子加盖，把肉放入预先加热的烤箱中，温度调至170摄氏度，烤制60分钟。将鹅肉酱放凉。用餐愉快。

\*\*\*

从绿堤上望去，我们的亚麻地就像是一片天蓝色的海洋，来回摇晃。亚麻花已经临近凋谢。胚株在阳光的照耀下熠熠生辉。纤细而又柔弱的花梗几乎已经生长到了最高点。我看见最远处靠近酪浆凹地的地方，有约莫二十只斑尾林鸽从天而降。对于土地中央拉起的用来吓跑它们的红丝带，它们毫不在意。我估摸着，大约有三分之一的亚麻已经被它们啃食干净了。

猎场看守人打电话汇报了损失。蒙声称，那是鹅和鸽子的杰作。这些不属于他的职责范围，而是自然保护区的事。他还补充说，我们可以向自然与森林管理处索要赔偿。只不过，我们必须事先采取用作预防的驱赶措施，例如安插旗子、丝带或是稻草人。

我放声高喊，用力地挥舞我的双臂。鸽子们大声地拍打着翅膀，在鹭鸶林里寻找落脚处。我走进地里，深吸一口气，勘验受损情况。亚麻窃窃私语，发出沙沙的响声。整片雅致的亚麻地都舞动了起来。午后摇曳的空气使得景象变得模糊起来。在这里，在这片空旷的土地上，迷失在微弱的光芒中，感受着风从耳旁拂过，我觉得围绕在身旁的亚麻简直就像是柔软的皮草。

我在古老的租赁记录里读到，早在中世纪时期，扎勒赫姆就已经为亚麻布和亚麻籽油的生产而播种了"胡麻籽"。在长达几个世纪的光阴里，亚麻为佛兰德的繁荣做出了不可磨灭的贡献。后来，它也为这一地区的贫瘠贡献了不小的力量，追溯其原因，在于其遭遇了亚麻的荒年以及纺织业的日益衰败。二十世纪之初，人们还占用了百分之十的耕地面积，用以种植亚麻。第二次世界大战过后，尤其在人造纤维和棉织物的冲击下，这一产业几乎不复存在。要是没有欧盟的补贴，亚麻便无法存世。可是如今，这一补贴却被取消了。

我驶过边境线，朝着范·罗伊兄弟所在的地方进发。他们为我们的农田播了种，我之所以去找他们是为了填写一些有关赔偿方案的文件。他们是坚守在这个地区的最后一户大型的亚麻种植企业。在泽兰圩田里，我见到了很多谷物、土豆、洋葱和郁金香球茎，却几乎一处亚麻的踪迹也没有寻到。在距离许尔斯特不远的地方有一座名为阿布斯达尔的小村庄。这个名字也曾在《雷纳德》一书中出现过。我在那里看见了新建的超大型牲口棚，数以百计的奶牛被关在里面，不见天日。这是一座真正的牛奶工厂，它的主人是一名曾经在布拉邦特被征收了产业的农民。有一天，他突然出现在我家门前，寻找玉米。然而，在靠近海岸方向的奥斯特堡，政府却偏偏强制要求，勒令农民们将奶牛赶入牧场，以求给游客们制造一些看头。

库瓦赫特——亚麻之村。那里立着许多"待售"的牌子，因为就连这里也受到了泽兰-佛兰德地区人口锐减的危害。半个世纪以前，库瓦赫特百分之八十的人口都投身于亚麻产业。这一点依旧体现在这座边境小村的方方面面。这里有名为"亚麻地"的社区活动中心，有"亚麻地博物馆"，有"亚麻叶学校"。这里有亚麻地的自行车观光路线，教堂旁还立着一座亚麻工的雕像。

范·罗伊兄弟的公司坐落在通往圣扬斯滕的路上。他们已是家族的第三代传人。年过半百的霍尼和伽罗兄弟俩身穿灰色的工装，从早上七点起就在这座大型的库房里加工亚麻。几十米长的机器隆隆作响，掀起一片尘埃，与此同时，它可以将昂贵的纤维拆解开。长的纤维用于制造亚麻布，短的会被送到库瓦赫特的一家硬纸板工厂去。种子则被单独提取、处理。

我任由自己的目光肆意兜转。兄弟俩一辈子都在一起工作，从来没有置对方于不顾。他们按照各自的优势和能力将任务进行了分工，形成了完美的互补。他们时不时地冲着对方大声喊上一些话，随后又默不作声地继续工作。

"亚麻已经被种植了六千多年。"伽罗说。他一度完成了物理学的师范学业。茶歇的时候，他坐在仓库临街的小办公室里，兴致勃勃地向我讲述了整段历史。"早在古埃及时期，人类就已经培植出了上等的亚麻。就连耶稣都曾用过亚麻布裹身……"

墙壁上挂着一幅巨大的地图，地图上钉满了图钉。其中一颗图钉所在的位置就是我们的土地。他们已经在荷兰和诺曼底之间的沿海地区种植了七百公顷亚麻，而这一地区的气候也是种植亚麻的理想气候。身为"亚麻难民"的他们已经越来越多地退向诺曼底，因为在他们看来，荷兰已经丝毫不再支持这个产业，可是法国却依旧能够对他们进行扶持，其目的恰恰在于抵御农村的危机。除此之外，安特卫普的土地征收导致泽兰的土地面临着严峻的考验，只是，造成如此后果的原因不仅如此，还有早先因自然用地或是工业用地而遭到征收的布拉邦特农民的移居。

谨小慎微的农民们在费勒布鲁克的圩田地区还拥有大片的亚麻地,到了明年,这里就将变成一片企业用地,而海德维赫圩田也必须变更为盐沼地。因此,未来,他们将更多地把泽兰的亚麻种植到诺曼底,而现如今,圣尼古拉的人们就已经开始上夜校,学习法语了。

一个星期后,我们三个一同来到鹭鸶林旁的亚麻地里。那时的天空中正飘着蒙蒙细雨。范·罗伊兄弟说自己早先就已经涉足鹅的豢养,却从来没有受到由鸽子制造的如此规模的损失。他们信心满满,因为在边境线那一边的荷兰,对于损失的结算只不过是走形式而已。狩猎监督官也走上前来。蒙声称,凭寥寥几十只斑尾林鸽就足以将一整片土地啃噬一空,战斗力不亚于一大群牛。它们甚至会降落到谷物的茎上,把它们折断,然后吃掉落在地面上的粮食。

"蒙,您身为狩猎监督官,是有责任驱赶鸽子的,把它们全部打死。"我决绝地说。

"不是这样的,如果它们来自自然保护区的话,就不能打。"他说,"几年前,我就已经受到过自然保护组织的起诉了。"

堤坝上出现了三名自然与森林管理处的行政官员的身影。他们的腋下夹着文件和照相机。他们穿着长长的靴子。我们一行七人,一同行走在亚麻地里。经过雨水的洗礼,一切都湿答答的。我的鞋子上沾满了泥泞的黏土。过去的几个星期里,一度被啃食过了的植物看来又生长了不少。亚麻展现了自身强劲的生命力。

霍尼·范·罗伊用力一扯,从地里拔出了一株植物,指了指上面被啃食过的地方,解释说,我们眼前所看见的疯长却再也不能为亚麻布生产出长长的纤维。他管那些开叉的部分叫"三叉戟",它们唯一的用途就是制作硬纸板。

回到堤坝后,我们把文件铺了一地。在路过的农民眼中,那一定是一幅怪诞的场景。

"在我们看来,损失非常明显。"其中一位行政官员总结道。

"我也非常愿意看到自然保护区。"伽罗·范·罗伊一边说,一边望着酪浆池塘,"可是,亚麻嘛,它也是非常美丽的大自然,不是吗?"

行政官员们微微一笑,没有回答。兄弟俩挥笔签下自己的大名。我也一样。

时间刚刚过去没多久,泽兰的亚麻商们就收到了一封令他们难以置信的信。信是自然与森林管理处发来的,内容十分简洁:"尊敬的先生:我方已对您的赔偿申请进行了研究,结果并未通过。我方认为,亚麻地作为休憩处和观赏处,对于斑尾林鸽却具备吸引力。但是,您不得凭此断定鸽子必定来自自然保护区。"

\*\*\*

我游走在扎勒赫姆。记忆中我的隐秘小木屋所在的

"小天堂"已经彻底衰落,荒草丛生。扎勒赫姆堤坝的另一侧有一小片圩田。人们将它称作"芦苇地",只是农民们依旧管它叫"固业地区"。在旧版的地图上,它也被标注为"遗失的美好"之圩田,因为那里几乎不再出产任何农作物。崎岖泥泞的土地被一条沙石路阻挡了去路,这条路被称为"水路"绝不是出于偶然。

当我来到那里的时候,我不由得感到讶异和惊愕。在过去几天的时间里,几百棵白杨树——被链锯放倒。它们裸露着树皮,歪歪斜斜、纵横交错地倒在林荫大道旁的水塘和沼泽里。只有依稀一些叶片依然昂首挺立着。

河湾向着大峡谷奔流,在某处与街道相交汇。在它们交汇的地方,一座由混凝土筑成的拦洪坝如同一个庞然大物一般矗立着,中间留出一条鱼的通道。河湾里的水位高得出奇。街道又重新变成了一条沙石路,人们将它划成了一条非机动车道。

自然保护组织在一场持续了四分之一个世纪的诉讼中取得了胜利。显而易见的是圩田理事会在与他们达成协议后,将所有的树木都清理一空。由于八十年代的土地集约,街道被铺上了沥青,水平面因此而下降,自然价值由此锐减。于是,他们选择了报警。经过无休止的法定程序,法官终于判定他们胜诉,并且判处了必要的"修复措施"。

我走在固业大街上,那条沙石路一如既往地泥泞。它穿过芦苇,向前延伸,中间还穿插着几个大弯道。道路的两侧全都分布着耕地和牧场。道路尽头的角落里,在河湾的怀抱中,便是我们的土地。那是一片租赁地,几十年来,它一直被我的父母当成一片牧场使用。

如今,我照我哥哥近年来所做的那样,在那里播种了玉米。那些稚嫩的、微黄的农作物在风中簌簌摇摆。它们排列得整整齐齐,偶尔露出一片光秃秃的地带,让我感到忧虑。脚下的土壤如同混凝土一般,除了土块还是土块。如果将铁锹深深地插入土里,就会发现深处的土地潮湿而又松软。那感觉就像是进入了泥炭地里,地面能渗出水来。

我来到一片光秃秃的土地上,像一个淘金者一般,将双手深深地埋进土里,托起满满一捧泥土,任由沙子从我的指缝间滑过。经过长时间的寻找,我发现了寥寥几粒已经发芽的种子。看来种子存活了下来。玉米的生长期可以一直持续到秋末,奋力追赶被耽误的时间。

直到七十年代,玉米才被引入到这个地区,很快,它就成为当地最重要的农作物。对于牲口而言,它有极为重要的实用价值。它几乎可以在任何一块土地上生存,也有强大的肥料吸收能力。后者也正是令无数环保分子对它无比厌恶的原因之一。然而近几年里,固业地区出了一道禁令,禁止浇灌肥料,因为这导致了农作物产量的骤减。每当我行走在玉米筑起的高墙下时,我都会不由得惊叹,因为那感觉就像是置身于海地的甘蔗种植园一般。

我走到岸边,坐了下来,体会着周围的一切。河湾里遍布着萍蓬和睡莲,还有白柳和香蒲。布谷鸟的叫声唤醒了我少年时期的记忆。随时随地都能见到田凫在空中翻着筋斗的样子。奶牛在草地上吃草,它们的身旁停留着两只鹭鸶。四只体形巨大的鹅带领着雏鹅,行走在我们的玉米地里。短短几个月前,我还在这里见到了五百多只加拿大黑雁和沙鹅。我心满意足地看着它们违抗禁令,在我们的耕地上实实在在地施了一层肥。通过迅速的运算,我得出结论,五百只鹅,平均每只每天排出半公斤肥料,每个月就能产出足足七千五百公斤,等同于一辆运粪车所能装载的总量。那个时候,恰巧有人在不远处的河湾旁刚把毒气灌注了一个狐狸洞穴。在我看来,这真是糟糕透顶。在洞穴口附近还有几十只被咬死的鸭子、雉鸡、耗子、兔子和野兔。

　　二十年前,我的哥哥为什么重新犁耕了早已存在的土地?是由于自然保护组织诉诸已久的水平面降低的缘故吗?土地为此而变得更加干涸,可以重新开垦。对他这么一个年轻的农民来说,想要在这个距离农场若干公里的牧场上饲养几头奶牛是一项艰巨的任务。

　　我的眼前浮现出过去的画面。我们赶着一头固执的小母牛,走在坑坑洼洼的沙石路上,我的哥哥手里牵着绳子,身穿短裤的我跟在后面。赶啊赶,我们又是拉又是推,因为它时不时就会执拗地停下脚步。每当它站住不动的时候,我就必须使出浑身的力气去拧它的尾巴,直到它一边呻吟,一边迈开腿。它的行走距离不过十米,刚才一幕便再度上演。

几个小时过去了，我们到达了牧场，接通了牧场的电流。我的哥哥用一簇青草试探了一下，以此确认铁丝网上的电有没有接通。随后，他把小母牛推到铁丝网跟前，让它用湿漉漉的鼻子去触碰电网，从而学会惧怕篱笆。它哞哞地叫着，向后蹦去，把他撞倒在地。他骂骂咧咧的。

当他摘下它脑袋上的铁环时，我发现绳子已经嵌进它脖子上的肉里，足有一厘米深，留下了一道血淋淋的、化了脓的伤口。他把绳索扯了下来，小母牛随之发出了一声惨叫，就像它要死了一般。

我再也看不下去了。不久之前，我受命抓住一只嘶喊的小猪的前腿，而我的哥哥则负责把它的喉咙割断，血喷涌而出。那只猪仍旧挣扎着、抽搐着。我感受到了生命的流逝。就像时常发生的那样，那次的事件也是一次不得已的宰杀。那时的我刚刚从学校毕业，在家住了几个月，趁此机会寻找工作。

"那头小母牛在流血，这是彻头彻尾的虐待动物。"我嚷嚷起来。

"闭嘴吧，这又不是我的过错。"

"这家伙抗拒了整整一路呢。"

"别烦我，你管好你的鸟和你的书就行了。"他气呼呼地喊道。

这段对话以争吵告终，他甚至还在我的身后狠狠地抽打了一头小牛犊。我和我的哥哥之间有了很深的隔阂。

到了夜晚，妈妈又忍不住叹息起来："该隐与亚伯是两兄弟……"

***

稍远处就是瓦砾湾泊自然之家。埃里克·龙穆包特是它的创始人之一。他是一名生物学家，生态学教授，并且撰写过一些令人印象深刻的文章。早在八十年代，他就从生态学角度对土地集约进行了研究，其当年研究报告中所记载的措施正是法院现如今所采取的强制措施。

当我登门拜访时，他说自己的研究不过是一块遮羞布而已。自从土地集约出现以来，越来越多的牧场和草场消失了，可是集约农业由于具备了充足的肥料和农药储备而不断发展壮大。土地被排水，沟渠被修直，木栅栏被连根拔起，沙石路被铺平。

尽管环境污染税自九十年代起就受到了农业的大力打压，可他依旧认为圩田是生态学上的灾区："河湾的水质仍旧很差。污染物泛滥成灾并污染了环境，导致稀有的植物和动物种类日益灭绝。多少年来，过度施肥和干旱造成了咄咄逼人却又死气沉沉的环境，其唯一的受益者便只有机会主义者和文明的追随物种——寒鸦、斑尾林鸽、蟑螂、荨麻、蓟草花，它们共占据了所有物种的百分之二十。可除此之外，物种多样性却发生了退步。大麻鳽早已销声匿迹。唯一的补救措施与我八十年代所提出的倡导并没有两样，那就是加湿和将土地贫瘠化。"

在他看来，目前的修补措施是朝着这个方向前进道路上的第一步。这个地区的未来会变成什么样？"芦苇地"应当变成浅水区，变成湿地，变成大型食草动物生活的地带。"一个欧斯特法尔德湖泊地区的微缩版。"埃里克·龙穆包特说。他说自己是弗兰斯·维拉的拥护者。埃里克想要把水獭、河狸和其他的野生动物驱逐出去。"到时候，狼自然而然就回来了。"荒野敲响了我们的门，我们应该敞开大门。这是欧洲大部分地区的农村消亡和农业危机共同造成的结果。

他给了我一本弗兰斯·维拉的书——《荷兰的荒野》，他将之称为自然保护者的福音书。维拉认为农家景色是退化了的自然景象，对此诉诸以激进的分离形态。农业必须进一步加强，为新的大自然保留更多的土地。我读着全书的最后一句话："新的荒野将会把我们遗失并且险些遗忘的天堂交还到我们手上。"

根据埃里克所说，扎勒赫姆圩田里或许还留有一些如同十九世纪那样的"田园农业"，随处可见树篱、木栅栏和再度变得蜿蜒曲折的沟渠。有偿实施监管农业。为休闲娱乐创造一切可能性。人们已经提出了一项资质申请，想要将瓦砾湾泊自然之家改建成一个游客中心。

我的信箱里塞着一张传单，自然保护组织通过这张传单宣称自己再度购入了扎勒赫姆的九公顷土地。其主要的资金来源是政府的补贴，可除此之外，他们还需要筹集十三万五千欧元,为此,他们将目标瞄准大众。传单上说,土地的购入是保护自然的最佳方式。

"这样一来,河湾地区可以逐步恢复为曾经的那片繁华地带。"埃里克说。

选择权落到了我的手里。我从来没有过这样的感受:崎岖泥泞的草场消失了,这实在太可惜了。我总是想:这多姿多彩的景色多么美丽啊——有耕地,有牧场,有大树,有池塘,有河湾。大麻鳽在瓦斯的扎勒赫姆"灭绝",如今又在远处泽兰的萨弗町赫孵化,这算得上是很糟糕的事情吗?

回到农场上,我看见成百上千只鸟围绕着新建的西红柿企业的蓄水池。水泵隆隆作响,把水送入管道,对此,鸬鹚、银鸥、鸭子和鹅丝毫不以为意。当我爬上被黑色的帆布覆盖着的堤坝时,我看见一只红色的鸭子竖着鲨鱼背鳍一般的尾巴,激动不已地追着几只鸭子到处跑。不用说,那百分之一百是一只棕硬尾鸭——一种长着巨大阴茎的鸭子。它来到这里,强奸了我们的水禽。它们应当被驱逐出欧洲。可是,我手头只有一把存放在阁楼上的没有子弹的左轮手枪。我该怎么做呢?给比约恩打电话吗?

***

我望着屋子前方的风车,想起了僧侣修道院遗落在我家玉米地底下的片片砖瓦。那是一个神秘的、不见天日的世界。迄今为止，我已经收集了一大堆碎片和瓦砾，它们已经成为了我的心头好。它们一文不值，我在乎的也并不是它们的价值，而是它们的真实，以及它们的远古痕迹。它们唤醒了第一代居民在此开垦沼泽地时的画面。

我顺道拜访了圩田理事会和国家文献馆，从古老的判决书、租赁记录和编年史中搜罗了些许有关先驱们光荣历史的基本资料。始建于1136年的扎勒赫姆修道院在日后变成了一座带有"驻扎地"的僧侣修道院，受到德龙恩主修道院的监管。当经济效益良好的泥炭开发业告终后，之后的几个世纪里，经济来源就转型为租赁已完成泥炭开发的土地。根据租赁合同显示，就连僧侣修道院农庄，也就是"扎勒赫姆农庄"，也早在1392年就被租赁出去了。

德龙恩的修道院院长所管辖的扎勒赫姆庄园甚至形成了独立的行政区，拥有专门的执达吏和公堂。僧侣修道院里只剩下寥寥几名修士，整日忙于管理及礼拜仪式。1463年留下了关于礼拜堂修建新窗户的费用记载。修士们曾若干次在暴风雨和洪水过后退回到主修道院。1570年的"万圣洪水"致使他们遭受了巨大的损失。

这一事件所发生的时间与宗教战争的爆发不谋而合。宗教战争给了扎勒赫姆僧侣修道院致命的一击。大约在1570年的时候，许多教堂都在这场动乱中被暴民们掠夺、损毁。修士们用清秀的字迹在编年史中撰写了题为《萨勒赫姆庄园》的文章，那里面讲到，扎勒赫姆的农庄被加尔文教的教徒们所出售。那是一片121横截面大小的土地，

"附加一座磨面粉的风车"。另外,还有一栋部分受到损毁的石头屋子,以及棚屋、牲口棚、车库和礼拜堂。庄园里种植了五十四棵"木工用树"和三十二棵水果树。入口的前面有一条林荫大道,路边生长着一百三十五棵白柳、三十五棵栎树和一棵椴树。

洪水给了安特卫普当头一棒,之后的几十年里,一切都被海水所覆盖。从这一时期的一张西班牙装饰地图上可以看出,僧侣修道院清晰可辨。1615年,这个地区再度经历了围海造田。根据建造堤坝的合同来看,这项任务被承包给了荷兰北部的"股东共同体",它也正是开拓杜尔的公司。1624年,德龙恩的修道院院长下令彻底拆除扎勒赫姆僧侣修道院,其原因或许在于那里只留存着一片废墟。一年之后,这位修道院院长溺死在斯海尔德河中,编年史如是记载。

直到十八世纪结束前,德龙恩一直向这个地区收取租赁收益和统一的教区税。修道院的纹章上绘有一只白色的天鹅,并写着 Vita brevis[1] 的字样,即:生命转瞬即逝。法国大革命后,德龙恩的一切财产都被估价并且被分别出售。我的另一个发现就是十九世纪初,我们的农庄为德·洛普家族所占据。那时的庄园规模与现在并无两样,坐落着相同的房屋。德·洛普家族雇有大量女佣、仆人和放牛娃。这样的情况维持了一个半世纪之久,直至我的父

---

[1] 此处是拉丁语。

母于1953年来到这里。

根据最早的文献记载，扎勒赫姆僧侣修道院建立的目的在于让它成为"一个将全身心献给上帝的地方"，因此，它在信仰的感召下问世了，也在信仰的感召下衰落。过去的几个月里，我在自家的土地里，也就是从前的"礼拜堂耕地"上，与各式各样的业余考古学家交谈。他们不仅向我展示了中世纪的遗迹，也给我看了史前的箭头、刮刀、锥子和楔子。它们全都是最原始的农业用具。在第一次围海造田之前的成千上万年里，这里也曾致力于农业。然而，终点也已近在眼前。

\*\*\*

一位农民在高速公路旁的土地中央插上了一块巨大的牌子："这里孕育的是圩田面包。"迅速成熟的冬小麦已经染上了一层黄色。一旦有了雨水，生命力便在耕地里爆发。在戴格尔堤坝上，我看见一辆农用卡车上装载着一辆陈旧的日本汽车，用作威吓鹅的工具。其他耕地上的卡车里也突然冒出了废旧的车辆。我想到自己被扫荡一空的亚麻地，心情沉重了起来。这是我头一回在麦田里看见稻草人。那是一个巨大无比的充气稻草人，它高高地矗立在麦子之间，释放出类似于警报的响声。小鸟们惊叫着逃跑了。可是，一旦它们明白那个稻草人是用塑料做的，它们就会跑到它的脚边去啄粮食了。

"发生什么事了吗?"当我走进房间的时候,妈妈问道。她探测挫折的雷达运行得一丝不苟。但凡有任何不对劲儿,她都能本能地觉察出来。

"我们的亚麻地被斑尾林鸽掠夺一空了。蒙说他不能朝它们开枪,因为它们是从自然保护区过来的。"

"哪个蒙?"

"蒙,就是那个狩猎监督官。他以前不是常常到农场上来收取狩猎租赁费嘛……"

她绞尽脑汁,拼命地与她的记忆作斗争。这让她感到十分不安:"用不了多久,我就要被送到痴呆病人的病区去了。"

我在她的茶几上看见一张小纸条,她尽量地划去了字条上自己的名字。她依然没法管理自己的银行账户,她扭曲的、时刻抖个不停的爪子般的手甚至没法帮她签下自己的名字。可是,她显然没有放弃练习。如今,在经历了几个月的担忧和思索后的现在,她不得不授权他人代为管理,这对她而言简直太糟糕了。她的一生都在处理金钱方面的事务,可是从今往后,这再也不可能实现了。这让她感到非常悲哀。

她坐在轮椅上,斜着身子,蜷缩成一团,她的脸上沟壑纵横,她的嘴角渗出一道口水,可是,她炯炯的目光却在呐喊:"我还活着,我还活着,我还活着。"每天早晨,当她醒来的时候,她都会为自己依旧活着而感到惊喜和宽慰,即便她并不觉得幸福。她清清楚楚地知道,自己离死神越来越近了,谁也没法从他的魔爪中逃脱,可是,她会咆哮着、撕扯着、撕咬着消亡。她要向巨大的不公——死亡抗议。

再过一小会儿,也就是三点钟的时候,我们就要到休闲大厅里去,投身"薄饼庆典"了。她对此非常害怕。她依然很愿意吃饭,也为此尽了很大的努力,"只为了活得更久一些"。可是,我必须把口粮送到她的嘴里,这让她觉得非常耻辱。她一次又一次地望向时钟。

"你的哥哥在他生命的最后那几年里过得无比艰难,"她冷不丁地说道,"全都是因为那些环保人士的缘故。"

"怎么回事儿?"

"你不记得了吗?那些凶巴巴的环保人士。他们跳到他的拖拉机上,冲着他大喊大叫,只因为他的车轮留下了泥泞的印迹。"

"是啊,我不记得了。"

"还有在森林边的土地里。就是现如今种着亚麻的地方。那才是糟糕透顶。"

"那又是怎么回事儿?"

"咳,你真是贵人多忘事。那些环保人士不是在农田的外围种上了细枝嫩叶嘛。它们越长越大,越长越大,直到完全覆盖了我们的耕地上空。"

她摇了摇她娇小的、白发苍苍的脑袋。

"后来呢?"

"后来,他就把那些悬挂在半空中的树枝全都剪断了。"她用沙哑的嗓音说道,"这不应该是很正常的吗?可是到了晚上,一个环保人士就开着车来到了我们的农庄。那时候,天都快黑了。那个家伙直接就冲着他大吼大叫,说那些树是属于他们的,我们不许碰。那可是真正的吼叫哦!"

"后来呢?"

"你的哥哥当然是这样回答的:这里是我的农场,你要是不马上离开这里的话,我就要报警了。他狠狠地摔上了门。之后,那个男人冲着窗户又是砸又是嚷的,闹得周围的邻居全都听见了。"

"他喊了些什么?"

"就是他跟我们没完,会让我们看到他的厉害。我们在黑暗里看着对方,瑟瑟发抖。整整一个晚上,我们再也说不出话来。这就是我们的境地。"

"我不知道事情是这样的。"

"我们总是感到惴惴不安。对于新的规章、监察、罚款。对于部委寄来的信件。时刻都惴惴不安,生怕又做错了什么事情。我们还得填写多到不可思议的文件。"

最后这一项,我倒是见识到了:过去的几个星期里,我为农作物的"集中申请"、肥料的声明、增值税的义务文件想破了脑袋。监察方式也变得越来越巧妙。一名与我们合作的雇工受到了警告,因为行政官员们通过卫星定位系统,看见他一不小心给同一块农田施了两次肥。

"行行好吧,"妈妈叹息道,"我们已经开始实现零化肥了，然而，我们的牲口总量却是从前的两倍那么多。有些时候，化粪池满得都快溢出来了。"

"那是为了保护大峡谷的河湾，妈妈。"

"咳，别傻了。那些环保人士以为所有东西都是他们的。他们想要成为圩田的主人。他们想要夺走我们手里的一切。"

"我们的土地至今没有受到征收，真算得上走运了。"

"还能坚持多久呢？已经近在眼前了。谁也不会在乎农民们的命运会变成什么样。从长远来看，没有什么是我们不怕的。"

她戛然而止，又望了一眼时钟。时间相较刚才，又过去了十分钟。她的神经非常紧张。"来吧，我们该走了。"

她走了，确切地说，是她们走了——我的母亲和她的恐惧感，她们一同坐着轮椅，穿过走廊，像往常一样地不安。

世上总会有一些事情让人感到惴惴不安。

＊＊＊

有时候，生活就是那么不遂人意。疾病、死亡、暴风雨、冰雹、火灾、干旱、洪水、荒欠，这些是大自然带给农民们的恐慌。他们喟然叹息，他们满腹牢骚，他们暗自祈祷，却除了接受，别无其他选择。可是，那个夏日的午后所发生的事情却像是投入生活中的一颗手榴弹。

我目睹了这一事件的发生。事情毫无征兆地发生了。我的哥哥给编辑室里的我打来电话。我从他的嗓音里听出了事态的严峻。我可以从电话里嗅到他的绝望。

"嗨。"他说。

"嗨。"我说。

"发生了突然袭击。"

"我马上就到。"

正午时分,我到了。庄园上停着若干辆警车。空中悬停着一架直升飞机。在整个地区看来,这都能堪称一场奇观。那一队荷尔蒙之旅正在十几座农庄上挨家挨户地进行搜查。疯牛病、二氧杂芑危机、禽流感和口蹄疫传染病终究会有过去的一天,可是荷尔蒙丑闻却与之不同。

"幸好你来了。"妈妈用颤抖的嗓音说道。

我眼看着妈妈近乎歇斯底里,像一只没头苍蝇似的四处奔走。我眼看着我的哥哥莫衷一是、沉默寡言,他的外表看上去平静如水,内心却波澜起伏。

一位年长的兽医检察官负责发号施令,指挥着煽动者和检查员。他们走进牛棚,从动物们的粪便和饲料中抽取样本。我和我的哥哥站在一起,肩并着肩,屏住呼吸,在草料棚里瑟瑟发抖。我感觉到自己的心和他的心都怦怦怦地跳动,发出很响的声音,甚至还在胸腔里传出了回声。他胡子拉碴的面庞上布满了沟壑;他瞪圆了双眼,眼神中充满了局促。

对他来说,没有任何东西比动物更重要。他穷其一生在牲口棚里劳作。每当我在星期天上门拜访时，他总想要带着我转一圈，聊聊那些他没日没夜地辛勤照料的动物。他希望能够唤醒我的重视。现如今，动物们全都受到了外来入侵者的驱逐，像受惊的兔子一般。现如今，这座古老的农庄首次遭遇了突然袭击，而这样的事情就算在战争年代也从未发生过。现如今，恰恰就是这座农庄被卷入了荷尔蒙检测，即便这里的每一头牛都在牧场上被放养；这里竭尽可能地喂养自家种植的草料；这里依旧保留了小规模的、传统的劳作方式。

怎么会这样呢？

看到放养牲口棚里过时的用材，兽医检察官哈哈大笑。可是，当他来到现代化的牛棚里时，他又忍不住满腹牢骚，因为他没法抓住四处乱走的奶牛。我不由地想到了流传在农场主之中的一个说法："从前，农民是自由的，奶牛是困顿的，如今，一切都颠倒过来了。"

他们说，我哥哥的放养牲口棚太旧了。况且他也从没把它翻新过。他把农庄转型成了一座母乳饲养的奶牛棚，而他所拥有的牲口总量也翻了一倍。可是，他本性并不是一个不顾一切向前冲的人。那不是他的本性，他更愿意按部就班。他不想要受制于银行或者工厂化的农业经营。不当任何人的主人，也不当任何人的仆人。

当煽动者们在果园后面的牧场上驱赶怀孕的小母牛，害得它们险些摔断腿时，情况就变得更加糟糕了。他们跟在牛群的后面狂追，把它们吓得直拉屎，为的只是要收集它们的粪便，装进袋子里。这个画面深深地印在了我的脑海里。

古老的农舍里，任何一个房间、任何一个柜子都没逃过彻底的搜查。所有的抽屉都挨个儿被打开。他们窥探属于我已故父亲的信件和资料。他们翻看了床垫底下。有一个洗衣篮被翻了个底朝天。一名检察官用他肮脏的手鼓捣我母亲和哥哥洁净的贴身衣物。随后，他们就像罪犯一般地接受审讯。审问的记录被保存了下来。我的哥哥简短而又强硬地回答道："我的职业是农场主。我的企业里饲养了一百多头牲口。相关的一切所采取的都是自家培育。我并不厌恶你们的调查。不过，我必须补充一句，我没有使用任何荷尔蒙产品。我对我的牲口采用的是纯天然的养殖方式。"

我还记得他冲着那个可恶的、惺惺作态的检察官，一连问了三遍："是谁把警察叫到我这儿来的？"

"您最好把您自己的牲口棚清扫干净。"对方恶狠狠地说。真是个可怕的人。

这时，我年迈的母亲用沙哑的嗓音说了一句让我一辈子都无法忘却的话："你可以调查一切，你可以开罚单，但是你不能剥夺任何人的尊严！"

检察官五味杂陈地看了看她。

那个时候，农村各处都人心惶惶。媒体发布了大量有关荷尔蒙的报道，以至于老百姓们一看到肥硕的奶牛，就如同条件反射般地想到所有的违禁物，即便比利时蓝牛中的大屁股牛已经成为最著名的肉牛品种。如果这些样本的检测结果是阳性的话,我的哥哥就该关张大吉了,更别提会触动他和妈妈敏感神经的村子里的闲言碎语了。

等检察官们离开后,我哥哥喂养牲口的模样就好像那是他一生的寄托似的。他把玉米和面粉装入草料棚,为第二天的早晨做准备。他勘察了恢复了宁静的牧场。暮色降临的时候,他最后检查了一圈,看看是不是所有的门和栅栏上的门闩都插好了。

随后,他坐在他的黑沙发上,一个劲儿地抽烟。我觉得都快认不出他来了。他受到了巨大的触动和打击。

经过了坐立难安、举棋不定的几个星期,一名行政官员送来了实验室的检测结果:"动物未受到荷尔蒙物质的侵害。"样品的检测结果是阴性的。这段时间里,三十五头健硕的动物一直受到临时的养殖,如今,它们终于解放了。

这件事过后不久,又来了一名检察官。他检查了耳标和注册记录,得出结论,说一头刚刚购入的牛还没有进行登记。我的哥哥说自己在一片混乱中把这件事忘记了,但是会立刻解决这个问题。检察官同意了。不过,事后,我的哥哥还是收到了一封信,信中说,作为对他的处罚,他将失去整整一年的对母乳饲养的奶牛的补贴。这关乎的是成千上万欧元的金额,而起因只是一个管理上的小失误。

于是,他给部委回了一封信,信里陈述了针对荷尔蒙的突然袭击以及行政检查:"我几乎可以肯定,他们行事的意图在于令我的企业停业,并且剥夺我继续从事农耕的权利。"

"难道不是这样吗?"在我星期天例行拜访时,他这样耸着肩膀说道。

"就是这样。"我说。

他望着屋外,掏出了他的雪茄。我顺势望去,烟雾顺着一个黄色的、黏糊糊的捕蝇器冉冉上升。捕蝇器上还挂着一些蠕动着等死的昆虫。似乎他吐出的烟多于他吸入的空气。

"直说吧。"他说。

我默不作声。

"直说吧,他们就是想整死我们。"

我点了点头。

要么生存,要么毁灭。

他已经受够了。句号。终结。

## 第九章 生态中心主义

我睡着了。一个躁动不已的噩梦袭来。我们的农庄上挤满了哞哞叫的奶牛。它们不仅在牛棚里,更是在每一座牲口棚里、每一个角落里,一直到干草阁楼上。它们像从前那样撒尿、拉屎,释放出导致气候变暖的屁。化粪池里满满当当的,而夏天却是不允许施肥的。我出了一身黏糊糊的汗水。我心如死灰地接了一根通向浴室的管道。眼看着巨大的浴缸迅速被填满。液体肥料从边缘溢出来,从门缝底下渗出去,流进厨房里,流进客厅里,我的四周肥料泛滥……

后门传来了敲门声。原来是隔壁的"新农民"。

"我的肥料不够用了,"他一边说,一边看着他脚下的粪肥，"这里这些刚好够用。"

"把浴缸里这些全都拿走吧。"我和颜悦色地说道。

***

我怀着些许情调前往瓦勒农场，准备在那里度过这个夜晚。黄条背蟾蜍的夜晚音乐会已经开场。我从曾为农民的罗杰口中打听到，自然保护组织在准备一场蟾蜍之旅。这是他在报纸上看到的。去年冬天，这里已经举行过一场以"星期鹅"为名的鹅之旅了。

庄园四周的筑堤上满是水和芦苇，甚至比以前更多。古老的栅栏上挂着一块横幅："创建更好的大自然，我们在努力。"当我开着车，驶入庄园的时候，一个农民驾驶着拖拉机从街道上路过。他端详我的模样是不是在说我是一个叛徒？幸好我没有看见罗杰。我侵入了他的私人领地。泥土里，他的脚印还清晰可见。

这里的衰落程度比我们的农庄要严重得多。这座历史悠久的房屋外墙上出现了一道裂缝，而裂缝正变得越来越大。几十块瓦片碎了一地。作为历史遗迹的牲口棚上坍塌的横梁起初还被积极分子从废墟中抢救了出来，如今却也躺在一个角落里发霉腐烂。

我发现豪华会客厅里烟囱上的凤凰已经在湿气中变得面目全非。源于十八世纪的色彩斑斓的壁画上满是水泡，充斥着霉烂的气味。人们在那里支起了几个摊子，发放有关蟾蜍和鸟类的宣传册。简易的吧台提供"哈赫利尔"——自然保护组织自产的一种纯天然麦芽啤酒。宽敞的房间里摆满了凳子和椅子，只不过，除了组织方之外，仅仅来了十几名参观者。负责人是留着山羊胡子、扎着马尾辫的约翰·巴顿斯，他大失所望。有关这次的旅途，报刊上已经宣传了好几个月，而且还是与港口合作组织的。所有的港口集团都参与到了组织活动中，可是没有任何一个人认为值得一到。

多媒体演示材料投射在墙壁上："从矛盾趋向合作。"约翰作为从港口索取工资的三名自然保护组织成员中的一个，正是我们今晚的向导。他讲述了环保组织从前是怎样与圩田居民和农民们一起并肩作战，并且获取巨大成功的。尤其参事院终结都尔冈克码头的事件，更是一块里程碑。随后，自然保护组织的参与者们一同出发前往港口，从而进行有建设性意义的对话。最终，他们签署了一项草案，在草案中，双方承诺无论是在港口本身的"小型自然事件"还是在周围获赔偿地区的"大型自然事件"上都会互相扶持。之后，自然保护组织还在港口董事会中获得了席位。

结果怎么样呢？十年的合作比此前三十年的对抗取得了更丰硕的成果，全新的方式所收获的成效远远超过原有的方式——自然保护组织如此认为。作为全新方式的"缔造者"，派特里克·梅尔勒教授因其自九十年代起就一直倡导生态与经济相结合而获得了称颂：港口、核电站、伊莱克拉宝和化工厂。如今，他们非常愿意为环保项目发起赞助，因此，自然保护组织也很愿意与他们合作。在自然保护组织看来，这是一个"双赢局面"，只不过，一部分圩田农民和住户更愿意将其称作"双输局面"。

自然保护组织并没有选择交错的模式，因为据说那样的方式行之无效。即便采取更加严厉的标准和监管制度，农业终究还是"自然的沙漠"。祸害的罪魁祸首则永远都是肥料——肥料泛滥。

如今，港口的联盟遭受了首轮阻碍。包含了港口发展和自然保护发展的最新分区规划方案目前被参事院勒令延期。其中一个理由就是缺乏对于原有的凹地自然保护区进行赔偿的保障。周边地区所有的管理层和组织几乎无一例外地向参事院提出了抗议，唯独自然保护组织除外。

难道毁弃凹地的代价算不上太大吗？"不大，它的生态价值已经由于水位的上升而大大减弱了。"约翰说，"这是一个如何平衡的问题。"

那么为了大自然而征收老杜尔和拉蓬博格这两个村落又是为什么呢？"对我们来说，并没有这个必要，可是政府认为这里不仅是一个遭受过洪水侵袭的地区，更是藏有一片安全隐患的地带。"

那么瓦勒农场呢？它起初被看作西部凹地的夏候鸟的破坏因子，却在最后一刻获得了解救，约翰说。他没有提到凹地旁被拆毁的三座庄园。或许坍塌的牲口棚会得到重建，成为一个屋顶建有瞭望台的鸟类观测站，又或者成为企业进行团队建设活动的据点。用一天的时间来装模作样，装得就像真的一样。

我们行走在这片土地上，等待着夜色的降临。我发现仓库里有五个家燕筑起的鸟窝，它们并没有抛弃这座农舍。我听说，这类鸟的数量在过去的几十年里有了锐减。据自然保护组织成员们所说，导致这种退步的其中一个重要原因就是老式农舍的消失。那些农舍的牲口棚敞着大门，而且粪堆是安放在室内的，自然保护组织的成员们说。另外一个很有意思的现象就是：那些家燕是在空中完成交配的。

自然保护组织安装了一个红外线摄像头，正对着满目疮痍的棚屋。它可以捕捉拍摄到每一只干扰光束的动物。目前，还没有发现任何"稀有动物"的痕迹，例如会喵喵叫的猫声鸟，不过，倒是拍到了几只无与伦比的白琵鹭。十年前，一群白琵鹭自发地来到费勒布鲁克码头，驻扎了下来，这带来了巨大的成功。只可惜它们落在了一个错误的地点，而那个地方用不了多久就要被港口占用了。为此，自然保护组织在周围港口企业的扶持下另寻了一个地方，用柴草搭建了一座备选的白琵鹭小岛。不久前，小岛在喜庆的氛围里落成了，在剪彩仪式、美食美酒中，落成典礼完美落幕。唯独白琵鹭缺席了这场盛宴。

我们透过望远镜凝望着瓦勒农场后面的池塘和沼泽里的生活：一只毛色泛红的黑尾塍鹬、一只乌黑的鹬鸟、两只翘鼻麻鸭。只不过，还有一群燕鸥在这里繁殖下一代。

太阳西沉，最后一束暮光洒落在水面和芦苇上。

然而，人们想要保护的夏候鸟的状况恰恰并不尽如人意。那里不断地进行着根本性的调整。人们在那里种植了新的芦苇秆，建设了新的繁殖区，带着一定斜度地挖掘了淡水河湾的堤岸。去年，河湾就像一个被拔去塞子的浴缸似的，突然干涸了。人们在北边发现了一处泄漏点。

"问题在于我们必须在数量上达到一定的标准，"约翰忧心忡忡地说，"可是猛兽的出现加大了我们的难度。"

他指了指围绕着整片自然保护区的五根电线，它们是用来防止狐狸的入侵的。一块带有雷电图标的指示牌上写着："小心：有电"。这项实验也同样在另外两处自然保护区开展了，然而，在这个孵化期里却一败涂地。狐狸终究还是沿着为蟾蜍建造的野生动物通道进入了这个区域，把自己红润的肚皮吃得圆滚滚的。

反嘴鹬更是雪上加霜。显而易见的是，他们并不情愿向民众解释这个情况：一种小乖乖吃掉了另一种小乖乖。"反嘴鹬就是这样自掘坟墓的。"一名自然保护组织的成员尴尬地笑道。

天色已经够黑了。我们穿过环形路，来到了一片名为"凹地池塘"的开阔的水池旁。离得大老远，我们就听见了蟾蜍的歌唱，只不过，那声音听起来更像是在打鼾。咕噜噜，咕噜噜，咕噜噜。我忘记带我的手电筒了，几乎看不清自己的脚踩在什么地方。

啪嗒，那里是不是有一只？

约翰把一束刺眼的光照向水面，这下子，我看见到处都是玻璃弹珠般闪闪发亮的蟾蜍。一二十只棕色的蟾蜍，它们的嗓子鼓鼓的，瞪着圆溜溜的凸眼珠，满身的肉疣，后背上确确实实长着黄色的条纹。他抓起两只蟾蜍，其中一只叠在另一只的背上，它们的腋窝处粘得严严实实的，嗓子里咕噜咕噜的，眼睛圆溜溜的。就算用铁撬棍也没法把它俩分开。权威人士将这样的姿势称为"抱合"。

我找不到任何一个词语来形容这些满身赘肉的家伙。不过，约翰倒是救我于水火："它们是美好而又独特的动物。"

黄条背蟾蜍成了港口新建自然保护区的展示品。根据合作协议，自然保护组织可以将港口地区大约百分之五的面积，也就是约莫六百公顷的土地，用于"生态基础设施"的建设。于是，各式各样的专门的保护项目便分门别类地设立了。一名来自瓦赫宁恩的专家估测，左岸地区的黄条背蟾蜍总量中含有至少八百只会歌唱的雄性蟾蜍。为此，人们必须挖凿五十个池塘，所支出的费用由港口承担。

这是一个潮湿而又透气的深夜，我忘记了寒冷的雨水，忘记了灯火摇曳的港口，忘记了支离破碎的农舍。在厚夹克的庇护下，在薄雾冥冥的黑暗的笼罩下，在恒久的、深奥的咕噜声的麻痹下，我觉得自己就像一根风中的芦苇秆似的，在田野里向上攀爬，我与黄条背蟾蜍融为一体。"抱合"。

\*\*\*

正是仲夏时分。阳光在拂子茅上闪耀。暖意就像温暖的敷料一般，笼罩在我的面庞上。"快看，它来了。"雅克·范·因贝说。我透过他的望远镜看了看，画面一清二楚，似乎目标就在触手可及的地方："是反嘴鹬，一种绝美的鸟。"

我感受到雅克所体会到的欣喜若狂。在这里，他如鱼得水。我们站在斯海尔德河堤坝上，望着繁祉圩田里已经全然被退田还海的那一部分。那里已经建造起了九座临时的岛屿，主要的用途是为反嘴鹬提供住所。它们艰难地想要实现自己的目标，然而所做的全都是徒劳。我看见它身着黑白相间的羽衣，蹬着它的大长腿在第一座小岛的堤岸上走过。它用弯曲的喙在水里寻觅，就像举着大镰刀，行走在芦苇之间的农民一般。

过去的几个月里，雅克已经来了几十次，有时是一连几天守在同一个地方，观察孵育中的小鸟。清点数量时，他总是保持着远远的距离，以免打扰它们。他是一位受人尊敬的鸟类学家，获得了兽医学的学位，在圩田地区有着四十多年的工作经验。他发表了几十篇学术论文和研究成果，其中包括国际鸟类学期刊和书籍。他从容、谦逊，对美景和其中的居民有着博大的胸怀。雅克不仅识得所有的鸟类，也认识所有的圩田农民，而几乎每一位圩田农民也都认识雅克。

尽管刚刚过去的孵化期获得了成百上千万的投资，却还是没能给繁祉圩田里的这片自然保护区带来任何反嘴鹬。提起这件事的时候，雅克显得非常遗憾。这里有四片繁殖区，总共七十多个鸟窝。大多数鸟都在幼年时期就离开了这里。即使生下了蛋，雏鸟也活不了多久。他亲眼看见红嘴鸥驱赶走了许多反嘴鹬。鸟蛋和雏鸟则被狐狸抓走。雅克还曾见过一只狐狸在光天化日之下笔直地朝着第一座小岛游去。

他几乎没有勇气公开研究结果。毕竟，说出自然赔偿机制没能在生态学方面获得预想的成功是一项禁忌。几十年来，他在工作上取得了诸多建树，可是这一切都在2011年发生了改变。那个时候，他终结了新建的自然保护区的一项大体平衡。凭借着那份报告，他对官方的计数员提出了质疑："早在十几年前，左岸地区就已经被定义成了五个研究对象繁殖力极低的地区。五个种类包括了田凫、蛎鹬、黑尾塍鹬、红脚鹬和反嘴鹬。"观测数据的差异是源于官方的计数员只记录进行了繁殖的配偶，而雅克却还跟踪记录了有多少雏鸟在这里生长。

在自然保护区初长成的雏鸟数量之所以少得可怜，首当其冲要归咎于猛兽，尤其是狐狸。雅克已经多次断定过，每到早晨，有一些他前一天还观测过的鸟窝就会消失不见。有时候，小鸟被咬死后就丢弃在一旁。除此之外，他还通过另外两处自然保护区的情况推断出，禁止施肥后会导致孵化成功率的下降。施过肥的土地比贫瘠、开发殆尽的土地更能为雏鸟提供蠕虫和昆虫幼体补给。

这样的话语简直是犯了众怒,生态管理委员会与他短兵相接。报纸上的新闻是这样撰写的:"自然环境的状况已完全恢复到建设都尔冈克码头之前的水准。"自然与森林管理处启动了一项调查研究,其结果证明路禽的数量非常稳定,可是孵化成功率却从来没有被记录过。将其归咎于狐狸纯粹就是"投机取巧",而施肥依旧是"有害的"。就连自然保护组织的全国负责人都突然对雅克不置一词,尽管地区分部一直如火如荼地为他争辩。

从此以后,他经常遭受责难、叛变,或是在过度靠近自然保护区时受到环保卫士和官方计数员的质问。他坚持认为,自己事实上已经掌握了真相——有人已经悄无声息地采取丧心病狂的措施对付狐狸了,有人已经开始检测孵化成功率,并且已经有一些白纸黑字的数据证明获赔偿地区的路禽数量有减少。当然,他心知肚明,在很多农耕地区,情况比这里更加糟糕。多年来,他将此归咎于新盐碱——一种新型杀虫剂的使用,它的出现对于昆虫和鸟类是有害的。

雅克受到了自然保护区的抵制,可是近来,他却用悲悯的目光看着几十个观测者驱车来到这里,只为了瞧一眼凹地池塘里的一只布莱氏鹨。这个来自亚洲的流浪者被自然与森林管理处的环保卫士比约恩发布到了推特上。他授权给观测者,允许他们整整一个周末的时间在凹地池塘自由行动。"他们大肆嘲笑像我这种还在观测田凫的人,"雅克说,"而他们对于这个地区正在上演的悲剧却一无所知。不过,即便他们知道,也只会无动于衷。"

或许正是他报告中的这一结论令他最为愤怒:"拆毁农舍和房屋导致了许多人类的悲哀,也与任何一种形式的环境管理格格不入。而这些冲突的根源就是我们这些自然保护者,我们一定会对这句口号感同身受:自然与人类文明是一个整体。"

他曾经在罗马尼亚的多瑙河谷进行过多年的鸟类观察,并且亲眼见证了齐奥塞斯库的专政是如何恣意扫平罗姆村落,并且在西方激起民愤的。"我在这里的圩田村落里感受到了一模一样的冷酷无情,"雅克说,"可是,他们却是在进行孤立无援的抗争。这一切都是为了通过建设新型的、多余的自然保护区,从而取代理清已有的保留地。"当区域报刊上出现题为《环境保护沦为独裁专政》的文章时,他丝毫没有感到惊讶。

我们登上繁祉圩田里新建的缓冲堤坝,眼下,人们铺上了一层又一层厚厚的沥青,以此为它加固。在堤坝上的"资讯中心"里,人们可以看到这个项目的相关计划。在巨大的展板上,未来的自然保护区将要带来的福利被称颂为"生态系统服务"。"一眼就能看出,是梅尔勒教授的杰作,"雅克说,"他是港口聘的生物学家,向来都是坐在办公室里做出有关这个地区的一切决定,可是他与这个地区之间并没有任何关联。就这样,我眼睁睁地看着拥有一个举世无双的池塘的肯特尼斯盐沼地被翻耕,变成了一片贫瘠的芦苇地。那是左岸地区的最后一处剑鸻孵化地,可是梅尔勒却对我的抗议置若罔闻。"

船坞后面的海德维赫圩田目前依旧是一片膏腴之地。只不过,荷兰的新政府已经做出了最终的决定,要退田还海。二十位农民伙计已经接待了揣着提议寻上门来的行政官员,可是他们坚定地站在了土地所有者德·克鲁特这一边。他不愿意屈服于反嘴鹬的淫威。雅克对于这个地区所受到的责难百感交集,他由衷地希望梅尔勒教授和其他所有的责任人都能去研读一下约翰·史坦贝克所撰写的有关美国农民所受驱逐的文学著作——《愤怒的葡萄》。但是,他也知道他们不会那样做的。

***

放眼安特卫普市中心的礼堂,到处都是定制西服和笔记本电脑,这里与我那个满是村姑衫和拉粪车的世界全然不同。由梅尔勒教授主持的斯海尔德代表大会在港口的共同承办下召开了。港口借此发放了他们的宣传材料。在港口自我吹嘘的那些老生常谈的论点之中,我看见了一张新的王牌,它或许会令船主和船业大亨们直皱眉头——全世界最大的海闸、最大的石油化工中心、欧洲第二大港口、黄条背蟾蜍。如今的安特卫普港口将自身定义为"可持续产业的领头羊"。

梅尔勒的演说就像赶着去投胎似的,匆忙且仓促。讲话稿里的内容是他多次在演讲、文章和书里提到过的。他总是浮夸地反问，我们怎么才能协调好生态和经济方面的关系，以及我们为什么要创造更多的大自然？该不会是为了那些小植物和小动物吧？不是，而是为了能够被转化成金钱价值的"生态系统服务"。大自然有益并且划算。而他更是在演示幻灯片中的一页中用粗体标示：**海德维赫圩田的退田还海能为我们创造大量的价值**。礼堂里的行政官员、学者、顾问们奋笔疾书地做着笔记。

泽兰和瓦斯圩田的反对者们将他视作眼中钉，可是他的拥护者们却认为他把生态重新引入了斯海尔德河流域。他彻头彻尾地掌握了事态的发展。无论是在学术方面还是政策方面，他都有着很深的资历。梅尔勒和他在安特卫普大学的同事们为港口、政府、公司企业和各类自然保护协会进行了一系列的研究和调查。在过去的几十年里，他涉足了几乎每一个相关委员会和几近每一个相关咨询机构的工作。

"早在孩提时代，我就被斯海尔德河河口以及潮汐运动牢牢地吸引了。"他在办公室里的专题讨论会结束后，这样告诉我。他房间的墙壁上挂着有关海德维赫圩田的剪报。"那个时候的斯海尔德河就是一片开放式的阴沟，死气沉沉。如今，它又变得生气勃勃了。"

时至九十年代，有关即将在克雷贝克建造水挡圩田，以此防御洪涝灾害的辩论风起云涌。它引发了市政府、环保组织和农民们的强烈反对。这样的情况一直持续到梅尔勒提出关于在"受监督的洪涝地区"推出环保发展的计划。他深受弗兰斯·维拉的影响,并将其视为自己的指路明灯。弗兰斯·维拉曾在若干年前想要通过"白鹳计划"将地盘还给荷兰的河流。梅尔勒曾在访谈中表示,克雷贝克同样也会出现科尼卡野马、西方狍、野猪和河狸等动物,并且坚信它将成为一片"旅游金矿"。

他的项目至今依然在进一步开展。"这里会变得超凡卓著,"他如此对我说道,"只不过,不会有科尼卡野马,取而代之的是普通的奶牛,它们属于和我们共同合作的几位农民。观光客和大自然爱好者们将趋之若鹜。相比从前的圩田,这里能创造更多的工作机会。这就是我们的未来——我们不能再与自然背道而驰,而是应该与大自然同舟共济。"

在我们的会谈过程中,我不由得想起,自己不久以前还曾在那片土地上四处游走。光鲜亮丽的宣传手册和美观的网站大肆地宣扬六百公顷的新建大自然。从某种角度来说,那时候的它看上去已经"超凡卓著"。最初的徒步者和骑车人探寻着这个地域。指示牌上的内容简直是把他们当成了懵懂无知的孩子一般:西方狍泽维尔和田凫玛格丽特在此欢迎大家的到来。人们甚至在这里观测到了一只河狸,它来自一片扩展的栖息地。我看见推土机在渡轮的旁边挖掘宽阔的河湾。河湾的底部被铺上了厚厚的、漆黑的金属箔。巨大的箔卷上标记着"聚丙烯"的字样,那是一种合成材料的名称。塑料花一般的新型荒野。

"您是什么意思？"我猛地将自己的思路拽回到当下。

"我想要建造一片让大自然感到随心所欲的区域，就像欧斯特法尔德湖泊地区那样。"梅尔勒说。

时至2001年，政府层面通过了有关将克雷贝克洪涝地区建设成为对于杜尔地区都尔冈克码头的自然赔偿区域的决议。从一开始，梅尔勒教授就参与制订了新码头的计划。港口更希望在河流沿岸建造一个货柜码头，可是梅尔勒却率先提出要保留珍贵的堤岸，并且将码头向内陆方向挖掘，涵盖杜尔的领土。他还清楚地记得，有一天晚上，他与几位行政官员和政治家一起在他位于安特卫普的客厅里所得出的一个结论，那就是陈旧的、荒置的杜尔码头应该被填平："这样，我们就可以争取到更多的空间，避免从民众手中征收更多的土地。"

随后，他勾勒出自然补偿机制的轮廓，它就像一针缓冲剂，在港口地区散播开来。他还制定了动物与植物所必须达到的环保目标。最终，他们决定对坚韧的跨国保留地采取转型，变为"主动式环保发展"，"就叫它大萨弗町赫吧，它是一片新型荒原，只不过是选址在潮间带自然区域了"。他积极推动海德维赫圩田的退田还海，这给他带来了许多磨难。"潮汐以越来越快的速度吞噬西斯海尔德河，而小小一片圩田却具备了减速的功效。"

教授向我解释说，斯海尔德河的加深、围海造田运动以及海平面的上升使得潮汐的波浪变得越来越强劲。海上航道已经变成了一条海上的高速公路。在刚刚过去的一个世纪里，安特卫普的汛期水位上涨了半米之多。2005 年，被梅尔勒寄予厚望的西格玛计划开始实施，据他预计，几十片洪涝地区加在一起，将提供成千上万公顷土地的保障。西斯海尔德河沿岸地区还需要新的干预手段。"当这一切完成的时候，我希望斯海尔德河谷对于可持续发展的意义可以如同硅谷对于信息科技的意义那样重大。"

对此，终极论据在于自然保护区有益于创建行之有效"生态系统服务"：净化空气和水，防止洪涝灾害，推动旅游业，保持物种多样性。在所有的服务上，他都添加了浓浓的经济色彩。海德维赫-繁祉项目需耗费一亿多欧元，这些钱却可以在二十年的时间里就挣回来。它每年都可以创造八百万至一千七百万欧元的盈利，这比农业耕作所创造的价值得多。然而，根据梅尔勒的图标计算，这片肥沃的圩田却恰好一文不值。"是啊，环境污染税所创造的收益恰恰等同于农业产量的收益。"他一边总结，一边露出了一丝局促不安的笑容。

在他的某篇文章中，他曾强调指出他所采取的方式的巨大优势："对于真正的大自然爱好者和生态中心主义者来说，生态系统服务是一种规劝他人的极好的方式，即便是对于仅以人类兴趣为出发点的非大自然爱好者和人类中心主义者，也有奇效。生态系统服务与我们每个人的利益息息相关，因此，它应当能够获得相对广泛的群众基础。"

结束了他办公室里的这段谈话后，我依旧苦苦纠结着两个问题。作为一个并没有太多私心的人类中心主义者，同时又是从内心深处热爱着大自然的人,我是否能够了解一下,他对于农业所做出的牺牲又是如何看待的呢?梅尔勒叹了一口气:"承认吧,我们在这里讨论的是施肥过度的玉米地和原生态的土豆田,穿行在它们之间的是干涸的运河。就以海德维赫圩田为例吧:它的生态价值简直微乎其微。然而,除此之外,不管环境条件多么苛刻,我都是支持维护农业生产的。"

作为一名立场中立的教授,他对待工业的态度难道不应该有别于狗对待路灯柱的态度吗?多年来效力于港口理事会的梅尔勒知道自己被称作"内聘生物学家"吗?"是啊,当然了,从内部着手解决问题是我个人的选择。这并不是肉中刺,也不同于坐在象牙塔里看世界。但是,我敢向所有人提出挑战,看看是否有人能从我的学术成果中寻找出一处错误来。"

我一边陷入深深的思索,一边开车穿过狭小的隧道——"兔肠小道",回到亘古不变的玉米地里,回到圩田里腹部胀气的奶牛身边。一切都与表象不符:鸟儿喵喵叫,淹没地带成了干涸地区,农舍成了工厂,环保分子为港口效力,而港口却在为蟾蜍尽职。我行驶在一片自然保护区旁边的高速公路上,前不久,我在一封怒气冲冲的读者来信中读到过这个地方。有一个人在这片被人遗弃的土地上散步,朝着一棵大树尿了一泡尿。下一秒钟,他的面前就出现了两个男人,他们的身上佩戴着徽章,随身携带着对讲机和一台数字设备。这段环保之旅最终以一笔针对随地大小便的可观的罚款告终。

我在费勒布鲁克望见了圩田的一角,那里曾被规划为工业区,如今,它却被掩盖起来了。尽管颁布了禁令,却仍有一位农民忍不住在淤泥周围播种令人厌恶的玉米。旁边不远处安置着一个移动厕所。

***

妈妈很喜欢坐在小广场上的荫凉处。那里有许多大树,树冠圆圆的,很茂盛。那里还有一些露天咖啡厅,为人们提供餐饮。广场中央的旋转木马播放着轻柔的音乐。那里从来都不会下雨,因为我们所在的地方是圣尼古拉的购物中心。不计其数的新商店获得了巨大的成功,以至于老城区的许多房屋都被空置,而后衰败了。购物中心不仅仅是用于购买物品的,它同样也是一种休闲方式,是一种业余活动。大峡谷的白杨树下,几乎再也见不到任何人的踪影,而在这些亘古不变的绿色大树下,却时刻人头攒动。人们漫不经心地点击着手中的智能手机和平板电脑,因为这里覆盖着无线信号。

妈妈怀着满满的幸福感,吃光了我递给她的薯条。她咀嚼着,直到口水沿着她的下巴滴落下来。她越来越频繁地显现出对食物的兴趣。

她也再次提起了农庄,提起了奶牛,提起了我的哥哥和我。我欣喜于妈妈的记忆力。她一直都很喜欢跟我们聊天，也总是慷慨地给予我们关心。她总能讲出一个又一个的故事，故事里穿插着许多对话、许多细节、许多曲折，经历了所有错综复杂的过程，她最终总能将谜团解开。

可是此刻，她却如鲠在喉。她连一个名字也想不起来，跟不上故事的主线条，陷入绝望的思索，唐突地坠入沉默。

自从服用了安眠药，她的睡眠质量提高了很多。在此之前，她一宿一宿地无法入眠，不停地拉响铃铛，直至有人意识到，必须采取一些措施了。安眠药应运而生。

"这棵树为什么从来没有落下过一片树叶？"妈妈问。

"它们是塑料的树叶，妈妈。"

"它们不是真正的树吗？噢，这是假的，是骗人的。"她说。她突然想要离开这里。这么多虚拟的大自然激起了她的反感。这么多的消遣勾起了她的伤感。"老百姓就是钱多得没地方花了。都买上假的树了。"

我不由得想到了与电影同名的阿凡达森林，这片位于附近祖特尔梅尔的大自然最近刚刚开放。起因在于年轻人更喜欢屏幕上虚拟的大自然，忽略了日常所能见到的普通的、乏味的大自然。那里没有"鲜活的陈设"，也没有免费的无线信号。

在康复中心的房间里，妈妈显示出了前所未有的糊涂。起初，她坚称桌子上有一只死猫，直到我给她看了那是她的手提袋。接着，她又说我的哥哥正躺在床上，直到我给她看了那只是一个枕头而已。

"我控制不了自己,没法不那么想。"她说。

"我们必须去看眼科大夫了,除此之外,并没有什么大不了的。"我说。可是,她并没有从我的话语中获得慰藉。她的不安丝毫没有平息。

"我的神经开始错乱了。"她慌乱地说。

"没有的事。会好的,妈妈。"我一边说,一边握住她的胳膊平复她的情绪。

事到如今,我不得不为所有没来得及说出口的故事和没有完成的事情感到遗憾。

\*\*\*

云朵飘浮在扎勒赫姆上方的低空中。风呼啸着扑向我的面庞。我闻到了雨后潮湿的土地所散发的清香。站在我身旁的是格兰·德里耶日。他是一名环境哲学家,就职于奈梅亨大学,自幼就深受泽兰-瓦斯景致以及雷纳德故事的吸引。我们一同望着大峡谷——历尽沧桑的河湾、芦苇和旁边的牧场。堤坝后面的稻田被风吹得弯下了腰。我感到了些许的局促,就好像我把自己极其私密的一面展现在了他的面前似的,如同古老的房屋、我父亲的钳子、一个挚爱之人的坟墓。

随后,我领着他来到西部凹地那片崭新的、临时的自然保护区。我在野生动物通道旁停下了车。我们的目光越过通着电的栅栏,望向淡水河湾、芦苇、路禽栖息地。对于骑车人和徒步者来说,这里的景色一定与大峡谷没有什么两样,尽管这是前几年刚刚建成的区域。五百米开外的地方便是中世纪遗留下来的凹地的泥炭区,如今,它将遭受毁灭。天空中又下起瓢泼大雨。格兰擦拭着眼镜镜片,捋了捋他的胡须。

一辆白色的大卡车在距离我们身后二十米远的路肩上停了下来。"别担心,"我一边说,一边感觉到背后有两只眼睛正透过望远镜紧紧地盯着我的一举一动,"那不过是比约恩而已。他是我们的环保卫士。"

"他想要干吗?"

"他只是担心而已。他正在监视我们。"

格兰突然意识到,西部凹地的出现与这一地区的悠久历史毫不相干。无论从哪个角度而言,它都显得没有历史、人烟稀少、张皇失措。只不过,人类对它的影响比其他任何一片自然保护区都更加无所不至。这里的景致是在绘图板上设计出来的,河湾是由推土机挖掘出来的,植被经历了播种和种植。除此之外,这些人还提出了希望吸引哪些动物和所期待的数量,它们应当在哪片区域繁殖,它们应当去哪里觅食,甚至还有它们应当与谁交配。

人们放弃诸如凹地一类的真正的大自然,却创造了诸如西部凹地一类的人工大自然,在他看来,这样的举动意味着极大程度的损失。如果一名大自然爱好者前来观赏了这片自然保护区,却在事后听说这是在几个月间挖掘和种植起来的,那么他一定会觉得自己受到了欺骗。这就如同一名艺术爱好者发现自己收藏的画作是赝品一般。"这是自然造假，"格兰说，"即便拷贝得十分相似，让人连一丝区别都察觉不到。满眼的羞耻绿。这是一个虚假的地方，丝毫没有立足于社会与历史。这片地区或许依然与过去有着某种关联，却也将其彻底掩盖。"

在他看来，大自然已经成为一个过于技术性的话题。自从九十年代以来，"物种多样性"这个词就成为了环保运动的专用符咒。这是一个易于通过数字、表格、制图而领会的概念。梅尔勒教授所倡导的那种生态中心主义更是如此。它所关注的是景观的价格，而不是价值。其所导致的结果就是令我们相信大自然是可建造、可再生的。"这样的自然保护区是为消费型的社会量身定制的。这是一个装载着植物和动物的匣子，可以用于交换，只要港口一声令下，它也随时做好了被拆毁或替代的准备。"

格兰向我解释说，最终的结果就是大自然显现出萧瑟的景象，而我们与景致之间的关系则更加恶化。一直以来，大自然都是压制我们的外部现实，它以一种难以接近却又不可替代的模样唤起我们的敬畏心。而当我们面对我们可以自行建造或是仿制的大自然时，这样的敬畏便大打折扣。大自然恰恰应当高于我们本身，逾越我们，让我们意识到自己的渺小。因此，它吸引着我们，令我们着迷，给予我们存在的意义。

景致中无处不突显出自身的意义。它就是我们从祖先那里继承下来的地区档案，供我们随时翻阅求教。如同在圩田里那样毁灭一处珍贵的景致，就等于烧毁了一摞书。人类随之从历史中注销了。令景致成为意义承载者的关键在于其持久性和延续性。某些特定的地点是人类的参照，将他们的生命置于特定的背景之下。它们并非没有来由。这也正是海德维赫圩田的纷扰如此剧烈的原因。《人民报》上用大标题写着："退海还田触动了泽兰的灵魂"。

于我而言，大峡谷是一片充满记忆、经历、故事的地方。扎勒赫姆的历史固执地坚守在每一个角落。抛开带有教育意义的指示牌不谈，西部凹地一类的新兴地带并没有任何传承。就算是同一只鸭子，从峡谷游过也比落在远处刚刚被铲平的河湾里具备更多的意义。峡谷本身就是十六世纪的战争所遗留下来的印迹，那个时候的河湾完全被水所淹没。堤坝和湾泊提醒着人们这里曾经历过的辛勤劳作，正是那些劳作成就了人们在这个地区围海造田、与风暴潮作斗争。在格兰看来，这"不是一个生态试验，而是一处独一无二的圩田遗迹"。

格兰坚信，传统自然和新型自然之间的紧张关系会随着新型荒原视角的出现，被推上风口浪尖。他曾在奈梅亨研究过其社会影响力。如今，全欧洲的人们都见证了一个世纪以前险些绝种的野生动物的回归：狼、棕熊、猞猁、斑猫、河狸、水獭。这一切都令人神往，也激励起人们四处建造荒原。名为"欧洲荒野计划"的运动旨在短期内扩展至一百万公顷。这一强势回归不仅要归功于环保运动的成功和对狩猎的限制，也应当归功于大量农村地区的人口骤减。

格兰提到了乔治·蒙比奥特，他是英国的"荒野计划"倡议者，在低地国家，这一计划受到了景致协会和方舟基金会的支持。蒙比奥特提出了三个条件：这一计划的进行应当尽可能地与维护传统农村共同进行；出于社会原因，它必须获得老百姓的赞成；出于道德理性，它不得建设在土壤最为肥沃的区域。他还摒弃了弗兰斯·维拉的"大型食草动物"理论。作为这一理论的试验田，欧斯特法尔德湖泊地区却变得越来越光秃秃的，它的夏候鸟数量以及物种多样性也发生了持续的倒退。

简而言之，在格兰看来，这应当成为一个全社会争议的话题，而非仅仅局限于技术层面的论调。全社会都应当享有对这一事件的话语权。

"可是，格兰，"我继续问道，"曾在十年前出现过的瓦斯兰狼现在怎么样了呢？"

"那只是一个天花乱坠的宣传，就像欧洲的其他地方一样。典型的对更狂野、更粗犷生活的向往。"格兰笑着说道，"可是专家们却告诉我，基于那些模糊的影像，可以确认，那是一头真正的狼。而如今，一队又一队的狼群在法国和德国的边境上整装待发，随时准备进入低地国家。"

"对于一个狭小、人口过度密集的地区，这行得通吗？"

"我并不反对新型自然。"格兰总结说。他本身就是自然保护组织的某一保留地的管理部门人士,也因为他的批判精神而饱受责难。"可是,前提是他们不得忽视景致的象征意义和实质意义。"

我听着格兰的话语,两眼盯着我沾染了淤泥的鞋子,突然感受到,他的话语十分重要。

※※※

我站在墓地的垂柳下。这里是我所熟悉的地点中最饱含深情的。我们在坟墓跟前种上大树,与我们的挚爱倾谈,即便我们在内心深处清楚地知道,他们并不能听到我们的话语。坟墓以象征性的方式代表了我们的挚爱。

这一象征给予了情感宣泄的渠道,也帮助我们排解悲痛。这个地方将我们的悲痛置于阳光之下,在我们缺席时,它也会代替我们哀悼。坟墓为我们哭泣。它让我们体会到与挚爱的亲密感,却也同时拉开与我们的距离。

对于动物来说,它们无所谓自己是否被埋葬在坟墓里、是否有祖先、血脉是否得以传承。可是,人类却是伴随着这些意义成长起来的。

坟墓不仅具备了象征意义,也同样是一个具象的、实质的地方。如果我们将花献到了另一座看似一模一样的坟墓跟前的话,我们会感觉自己受到了欺骗。如果那座坟墓是空的,我们还会感到气愤。与死人交谈已经够异类的了,更别提要是我们找错了交谈的死人,或者跟一个不存在的死人谈话。

　　我们的挚爱的躯体躺在这里,就在这株垂柳旁的墓碑底下。这里正是让我们心灵相通的地方。

## 第十章　扎勒赫姆。可怜虫

这是一个阴天，天空中下着毛毛细雨。我揉去眼里的雨水，跟在家禽身后朝着耕地外沿走去。费尔南德·绪茨正站在那里。他将它一枪毙命。

天还蒙蒙亮，风刮得很猛。我们总共有二十名煽动者，其中大多都是农家子弟。我们挥舞着木棒，身穿荧光外套，以便让猎人们将我们同野生动物们区分开来。"噗噜噜，噗噜噜。"我不停地呼唤着，又或是"嘿呦喂，嘿呦喂"地叫喊着。于是，雉鸡和野兔匆匆忙忙地逃跑了。

玉米地的旁边，十位猎人坐在小板凳或是折叠椅上，一边射击，一边欢呼雀跃。他们带着浓重的法语口音洋洋自得地宣告自己的胜利。他们清一色地绿色着装，把长袜套在裤腿外面。色彩斑斓的雉鸡原本就是费尽了千辛万苦才好不容易飞离地面,却被漫天的子弹击打得遍体鳞伤。它们会继续向前滑行一小段路,然后"砰"地一下摔到地上,往前弹出几步,有时还在不停地颤抖。猎犬捡走它们残余的肉体。如果一只雉鸡被击中后侥幸存活了下来,那么就会有人一把抓住它红通通的脑袋,不住地晃动它的脖子,直到它最终断气。

我静静地观察他们。我在心里想,我站在这里,就像我父亲曾经在扎勒赫姆的猎人堆那里一样。我感觉自己就像是置身于一部廉价电影的拍摄现场中。

"排成一直线,去追赶那些野生动物,活见鬼。"费尔南德·绪茨喊道。作为长官,他拿着对讲机,带领着这支队伍。身为港口老总,他一手将棉花王国物流公司打造成了业务遍布全球的企业。在这片圩田里,他享有一切狩猎权。眼下,他邀请了几位尊贵的客人来到这里与他一同打猎。六十多岁的绪茨身体健硕,留着一撮小胡子。他不仅以精明的商人身份为世人所知,更是一个天生乐于阻碍议事的搅屎棍。他的出现简直是按照雷纳德量身定制的,将诺贝尔国王玩弄于股掌之间。

"看哪,有野鹅。"他说。他朝着空中开了好几枪,却什么东西都没有打到。它们发出挑衅的叫声,直冲云霄,飞走了。

就连野兔也蹬着强有力的后腿,努力逃跑。它们长长的耳朵服服帖帖地搭在脖子上。一只怀有身孕的母兔拖着肥胖而又沉重的身躯逃跑,却被人拦住了去路,它大声地哀鸣,四处乱窜,用力踢腿,一瘸一拐,直到一只猎犬将它搞定。

一只西方狍完好无损地从我的身后一闪而过。"赶跑了。"煽动者在心里想,"就像那些雉鸡一样,它们大多是从苗圃里跑出来的。"

我看见远处贝弗伦那片青翠欲滴的护城山。早在1585年,来自圣阿尔德贡德的市长、文学家、政治鼓动家菲利普·范·马尼克斯正是在这里以安特卫普的名义向西班牙的亚历山大·法尔内塞将军投降。在此之前,他先任由大水淹没了我们的圩田。眼前这些猎人中的一人正是来自圣阿尔德贡德的马尼克斯家族的后裔。另外一位猎人是名门望族——阿伦贝格家族的后代。这个家族在洪水过后重新抽干了圩田的积水。时至今日,他们依旧占据着成百上千公顷的农业用地。除去贵族,他们之中还有几个党派的商人,例如媒体大亨范·西罗家族的人。

近几十年来,农民们不断地面临租赁地被大地主出售的艰难处境。早在七十年代时就已经迎来了出售的第一次浪潮,因为土地的租赁是一项艰苦的工作,可收获的盈利却越来越少。自从九十年代起,又迎来了第二次浪潮,它的出现是由生活环境和空间排序方面的规章制度的崩塌所引起的。他们曾一度通过政治和王室的影响力操控法律,现如今,他们却抱怨自己的话语没有影响力。可事实上,"环保青年"在各大部委掌管着决策权。许多传统的大地主不得不因此终止自己的工作。

另一些人则发起了反击,他们所采取的手段便是提出诉讼,并且要求得到和自然保护协会同等的优势。为什么自然保护组织能够获得交易货款的百分之九十的回款,并且得到针对土地管理的补贴,而土地所有者却没有呢?在他们看来,体面的狩猎也属于环境管理的范畴,这一点,他们已经通过在防护林里安插写有"尊重大自然"字样的指示牌的方式明确地进行了表达。有时候,它们紧挨着自然保护组织的写着"享受这一片大自然"的指示牌。所采取的方式总是如此专横。

"我还什么东西都没打到呢。"年轻的、身材魁梧的范·西罗噘着嘴抱怨道。

"快看那儿。"年长的范·西罗笑道。他的一条腿一瘸一拐的,这是他在非洲狩猎大猎物的战果。他指着玉米地上蹦蹦跳跳的温驯的鸽子。

年轻的范·西罗大踏步地朝那里迈去,近距离地冲它们开足火力。羽毛和骨头漫天飞舞。面前几乎什么都不剩了。他的脸色多云转晴了。

"打得漂亮。"费尔南德·绪茨嘟哝道。

他吹响了狩猎凯旋的号角。到了午餐时间。他的妻子卡琳娜开着吉普车,带着贵宾犬来了。车厢里摆放着装有面包的篮子和盛有南瓜汤的锅。

短短几个星期以前,我还因为收集资料去过他们家位于扎勒赫姆外沿的城堡。孩提时代,我就曾偷偷溜进过这个地方。而这个神奇的地方并没有什么显著的变化。曾几何时，这是一座闹鬼的城堡，现如今，它已经经过了彻底的整修，看上去简直就像一座童话里的城堡。它有着优美的塔楼、阶梯式的外墙以及城垛。奢华的园林里摆满了现代艺术品，尤以裸体的女人和交配中的鹿为最。古老的牲口棚被改建成了一座现代化的、华丽的办公室，费尔南德·绪茨就是在那里掌控着他遍布世界七大洋的物流网。

十九世纪中叶，这座城堡按照"郊区住宅"的标准进行建造。建造者是律师、圣尼古拉市市长、圩田的堤坝水督、乡绅保罗·帕林。那里还有一处农庄模型，那就是薄伽尔德农场。那时正值亚麻和土豆的危急关头，是一段十分尴尬的时光。纺织工业日渐萧条。圣尼古拉的市场上出现了食物价格暴涨。堤坝水督帕林使出了浑身解数，想要更好地为圩田排水，并且推动农业的现代化进程，以此优化佛兰德劣种奶牛的血统，其中尤为重要的就是进口英国的种公牛。

在我的孩提时代，那里依旧享受着《楼上楼下》[1]里"城堡主人"式的生活。家里的仆人们生活在地窖里，随时随刻都得准备为当时的城堡主人服务。那时的城堡主人是一位有权有势的纺织业大亨，他所拥有的工厂遍布许尔

---

[1] 楼上楼下，系英国BBC广播公司于1971—1975年间播出的经典名剧。

斯特和圣尼古拉。然而，到了七十年代，这些产业统统出售给了史尼克。他是一个有钱的势利眼，曾经以道路施工承包商的身份修建了高速公路。此后，城堡一度被空置，并且持续了很长的时间。后来，城堡庄园被来自库瓦赫特的泽兰籍阿本司农民家庭收购。这个家族的三个儿子均未娶妻，如今已经成了三位年长的"有情人"。每当他们穿梭在那座历史悠久的农舍所饲养的大屁股牛之间，给它们授精时，那个情同手足的场景总是感人至深。

现如今的城堡主人正是安特卫普人费尔南德·绪茨。他受到了圩田诸多民众的推崇，因为他与港口的扩展计划展开了激烈的抗争。据绪茨所说，目前的港口地区地方多到用不完。港口远远没有到毫无虚席的地步，可是公路网却早已星罗棋布。他说，致使他来到瓦斯兰的正是安特卫普周边令人窒息的交通压力。

偶尔会有一名当地的积极分子来到城堡里，每到那时，绪茨就会许给他一笔馈赠。就这样，他无声无息地支持着这场战斗。他不仅买下了圩田的神父私邸和堡垒，因为文化遗产是他的软肋，甚至还购入了耕地和牧场，其中就包括了扎勒赫姆。其他的港口老总们也都纷纷效仿他的做法。这样的做法致使农业用地更加紧张，也抬高了土地的价格。那些新晋的富人们辩解说，反正银行并没有为他们的资金带来太多的增值，而土地却总是一项尚好的投资。

费尔南德再次吹响他的号角。狩猎活动再度开启，只不过，这一次的地点不是在圩田里，而是在他自己的公司里。我们被载上两辆军用卡车，送到位于斯海尔德河畔的棉花王国，公司的地盘大得一眼望不到边。他在仓库之间那些未经耕作的土地上播撒了玉米的种子，这使他不仅成为港口的第一大老板，同时也成为瓦斯兰地区最大的玉米农场主。

"你好，费尔南德。"所有人齐声说道。在这里，他不再是"城堡主人"。

"追赶那些野生动物，把它们赶尽杀绝。"绪茨通过他的对讲机发号施令。

我们整齐地排成一排，鱼贯地进入那片围墙高筑的公司领地。天空中依然风雨交加。湿漉漉、咧着嘴的玉米穗拍打在我的脸上。"噗噜噜，噗噜噜。"我轻声地叫道。兔子一窝蜂地从洞穴里爬出来。它们无处可逃。这简直就像是嘉年华上的气枪打靶。鲜血顺着猎犬的鼻尖往下流淌。

狩猎活动结束后，军用卡车把我们运送到圩田里的狩猎小屋，那里用野生动物重现了传统的打猎场景。将近二百具尸体被摆放在地面上，组成棉花王国的公司标志的模样。它们之中主要是野兔、兔子、雉鸡和鸭子，不过也有一些大鹏。原来，"大鹏"是他们的行话，所指的是长着鹰钩爪、大长腿的未知鸟类。

"它们该不会是反嘴鹬吧？"我问了一句。不过，费尔南德已经开始大声朗读赞颂丰收的颂辞了。

狩猎小屋里还摆放着几只狐狸和雉鸡的标本。当我们围绕在壁炉旁进行"狩猎后话"时,猎场看守人告诉我,过去的这一个季度里,他们所打中的狐狸少说也有七十只。而另一位猎人打死了一只超级大的毛色超级亮丽的雄狐,于是,他采用了一种非常特殊的方法把它制成了标本。狐狸坐在一张高脚椅上,左手举着一杯特拉比斯特啤酒,它毛茸茸的大尾巴像一顶降落伞似的悬停在空中。太华美了,每个人都在心里这样想。

"你为什么不在它的屁股里装上一盏灯呢?那样它就可以发光了。"

我也在心里这样想,但我不会把这话说出口。我只会说我前不久刚刚发现我最漂亮的那只鸡死了。它的脑袋消失得无影无踪。它的腹部被啃噬一空。我还在血淋淋的鸡舍里看见闪闪发亮的蛋黄。我不能对眼前的场景无动于衷。在我看来,无论被咬死的是鸡还是反嘴鹬,事情的糟糕程度是相同的。不过,我不会把它们关起来,我也不会把它们拦在铁丝网里,我只会让大自然恣意发展。

***

妈妈像着了魔似的坐在阳台跟前的轮椅上,她的眼睛直直地盯着远方,她的双手不住地颤抖,她的嘴巴张得很大。当她留意到我的时候,她斜着身子转向我,眼睛里充满了猜疑。我从没被她用如此猜忌的目光看过,这让我感到非常不舒服。

"妈妈,猜猜看我跟谁去打猎了。"我开口说道,不过,她根本没兴趣知道。

"新来的农民又在忙个不停了,"她一边用微弱而又激动的声音说道,一边再度望向外面,"开着他蓝色的新拖拉机。他已经完成收割了,正在加固他的玉米洞。"

"妈妈,我们现在在市中心呢。你看,有教堂,有公交车车站……"

"在那儿,他已经卷起了他的袖子,他正开着车去他的农舍,那可是摩勒根姆的一大财产。"

"那是艺术学校。我们现在在圣尼古拉。"

"他的奶牛需要很多食物。你看,它们在草地上走来走去的。我已经数了三遍了。十六,十七,十八。真正的大屁股牛,比利时蓝牛……"

"那些是汽车,妈妈。"

"咳咳,那个新来的农民聪明极了,他已经把他的草地当作停车场租出去了。不过,今天早上,他拖了一头死掉的牛犊出来……"

"妈妈,那些只不过是幻觉而已。"

我用的是从前做噩梦时她常在我床边说的话。我梦见有强盗从篱笆上的洞里钻进来,闯入农舍,端着枪,追着我到处跑。每到那时,妈妈就会安慰我说:"那些只不过是幻觉而已,是假的。"然后,我就会安心地重新入睡。

"幻觉?"她嚷嚷起来。她的眼睛里闪烁着愤怒的火花。"少胡说八道了。我很清楚这里发生了些什么,瞎话大王。"

"嗯。"我说。我等着她继续说下去。

"你在这里的阁楼上做土豆和毒品交易,还是跟希尔德一起。东西全都卖给新来的农民了。警察已经来过了。你别再招惹希尔德了。她已经结婚了。再说,我的烦心事已经够多的了。"

我沉默了。她不仅坚信自己的窗外有一座农舍,更相信我和她的护士,也就是伊西多尔修士的外甥女有一腿。

"你知道谁死了吗?"沉默了几分钟后,我说道。

我看见,疑云立刻从她的头顶散去。她的瞳孔放大了。她竖起了耳朵。唯一能将她从她自身的不幸中解救出来的就是发生在其他人身上的不幸。

"是米尔。他被发现时,已经死在自己的庄园上,在拖车里躺了两天。"

"不可能。"她大吃一惊。她的面颊变得温和了。"米尔,那可是个人啊,还很年轻。"

"葬礼过后,有人一把火烧了他的农舍。包括棚屋,包括机器,全部都化成灰了。一切都不复存在了。就好像米尔从没有来过这个世界似的。有人说,那里要开启一项不动产工程。"

"哎呀呀,真是赶上了。他跟你的哥哥曾经常常一起做事,一起耕耘,一起辛苦劳动。"

"还有亨特呢,妈妈。他的农舍正在待售。"

"亨特?跟他的菲律宾女人一起?那样一来,周围除了迪尔克就一个农民都没有了。奎多去年就已经去世了。他死在了自己的拖拉机上。他才五十二岁啊。拖拉机继续向前开,撞上了一堵外墙。这里所发生的都算些什么事儿呀?"

我给她细细的头发上别了两个卡子,给她穿上外套,围上围巾,戴上帽子。她的身体正在走下坡路,身体里释放出了一股酸溜溜的味道,那是汗水和尿液混合的气味。来到楼下后,我把她从轮椅里提起来,抱进了汽车里。她简直就像瓷器一样一碰就碎。她抱怨说自己的腿蹭到了车门,要求我检查一下她的膝盖有没有流血。可是,等我们上路后,她又高兴了起来。她望着窗外的耕地。

"坐在汽车里的时候,我觉得自己几乎就是一个正常人了,"她说,"用不着坐轮椅。"

圩田向着远方延伸,她想要看看收成怎么样。越过堤坝,那里永远都是她的土地。我们在自家的土地边缘停下了车。两台巨大的、黄澄澄的收割机正在收割玉米。想要弄到它们并不是一件容易的事,因为每到农忙季节,它们就忙得不亦乐乎。农民们夜以继日地工作。我把汽车停在了紧挨着耕地的地方,打开了她那一侧的车窗,以便她更加清楚地看着他们干农活。当我朝着收割机走去时,我听见妈妈受到了一名身穿荧光衣的自行车手的辱骂,原因是汽车的一个轮子停在了自行车道上。

"小心点儿,要不然有你好看的,"我冲着他远去的背影喊道,"自行车手!"

当我沿着梯子爬上收割机时,雇工用疑惑的目光看着我。我告诉他,我想要的是把玉米棒装入地下储藏库,以便来年我可以把它们卖出去。希望到那个时候,熙纳谷交易会①上的价格可以抬高一些。我在收割机的刻度表上看见,车里的湿度是二十七度,这样很好,因为如果高于三十度的话,就得支付烘干费了。况且,重量也相当可观。

"真是大丰收啊。"雇工称赞道。

牧场上方的低空中飘着一个猩红色的热气球,气球的下面悬挂着一个吊篮,有两个人正坐在里面随风摇摆。他们拉动燃烧器,伴随着喷射的火焰缓缓升高。夏季过后,每个星期都能见到这样的景象,因为作为欧洲最大的市场,圣尼古拉的市场已成为热气球驾驶者们的聚集中心。从前发生过的事情是当热气球在附近着陆时,我们的奶牛惊慌失措地四下逃散,甚至蹦到铁丝网的另一头。可是现如今,牧场上除了一些食槽和水槽之外,已经空空如也。风车的影子映射在牧场上,呼啸着滚动。

"你的哥哥会诅咒这些风车的。"妈妈说。她宁可不去农舍,以免感受那份缺憾。"他会诅咒那些温室的,他也会诅咒那栋别墅的。"

"是啊,他很希望能够一切照旧。"我一边说,一边看

---

① 熙纳谷交易会,是比利时谷类作物和其他农产品交易的职业联盟。

着越升越高的热气球。

"你还记得吗,在针对荷尔蒙的突然袭击中,他们是怎么在牧场上驱赶奶牛的?"妈妈说道。她的鼻翼止不住地颤动。"那太糟糕了,对我们来说,真是太糟糕了。"

我不得不接二连三地弯下腰,她的声音太微弱了。"玉米不错吧?"我转换了话题。

"你知道的,要等农民们把收割下来的庄稼全都运走后,捡漏的才能来。"

"我知道的,妈妈。"

"谁又会想到,你居然还能成为农民呢?"她摇着头说道。

"我是最后一个农民。"我说,"我必须负责收尾。"

回到康复中心后,我把她抱回到她的椅子上,"咔嗒"一下把板子固定在座椅的靠手上。我把她的切片面包切成小块。她试图稳稳地接住,却还是有一半都落到了她的连衣裙上。她扭曲而又僵硬的手指简直连鸡爪都不如。我把一根吸管塞到她的双唇之间,喂她喝咖啡。我递给她一个小勺子,让她吃布丁用。听说,曾几何时,她也是这样喂我的。那时的我还是一个乖张小儿。

她比我想象中要硬朗得多。她几乎什么事都做不了了,却对于自己能做的事坚持自己动手。无论她平日里是如何抱怨的,她都没有自我放弃。她极度地依赖着自己依旧做得到的微小动作。正是这些微小的动作,给她通往死亡的生活带来了意义。鞭策她的纯粹是她的生存意志。这就是她无穷无尽的意志力,是与生俱来的力量。只要妈妈下定决心,那么任何事情、任何人都没法阻止她。

她咂着嘴吃饭,一副享受的样子。食物可以带给她慰藉。只要能吃,就能活下去。

我们还翻看了相册以及她家族的族谱。丹尼尔舅舅是在八十三岁时过世的,离开时孑然一身。家族中趁瓦隆地区前景大好时,前往瓦隆从事农耕的一脉就此终结。

"至少他是死在自家的农场上的,跟爸爸一样。"妈妈叹息道,"要是我们当初也去了瓦隆地区,而不是来到圩田,那就好了。"

我没有告诉她丹尼尔都经历了些什么,也永远都不会把真相告诉她。以前,我对他隐约的了解不过是来自妈妈口中的故事,他是一个怪胎,住在穆斯克龙附近一座古老的、四四方方的农庄上。自从他的兄弟过世后,他就像一个隐士一般留守在那里。显而易见的是他一直和四头老奶牛一同居住在那里,没有朋友,也没有敌人。因为没有汽车,所以每逢星期五,他都会开着他那辆蓝色的拖拉机到超市去。店里的一个男孩在他付钱时看见了他鼓鼓囊囊的钱包。晚上,他把这件事告诉了他酒馆里的伙伴们。他们抢劫了这位老农民,得手的却只有一把现金。他们把他绑在一张椅子上,对他进行虐待。他们用一把耙子——一把三叉戟扎死了他。他们一把火点燃了这座古老的、四四方方的农庄,把它连房子带人地烧了个干净。只有老奶牛们活了下来,不过,它们最终还是在兽医的安排下接受了

"安乐死"。

"是啊，我更愿意像丹尼尔那样，死在自家的土地上。"妈妈又说了一遍，声音小得几乎听不见。她闭上了眼睛。

***

我试图把收割下来的玉米卖给固业地区的迪尔克，然而，他眼下并不上钩。如今，他是坎普胡克唯一的全职农民，拥有着跟我哥哥从前一样的母乳饲养的奶牛工厂，因此，他需要大量的绿肥作物。然而，我们种植在河湾旁的玉米由于自然保护区的规定，已经多年都不允许施肥了，土地因此而变得贫瘠，而且其中的一部分已经被那里大规模放养和喂食的雉鸡啃噬一空。猎人们在那边的草丛里放上食槽，就像在鸡舍里那样。

"咳，克里斯蒂安。"他八十岁的老母亲露西安娜说。她上一次见到我的时候，我还是一个小伙子。不过，她对我说话的方式却依旧那么熟悉。"是啊，农民们不堪其扰，最终都被赶走了。这是最后一代人了。用他们的话说，这就是摩登时代。"

我闻到了一股沁人心脾的味道。露西安娜搅动灶台上浓稠的汤汁。我们围坐在厨房小巧的餐桌跟前，望着平平整整的田野。仓库的大门跟我们的农舍一样，被漆成了绿色。到处都是满载着红色天竺葵的箱子。迪尔克今年四十五岁，单身，整日穿着蓝色的村民装。和他的对话几乎每次都是相同的开场白。

"你怎么样？"我问。

"很穷，但是很健康。"他说。

"总比倒过来强。"

他和往常一样，带我看了他的比利时蓝牛、全身上下满是肌肉的种牛以及几十头小牛犊。不久以前，它们刚刚接受了针剂注射。粪堆里的粪液难道不会渗入土地里吗？他是怎么防止害虫的呢？他什么时候才会装上一台电脑，以便用数码系统录入信息呢？越来越多的监管，越来越多的新制度，令人难以置信的低廉价格，现代化和数码化：就这样，迪尔克和他的同事们渐渐地被扼住了咽喉。农民在自己的农场上称王称霸的时代早就过去了，迪尔克如是说。与此同时，农民们惯有的"骄矜"也几乎消失殆尽了。

农民地位的衰败似乎已经成为了我们生平习以为常的事。早在童年时代，我们就已经挥拳相向，现如今的情况看来比当年更加糟糕。每一年都有成千上万的农民因为政策、市场，如今更是因为环境保护的规章不断逼迫他们扩大规模而销声匿迹。一百年前，农场主们还占据着就业人口的四分之一。在我出生的时候，这个数字变成了百分之十四。如今，却连百分之一都不到。过去的二十年间，比利时的农民总数再度减半。在荷兰，过去的十年里有两万五千名农民放弃了农耕。在许多国家，选择终结自己生命的人数上,农民是城镇居民的两倍。然而,社会并没有将这样的缺失看作是一场悲剧。

"我们可以抱怨,我们可以埋怨,可是没有人会理会我们,就像俄罗斯那样。"迪尔克如此解读,"除此之外,这里跟美国一样——强者为王。如今,中等规模的农民也都撤离了,这样一来,能够立足的就只剩下规模最大的公司了。"

丰收时节,由于扎勒赫姆的耕地水位的上升,他不得不舍弃了最后一块地盘上的小麦。他尽力强迫自己顺应时代的变化,也因此而为自然保护组织管理几片草牧场。根据管理协议,他每年都会象征性地获得一欧元,并且需要修剪两次草坪。六月份的第一场收割可以给他带来一大车的干草,而九月份的第二场收割却几乎任何用处都没有。

"你知道他们又提出什么要求了吗?"他笑着问道,"他们问我能不能给他们一半的土地施上肥,一道一道地施。是啊,到了现在,他们又冷不丁地说许多小鸟能在施过肥的土壤里找到更多食物。"

他给我收割下来的玉米报了一个公道的价格,可是,我却只能从中获得很少利润,甚至几乎没有利润可言。至于干草,我更是已经赔本贱卖。一位大型的职业商贩装载了满满当当的两卡车。他所支付的价格是每一捆干草,也就是每十二公斤一块五欧元。我实在没法为它们找到别的出路。有一回,来了一位城里的妇人,可是她却很是不满,因为她的小马驹只喜欢吃"第一场收割下来的最好的干草"。她说话的模样就好像谈论的是初榨的橄榄油一般。

是啊，自打我记事起就一直在耕地温室里种植西红柿的园丁已经运走了几十捆干草。原来，他在外面还有另外一份工作。水道上的另一名蔬菜园经营者甚至不得不关门大吉。这些人被诸如我们农舍后面的那类大型西红柿企业所挤垮。每逢采摘时节，那些企业就会雇佣几十名价格低廉的波兰人为他们工作。耕地温室的那个人为了申明自己的抗议，甚至把自家的西红柿免费发放给村里的村民。

自从近一千年前起，坎普胡克一直都是一条农民聚集的街道，而如今，它却为市民们所改建。我又一次在一百米开外的地方看见了一块写有通告的指示牌和一个移动厕所。从前，农场主们是农村最重要的居民，可如今，住在这里的城里人却超过了农民。对他们来说，摆在首要位置上的不是食物的产量，而是环保、清净和娱乐的供应。自然保护组织成了这一地区规模最大的协会，甚至超越了农民机构。

这样的演变在扎勒赫姆显现无疑。我开着车，从绿堤驶过，前去找马克。他想要跟我谈谈他和零星的几位农民想要组织的抗议活动。在大峡谷后面的土地上，他的乳牛企业完好无缺地屹立着，还有被五彩缤纷的果树和鲜嫩的草场簇拥着的三个巨大的仓库。那里是圩田一角，曾经被称作"望眼殇"。他甚至还在那里建起了一座小型的风车。在距离风车咫尺之遥的峡谷沿岸，土地征收委员会专员已经开始就即将被征收的上百公顷土地开展有关自然补偿机制的巡视。视察组光临了一座又一座的农舍。

马克坐在他的客厅里，细细地研读有关鸟类指令和环保目标的厚厚的报告。就连他也管理着自然保护组织的几片"杂草耕地"。他为了弄清对方的意图，还因此加入了当地政府的物种多样性工作组："他们采纳了一项分区规划方案，决定将扎勒赫姆整合为一大片自然保护区，周遭围上宽阔的缓冲堤。这么一来，我们的日子也到头了。我的儿子依旧很想从事农耕，可我却只能忍住内心的悲痛，建议他打消这个念头。"

我们走进牲口棚。马克是这个地区第一位买入挤奶机器人的农民，为此轰动一时。"乖乖啊，那家伙已经在用机器人挤奶了。"当时，我的哥哥惊讶得目瞪口呆。我亲眼看见一头黑白相间的奶牛是如何心甘情愿地踏上平台等待挤奶的。机器人的吸盘自动地附上了它的乳头，牛奶从导管涌出。那头奶牛的脖子上围着一个电子项圈。电脑记录下每一头奶牛的信息，例如产奶量和体温，甚至还有疾病史。经过多年的适应，乳头也有所变化，平均比我儿时记忆中的那些小一半。如今，一头健康的奶牛每年可以产出一万公升牛奶，换句话说，也就是五十年前的两倍。可是，就牛奶的价格而言，有时却是一桩亏本生意。

卖掉一头小牛犊所带来的收益甚至还不到四十欧元。要是打死了就一文不值，农民们露出了酸楚的笑容。因为如果那样的话，他们还得额外支付殡葬公司一笔费用，用于将牛犊的尸体运走。

马克与政府以及各类环境保护协会抗争了多年，以求得到并且保留住他的许可证。他觉得自己越来越与世隔绝。他看到环境和自然保护措施从各个方面将矛头对准了他。因此，如今的他经过了长时间的思索，出于迫不得已，决定对牲口总量进行缩减，并且"采用备选的生活方式"。他在自家的田野最前端盖了一家小商店，出售"传统手艺冰淇淋"，希望能够吸引骑车人和徒步者。他也可以通过这样的方式经销自家产的牛奶。商店旁边立着一块招牌，上面所写的"从故乡到冰箱"这个名称给路人带去一个基本印象。如今，许多孩子都以为牛奶是工厂生产出来的，一听说是从乳房里挤出来的就觉得很恶心。至于奶牛要先生育小牛犊，之后才会产奶，这一点连许多成年人都不知道。

如今，马克还着手推行了一项建议，那就是为地位岌岌可危的农民们组织一场"品鉴之旅"。所有的农舍都敞开大门，他们亮出了自己最拿手的食品，任何人都可以来尝个鲜，"品鉴"一番。

"一场品鉴之旅？"我问，"这么说来，没有采取强硬手段咯？"

"我们想展现积极的一面，"马克说，"就在自家的田野里。"

"这个想法好极了。只不过，我们家的农舍已经没有任何值得品鉴的东西了。"

在回家的途中，我看见一个年龄五十上下的男人在我们的洋葱地旁停下了他巨大的车。洋葱已经被一个家住国境线对面的泽兰农民挖了出来，不过，它们依旧被铺在耕地上，厚厚地堆叠在一起，等着晒干。那个男人提着一个篮子冲下堤坝，把篮子装得满满当当的，然后走回车上。

我目瞪口呆地看着这一幕。从前，抢夺果实是要受到惩罚的，这样的行径被称为田园盗窃。《习惯法》中规定，捡漏的必须等收割彻底结束之后才能到地里去。可是，挖地机眼下还在洋葱之间停放着。难道这个男人已经无法抑制想喝洋葱汤的冲动了吗？

"对不起，我以为那个农民的工作已经结束了。"他说。他一脚油门，带着他的篮子离开了。

今年，各处的收成都很好，现如今，对于农民们来说，这就是一个坏消息。去年所收获的洋葱太多了，以至于价格落到了谷底。圩田农民们不得不对成百上千万公斤的洋葱采取倾倒处理。为了销毁自己亲手种植的果实而辛苦工作——这实在太令人沮丧了，我还清楚地记得我的哥哥在经历了一场类似的挫折后，放弃了土豆的种植。

天空中又开始下雨了。一袭烟雾从水道的上空散播开去，简直就像一个缓缓朝着岸边攀爬的水鬼。人们偶尔会在圩田里看见不存在的东西，对于这一点，大家心知肚明。亨特家的田野上停着一辆巨大无比的用于搬家的卡车。写着"待售"两个字的牌子依旧倚靠在篱笆上。我看见他娇小玲珑的菲律宾妻子正举着一根高压水枪在冲洗农业机械。这个女人深深地热爱着农业，并且吃苦耐劳，赢得了许多农民的赞赏。亨特是一个四十多岁、身形健壮的男人，梳着一条长长的马尾辫。他正用一辆叉车把机器送上卡车。仓库里已经空空荡荡。这些年来，他已经一步一步地改养法国利木赞牛了。在他看来，比利时蓝牛种群中的大屁股牛品种已经"绝种"。它们受到越来越多的病痛和疾病的困扰。可是，他那些红色的、难以驯服的利木赞牛所需要的地盘超过他现在所能提供的。

"咖啡？香烟？"

亨特领着我来到他的客厅里。客厅建在牲口棚里，位于牲口棚的前端。牛膻味若隐若现。餐具柜上立着一个天鹅标本。一只刚刚出生的小狗在笼子里叫个不停。炉子熊熊燃烧。喝咖啡的时候，我不由得想到我们自己家牲口棚的那场火灾。那会儿，亨特前来给我的哥哥帮忙，把牛犊赶了出来。

"你们到底为什么要搬家呢？"我问，"像现在这样住在水道旁多好啊！"

"这里已经没有未来了。"亨特一边说，一边点燃了他的香烟，"公司没有任何扩大规模的可能性，也失去了一切生存的价值。事与愿违。他们只知道一个劲儿地增加限制，一个劲儿地增加大自然。好日子到头了。如果我们继续留在这里农耕，那简直是可笑之极。"

他们全都要离开这里去法国了，去一座全新的农舍。可以说，他们是为追随奶牛而去，因为利木赞牛就是产自利摩日周边地区的。亨特在那里找到了一座庄园。它位于高高的山上，周围岩石林立，不时有狼和野猪出没，寒冷的冬天相比这里有过之而无不及，而最大的差异却在于：他们不懂当地人的语言。然而，他坚定不移地想要继续从事农耕。

水道上这座古老的农舍已经卖出去了，将会成为安置中心，专门用来照顾为人遗弃的驴。

他的老母亲把我叫到了一旁。她看见我陪伴轮椅上的妈妈一同散步，这一幕令她动容。"不要小看了农村的孤寂。"她说。

我看见她背后的柜子上依旧摆放着我哥哥的追悼卡。卡片的中央，"农场主"这几个字的下面画了一道线。另外，还有"不称主人，不称仆人"。

"祝你们一切顺利。"我说。

***

"……应当为河流创造更多的空间，为坚韧的大自然创造更多的空间……"

我一边听新来的中间人说话，一边擦了擦额头。我们来到了卡罗的水闸大楼里。高耸入云的船只从我们的身旁驶过，与我们擦身而过。大厅里坐满了圩田的居民们和农场主们。有男人，有女人，有孩子，有老人。上个星期，他们全都收到了有关这场信息会议的邀请。毋庸置疑的是，到了明年，他们的土地就会被征收，如此雷厉风行的速度令人始料未及。

与我一同走进来的还有几十名杜尔的积极分子，他们来自各个村落、农民机构，还有一群自称"第三代"的年轻人。他们之所以叫这个名字是因为他们已经被人随意摆布了三代人之久。他们高举着横幅，横幅上写着"圩田就是我们的未来"和"港口何时才能放圩田一条生路？"这些文字。几个男人托着产自本地面包房的四个蛋糕盒走了进来，十分吸引眼球。

大厅的前端坐着一排行政官员，他们僵直地挺着腰板，望着面前的人群。他们之中有自然补偿机制的专家、退海还田的专家、西格玛计划的专家、土地征收的专家和公关人员，每个人的胸前都挂着一块名牌，就像由机器人挤奶的奶牛一样。他们很清楚前一位中间人遇到过什么样的处境。在他的离职仪式上，大家结结实实地请他吃了一块奶油蛋糕。他的继任者杨·黑梅拉尔是一个身材浑圆、惶恐不安的男人。眼下，他被任命为诉讼管理人。所有人之中，他最为警惕地盯着那些盒子。他把亮闪闪的眼镜严严实实地架在鼻梁上。

一块硕大的屏幕上播放着多媒体演示材料。右边悬挂着一幅题为"承受巨大压力的生态系统"海报，题目的下面分别是反嘴鹬、凤头潜鸭、红脚鹬和大麻鳽的照片。左边悬挂着圩田地区最新的分区规划方案，那上面几乎只有两种颜色：紫色代表工业，绿色代表大自然。自从参事院勒令延期以来，政府匆匆忙忙地通过了一项独特的"修复计划"，其中规定不再容许更多部门的加入。新的计划包含了一项紧急的土地征收决议，目标为杜尔圩田中心区域，那片地区是约莫两百公顷的农业用地，其中还涵盖了两三个村落。几十个人的土地即刻就被征收了。而曾经有人告诉过他们，这样的事情至少还要好几年才会发生。说这话的其中一人便是奎多·范·米赫姆——圩田地区最好斗的农民。他大惊失色，以至于不愿意前来参加这个会议。

"港口可以提供一万个工作岗位，况且，他们一直都坚持着惯有的政策。"黑梅拉尔用几句他早已细细斟酌过的话语做开场白。

大家哄堂大笑。"我们不想听你的陈词滥调。"一名积极分子喊道，"为什么紧急土地征收这种肮脏的伎俩会突然甩到我们的头上？这才是我们想知道的。"

中间人咧开嘴，露出一个灿烂的笑容。他说，海德维赫圩田也会被征收，并且会在2019年之前被大水覆盖；他说，杜尔圩田也会和洪涝地区连成一片，因而这项工作必须尽早开始；他说，繁祉圩田的临时自然补偿地会再度被挖掘，然后按照顺序等待获得补偿……

"在这些临时的自然补偿地中，已经在反嘴鹬身上投资了上百万的欧元。"一位农民喊道，"而那些投资连一丁点回报都没有获得。顶多也就是狐狸能受益。"

不久以前，我从生态管理委员会的一名负责人那里听说，自然保护区里面乃至周边的狐狸全都要被消灭，不过这一计划尚且不能正式宣布，因为他们还得先让那些绿色幽灵感觉"舒服"了才行。

"我们必须执行政府的政策。"黑梅拉尔用平淡，甚至近乎刻板的语调说道，"按照欧盟的规定，对于大自然的修复是必不可少的。现在，我继续展示我的多媒体演示材料……"

他漠然的冷静十分引人注目。他和以往一样摆出一副事不关己的样子，难怪有人将他称作"圩田地区的本丢·彼拉多①"。没有一丝一毫的犹豫不决或是自我批评。许多罪责都在于这些行政官员，甚至超过政治家，他们泰然自若地按照自己的日程表开展工作，我身旁的一位尖刻的圩田居民小声说道。在那些人的生活中，与大自然的唯一纽带便是在自家花园里悬挂一个鸟窝；在那些人的眼中，就连种植大葱都能算得上是一桩了不起的壮举；在那些人的口中，传统农耕社区就应当给新建的大自然让位。

然而眼下，受到权力和荣誉驱使的诺贝尔国王的朝臣们却遇到了比预计中更多的怨声载道的民众。

"别了，我们再也不想听您解释什么坚韧的大自然了。"一名积极分子说道，"对你们来说，这是一片未经开垦的土地，可事实上，这里自古以来一直都有人生活、耕作。"

---

① 本丢·彼拉多，源自《圣经》中的《马太福音》，他曾多次审问耶稣，后洗手以表示自己对处死耶稣不负任何责任。

"农田——那就是我们坚韧的大自然。"另一个男人说道。

"若干年前,人们在杜尔圩田北部地区建设了一片路禽栖息地,旁边还盖了一座全新的、价格不菲的堤坝。"第三个人说,"难道这些又要被拆毁了吗?就因为要增加一个杜尔圩田中心区域?"

"呃,那其实不是什么堤坝,只是沙土堆存处而已。"黑梅拉尔说。

"您可别撒谎啊!还有那片吸收了大量投资的路禽栖息地呢,现如今,它也得变为洪涝地区了,可是这么一来,您的红脚鹬们不就完蛋了吗?"

"它们通常生活在比较高的地方,那些地方只有在遭遇暴风雨的时候才会被洪水淹没,可是孵化期里是不可能刮暴风雨的。"

大家又一次哄堂大笑。

"可是淡水路禽栖息地里所有的植物呢?多年来,它们受到了百般的滋养,它们不是也不喜欢咸水吗?"

"是的,那些植被会逐渐地凋零。千屈菜也同样无法幸免。这一点您是一定明白的。"

"难道这不是极度的浪费吗?现在居然又要侵占两百公顷的农田?"

"大自然会带来间接的经济效益。这是一种消遣方式,这里可以观测鸟类……"

"布谷布谷,你疯了吧?"一个老男人喊了起来。

中间人恼羞成怒地朝着一旁望去。他继续说道:"那些红脚鹬……"

"布谷布谷,你疯了吧?"

"先生,我是一名行政官员,想要告知您相关的事项。我明白您会感到不愉快,但是欧盟对我们提出了这些要求……"

"小心点儿,小心燕子在您头上拉屎。"坐在我身后的一个人说道。

"……凡是土地被征收的人,都能获得合理的补贴和支持。"中间人继续说道。

"这根本就是盗窃。"一位身材健硕的农民喊道,"我的土地几年前就已经被征收了,每公顷才得到三万欧元的赔偿金。就凭这么点儿钱,连半公顷土地都买不回来。"

"您的话有失公允。"土地征收委员会专员劝解道,"我们现在给得更多了。况且大多数人都是自愿接受的。"

"自愿?"另一位农民发怒了,"第一通电话就直接威胁我们上法院了。我们全都知道接下来会走上何等受尽磨难的道路。"

"我从来没有说过这样的话。您我所说的不在一个频道上。"

早就在林堡省看上了另一家企业,却迟迟没能得到养猪许可证的罗比鼓起勇气,颤颤巍巍地站了起来:"你们曾经答应过我,说我可以在这里待到2017年。"

"不对,不对,我们从来没有答应过这种条件。"黑梅拉尔微微一笑。

罗比的母亲前不久刚刚过世。这下儿，他彻底崩溃了。他大踏步地走到前面，一边抽泣，一边把一张纸摊到桌上："这上面白纸黑字写着：2017。可现在却一刻都等不了了。这短短的几年对我来说却是天壤之别。"

"除非等我咽气了，否则就别想把我赶出去。"老杜尔的捕鼠人嚷嚷道，"除非从我的尸体上跨过去！"

大厅里沸腾了。曾经在杜尔被征收了土地的汉斯现在已经是第二次被轰出自己的家门了。他拎起一个蛋糕盒，咆哮着蹦了起来。中间人如同一头受惊的野兽似的缩成一团。他的眼珠子都快掉出来了。盒子砸到了他的脑袋上。他深深地叹了一口气。显然，他松了一口气。就连其他的行政官员们也都振奋起来了。那些盒子是空的。

"布谷布谷，你疯了吧？"老男人笑着喊道。与此同时，几乎所有人都离开了大厅，以示抗议。

*** 

农场上的粪坑已经成了我的私人自然保护区，那里生长着许多芦苇和香蒲。水禽在那里游泳，蜻蜓在空中飞舞。漂浮在水面上的水生植物就像一块厚厚的毛毯。柳树恣意生长。这就是我的"池塘和河岸"生态系统，即便这里的河岸是用钢筋混凝土铺就而成的。即便没有河狸和大麻鳽，这里依旧是我的优质自然。

我久久地思考着什么才是我家农舍里的"五大兽"。经过了长时间的苦苦思索，我暂时得出了以下的结论：1.一侧翅膀折翼了的、老态龙钟、垂死挣扎，却依然苟延残喘的那只鸡；2.生活在粪坑里的那只缺了一条腿的黑水鸡；3.家燕，尽管它们落下的粪便涂满了整面窗户；4.整日喧闹不止的蛎鹬；5.生活在农舍后面的水塘里的那只长着巨大阴茎的棕硬尾鸭。只可惜，我一直没有见到过狐狸的踪影，唯一见过的一次还是在高速公路旁那个被车轧死的倒霉蛋。我本想把它带回家里，可是我的爱人却说自己不应该受到那样的虐待。餐具橱里已经满满当当的了。

至于植被生长的状况嘛，我的硕果一目了然。那就是我从新纳曼的农艺中心带回来的那株植物。他们把它强烈推荐给我，说可以泡出让人恢复平静的茶。我还从来没有见到过这么顽强的植株。相比我每天吃得津津有味的自己亲手种植的蔬菜和土豆，它更是顽强得多。那株幼苗被我栽入纯肥料里，摆放在日照强烈的地方，从五月份开始，它就像离弦之箭一般迅速长高，夏季里，甚至偶尔会达到每天生长二至三厘米的速度。这简直令我目瞪口呆。

我不由得做起梦来：要是能把它种植到我们的耕地上就好了。实在不行的话就让它在玉米之间的缝隙里生长，反正这样的事情在边境地区十分常见。这样的做法或许可以让这些绿肥作物给奶牛们也带去一些平静。

"不乱绞，长高高。"这是新纳曼的那两个年轻人给的建议。从这株植物的叶腋里长出的分枝朝着各个方向肆意生长。鲜嫩的、多汁的、深绿色的叶子不仅柔软,并且有着丝绸般的触感。树干粗壮且肥厚。气味清香而又淡雅。我往那上面浇了满满一独轮车的肥料。如今,那株植物努力地横向生长。临近十月份的时候,它就长成了一株将近两米高的坚韧的灌木,灌木上花团锦簇。它简直是一个植物怪兽,不仅令我惊叹,也同样让我害怕。当阴郁的气候来临时,一些树叶的颜色渐渐变成棕色,并且发霉的时候,我举起了斧子。

农民们说,大自然很坚强。它也有着很强的修复能力,同时也很固执专横。就连粪堆和垃圾堆也无一例外地遭受了它的席卷。就算是农舍上混凝土铺就而成的小道上也能长出杂草。

大自然总是毫不留情地进行反击。

没错,总是这样,大自然会毫不留情地进行反击。

※※※

我久久地坐在旧猪圈旁边的矮墙上,望着落日耀眼的橙色光芒播洒在田野上。原拉拉藤[①]攀上了我脚下的石头。蚂蚁和土鳖虫在石头的裂缝中穿梭。一大群蚊子围绕着我翩翩起舞。

---

[①] 原拉拉藤,系一种植物名称,是茜草科拉拉藤属下的一个植物种。

我发现猪圈的大门虚掩着。棚子的顶上覆盖着厚厚的苔藓,门上油漆早已脱落。难道是我没有把门关好吗?不对,这是唯一一个我再也没有进过的棚子。是大风刮的吗?我不禁回想起某个傍晚时分,当我开车回到农舍时,猪圈里的灯亮着。那是在我出发去海地之前的最后一个星期。厚厚的云层笼罩在牲口棚上方的低空中。一阵风吹来,把田野清扫得一干二净。云杉发出吱吱嘎嘎的响声。我在汽车旁边站了一小会儿,感受雷电交加的暴风雨,倾听隆隆的雷鸣,一直以来,这都是一种令我陶醉的奇观。

来到牲口棚里,我在牛群之间看见了哥哥的身影。动物的温热和气味一同迎面扑来。我看见他瞪大了惊恐的双眼,他的面孔因为用力而变得扭曲,他日渐稀疏的头顶如同机油一般亮光闪闪。他用尽全身的力量举起一根因为破旧而砸落下来的梁木。那上面挂着一根一闪一闪的荧光灯。如果椽子掉下来的话,说不定整个屋顶都会坍塌。屋顶会砸中奶牛和牛犊,更有甚者,砸中他那五头最好的公牛。

那里冰冷刺骨,我们甚至能看见彼此呼出的气息。寒冷的季节无可避免地到来了。通常来说,十一月就是一个混蛋。十二月有时甚至更糟。我们直视着彼此的眼睛,他很不耐烦,我很无力。

"赶紧的,我坚持不住了,该死。"他大声喊道。

"我能做些什么?"

"千斤顶,把千斤顶拿过来!"

我迎着劲风跑到车库里。从前，大自然的力量总能在我身上产生平和的效果。它冷漠，它漫不经心。刮吧，风说，风雨过后才能见阳光，太阳会普照大地。可是，无论是对待暴风雨、冰雹还是小雨，我的哥哥却偏偏反其道而行之。他总是想象最坏的可能性：牛被闪电劈死、棚屋着火、牲口棚坍塌。在圩田地区，这样的事情时有发生。例如眼下这一幕。

我找到千斤顶，又顺手抄起了几根梁木和砖块。我匆匆忙忙地用它们在坍塌的椽子底下搭建起一个支墩。我把千斤顶拧了上去。木头发出吱吱嘎嘎的响声，碎裂的木片四处飞溅。我只管自己继续拧。千斤顶滑了出去，高塔坍塌，整项工程全都歪了。灰尘洋洋洒洒地落下。我的脸上蒙上了一层蜘蛛网。

我的哥哥骂骂咧咧的。他的双手被压到了，留下深深的伤痕，红通通的。不过，他依然用整个身体的力量撑起了屋顶横梁。奶牛们默不作声，全神贯注地看着我们忙碌，感受着紧张的气氛。它们中的一部分被剃去了肚皮上的毛，缝线松松地垂下来，不久前的剖腹产留下一道道刀疤。

"所有东西全都坍在一块儿了。"他嚷嚷起来。

我把木块和梁木全都堆放起来，重新拧高了千斤顶。看起来，这一回倒是成功了。椽子回到了原来的位置上。我的哥哥迅速用他血淋淋的手抓起一块早已准备好的沉重的木板。他在裂开的梁木一侧捶打起来，把长长的油毡钉敲了进去，又到另一头重复同样的动作。

我们挨着牲口棚的墙壁坐了下来。我觉得自己的心都跳到了嗓子眼，我的双腿不住地颤抖，汗珠从额头上滴落下来。田野另一头的那些新建造的活动棚子是刚刚从工厂制作出来的，可是，这个古老的猪圈还是在我们小时候由爸爸亲手加盖起来的。它是属于我们的产物。这里曾经迎来过成千上万头猪的降生。后来，我的哥哥把它改建成了一个牛棚，左边是一片放养区，散落着大约二十头奶牛；后边的角落是饲养成长中的小牛犊的；右边是一排饲养公牛的畜栏，十分宽敞。如今，在那里满满当当的干草之间生活着五头年轻、漂亮的公牛，过去的几个月里，他一直对它们精心照料。

对于猪，我的哥哥一直都不怎么感冒。他生来就与奶牛特别相合。它们需要有人给它们挤奶；它们需要有人帮它们生产；他与它们之间有着情感的纽带。他认得它们之中的每一个，了解它们各自的性格、它们的血统、它们的后代。即便已经过了这么多年，每当小牛犊出生后被舔舐一番的时候，他依然很有感触。

这个意识从很久以前就开始有了。那时，我们还只是两个年幼的小兄弟。有一天晚上，他把我抱到他的腿上，教我学挤奶。我们一同坐在一张三条腿的小板凳上，额头贴着奶牛温暖的肚皮。我和我哥哥的年龄相差将近三岁半。那时候的他已经是一个挤奶能手了。每天放学之后，他把书包往角落里一丢，一头扎进仓库里。他用手捏住乳头，把指尖轻轻地贴在上沿，向下滑动。细腻的牛乳流下来，发出水滴四溅的声音，桶里满是泡沫。奶牛有着一个圆滚滚的、肿胀的乳房和四个大乳头以及后侧的两个小乳头。然而，每当我动手拉的时候，却没有流出任何东西。我急急忙忙地想要再试一次。我全神贯注，奶牛却用它的尾巴拍向我，不住地跺着后腿。我觉得这简直就和朝电线上撒尿一样刺激。

"不要拽，"我的哥哥说道，"要推。"

他把铁钩搭在奶牛的背上，将它固定住，又把它的尾巴绑在了它的腿上。他忧心忡忡地望着奶牛，就好像这是世界上最严重的问题。那时候，奶牛的年龄比我还要大。之后不久，自动化的挤奶机和冷冻储罐就会进驻我们的庄园，而这样的情况会令他更加着迷。

孩童时期的我坐在沉甸甸的乳房下面，我推啊、捏啊、拉啊，可是怎么都挤不出奶来。这一点上，我从来就没有成功过。不过，我依旧能清清楚楚地回想起食槽里那股甜菜浆的气味。那股浓郁的味道萦绕在我们身旁，钻入我们的衣袖，无论我们走到哪里，它都挥之不去。我依旧能清清楚楚地回想起屋外是多么宁静。在声音的衬托下，那份宁静便更加凸显出来。声音各式各样，有从鹅卵石上驶过的农用卡车所发出的喧嚣声，有生病的奶牛所发出的呻吟声，有猫头鹰发出的厉声尖叫。我依旧能清清楚楚地回想起那伸手不见五指的黑暗，那时比现在昏暗得多，头顶的天空中星光闪耀。

如今，几乎再也找不到一处黑暗的地方了，也几乎再也找不到一处宁静的地方了。

我和我的哥哥一同坐在用来挤奶的小板凳上，那时的我们从来没有想过这座农舍会在某一天消失不见。在我们看来，它经历了天荒地老，是亘古不变的。那个时候，我们以为世界永远都会是这个样子，永远也不会变。我们拥有无忧无虑的时光、无所畏惧的童年以及一片伴随我们成长的庄园。我们的物质条件很有限，可我们什么都不缺。为什么这样的生活必须终结呢？

"妈妈会死去，农耕会成为奢望。"那天下午，当我们坐在牲口棚的墙边从气喘吁吁中缓过神来的时候，他说道。

"反正我随时都可以来帮忙。"我说。

"还有区别吗？我会安排好一切的。"

那是一段艰难的时光。那是一段充满挫折与不幸的时光。那段时光充满了日渐增长的恐惧、压力和沮丧，而我们本身甚至都没有意识到，也没有来得及踌躇。

"投资一座新的牲口棚吧。"我补充了一句，"钱还够。"

"别跟我提钱，我对它不感兴趣。我甚至都不知道我在银行存了多少钱。"

回想起来，我这位五十出头的哥哥没有子嗣，也缺乏洞察力。他把农场视作一段即将终结的过去。尽管如此，他刚刚还是购入了一辆崭新的拖拉机。那是一台小型的、蓝色的纽荷兰，还配有装载机，用以清扫仓库。近些年来，他饲养的牲口总量还有所增长，尽管我多次告诫他他恰恰应当减少奶牛的数量，尤其是妈妈还生病了。最近几个月里，她的身体每况愈下，不过，她依旧频繁地撑着助行架走去看牛犊和菜圃。他挖空心思地照料她，只要有可能，就尽自己的一切能力满足她的需求。当他在户外劳动时，他总会时不时地进屋查看她的状况。这样一直持续到她摔倒的那一天。她被送去了医院。也就是在同一个星期，医生断定她再也无法康复，并且再也无法回到农场上去了。

妈妈与哥哥一起相依为命的时间比和爸爸一起的时间还要长。她把他当成了自己的第二任伴侣。他们一起加盖了母乳饲养的奶牛工厂。而如今，在辛苦劳作了一辈子之后，他突然感受到了周围的空虚。

"我打算把那五头年轻的公牛卖掉。"那天下午，雷电交加之中，他对我说道。

尽管我本来也建议过他削减牲口总量，可我还是大吃一惊。我簌簌发抖，想要进屋。我在厨房里看到了堆积成山的脏碗碟。我从菜圃里拔了几根韭葱。我垫上一张报纸，把土豆皮削掉。我用一个满是黄油的焙盘烤了一条我从冰柜里翻出来的黑线鳕。我曾经带回过一个微波炉，可是他却从来不用，唯一的例外就是用它给小牛犊加热牛奶。他独自一人生活时，几乎从不开火。他单凭吃面包就够了。还有纸袋装的素食汤。

饭菜已经准备好了，可他却迟迟没有进屋。我朝灯火摇曳的牲口棚走去。他正站在那个可怜虫的跟前。那头体形庞大、骨瘦如柴的牛犊依然在地下储藏库后面的干草垛之间。它跌跌撞撞的，左右摇晃。我的哥哥试图把它的口鼻塞进一桶刚刚挤出来的牛奶里。那可怜虫喷着鼻息，蜷缩着腿，倒下身去。呕心沥血地照顾一头牛犊，最终却只能眼睁睁地看着它日渐消瘦，这对他来说是一件无比糟糕的事。他在夜里睡去，却在心里知道，或许明天早晨它就死去了。

"这是一个奇迹，"他头也不抬地说，"就像这可怜虫依旧能活下来一样。"

"我需要紧急去一趟医院。"我说，因为那时候的妈妈成了我们关注的全部焦点。直到这一刻，我才像妈妈一样开始思索，如果她不在了，他会怎么样。

他依旧坐在牲口棚里，就像在逃避什么似的。他一句话也没再说。没有人能沉默得像他一样久。他抚摸着那个可怜虫，那只毛色泛红的公猫躺在他身旁的干草垛里，打起了瞌睡。我看见他的手上满是划痕。污垢在他的伤口里熊熊燃烧。我取来医药箱，给他贴了一块创可贴。我触碰着那只手上的老茧、裂口、伤疤，它们每一个都诉说着一段故事。那只手曾经从奶牛的肚子里拽出过那么多的小牛犊，曾经种植过土豆，也曾经操控过各种机器。

我还是什么都别说了。我站起身，离开了那里。他消沉地望着我的背影。

如今，我独自一人坐在矮墙上，望着他没有见到过的西红柿企业、风车、别墅。古老的猪圈顶棚坚持着撑了下来。它依旧坚持着。猪棚大门的上方依旧挂着风干了的神圣的棕榈枝。过去的几个月里，我看见许多家燕在那里进进出出。它们已经在我们当初修复过的横梁上筑起了巢。几个星期之前，它们一同聚集到房屋和牲口棚之间的电线杆上，线路因为它们的重量而凹陷下去。一连几天，它们在那里叽叽喳喳地叫个不停，随后，它们便离开了。离去时，它们留下了大门的缝隙。我似乎觉得哥哥随时都有可能从牲口棚里走出来。可是，他不会从牲口棚里出来，我也不会进去了。

## 第十一章 后　记

　　通常来说，寒鸦都是这样的。就算坐在屋里，也能听见它们刺耳的叫声。那声音听上去就好像它们对于即将到来的事情感到兴奋而又不安。上百只寒鸦一同围绕着参天的白杨树盘旋。它们飞旋着，打斗着，在天空中飞舞着，转过身，又回来，落到枝头，重新起飞，一窝蜂悠悠然地汇聚，与它们身后的天空一模一样的阴郁、昏暗、步步紧逼。

　　这时，风从西方吹来。篱笆旁那株脆嫩、坚毅的栎树紧张地飒飒作响，粪坑里的芦絮沉吟着，低语着。我看见水面泛起的圈圈涟漪和草丛被拂起的道道波浪。风一阵阵袭来，从大树之间呼啸而过，折断枯萎的树枝。它呜咽着，围绕着古老的农舍打转，一头扎进烟囱，使得火炉发出咕噜声，如同沉睡的猫咪一般。

我不停地在两扇窗户之间来回走动，以便能看见整座农场上的景象。我看到一朵灰色的云彩渐渐飘近，渐渐地令一切都黯然失色。太阳就像是一个烟雾缭绕、暗淡无光的圆盘。田野的上方就像是笼罩着一块蓝色的轻纱。树木的轮廓变得越来越黑暗。我听见从西红柿企业的后面传来一阵沉闷的隆隆声。几滴豆大的雨点滴落在屋顶上。鸡一边咯咯哒地叫唤着，一边奔向它们的鸡舍，那里的活板门敞开着。

眼下，风如同坦克一般闯入古老的牲口棚。我走到户外，雨水鞭打着我的面庞，湿漉漉的土地十分泥泞，被我的靴子一踩，便发出吱吱咯咯的声音。我试图以最快的速度闩上所有的活板门和大门，不给风留有任何可乘之机。雨水沿着屋顶顺流而下，拍打在沥青上，汇聚成细流，涌入粪坑。牧场的上空，闪电在昏暗的天空中划出一道裂口，随之而来的是震耳的雷鸣声，在天空中久久地回荡。

这个秋天真是糟糕透顶。从夏天开始，天就开始下雨，并且再也没有停止过。时至十一月，雨水依然延绵不绝。过去的一个星期里所降下的雨水足足有上百公升。雨水太多了，以至于人们不得不再度挖开水道上的缺口。这道缺口曾在十五年前引起了诸多争议，甚至还险些令堤坝水督和市长大打出手，如今，它却已经成为一道固定不动的、混凝土铸成的涵闸，人们可以进行机械操作，选择将它打开或是关闭。水喷涌而出,重新灌满圩田。

雨水甚至还沿着横梁渗流进了客厅,以至于我不得不在地下摆上一个水桶。地下室已经完全被水淹没了,陈旧的咸菜缸屹立不倒,就像是停靠在码头的一艘船只。阴霾的日子再度来临了。又是一个阴雨晦暝的冬天。

直到这一刻,我才意识到,自己浑身上下都湿透了。我站在燃烧着零星火光的火炉跟前,身上的雨水一滴一滴地往下淌。云母窗台被烟灰染得乌黑。窗外的雨水像幕布一般倾注而下。檐槽堵塞了,水溢了出来。风车欣喜若狂地转动着。天气越糟糕,它就越开心。巨大的扇叶吱吱嘎嘎地飞旋着。

原本被我悬挂在窗外的亚麻废料此刻正迎风摇摆。尽管遭受了损失,可是亚麻地的产量还是不错的。它们都是一流的亚麻,如同绵羊毛一般柔软。

暴风雨朝我们袭来,它变得更加猛烈,就像一头咆哮的野兽,直奔我们的田野而来。树枝、叶片、花梗漫天飞舞。高耸的云杉弯下了腰,它们咬紧了牙关,决不妥协。然而,强风却扯松了古老的棚屋上的一块瓦片,把它掀起,随后又推开另一块瓦片,打碎了瓦片板条,整个房屋角落坍塌了,屋顶的一角掉落下来,地上撒满了碎裂的砖块。眼前的一幕简直就像是农舍正在进行自我摧毁似的。

我看着时间来了,又去了。作为两个农场大家庭的产物,我不得不给维持了若干个世纪之久的农民生涯的历史巨链做一个终结。然而,对于我们来说,农耕是一件浑然天成的事，就像每个人都拥有母亲一般。事实上，我本身并不是这条巨链的最后一环。我是用来夹断它的钳子。

天依旧在下雨，只不过，此刻不再那么滂沱，而是有了固定的节奏。雷声渐行渐远，在暴风雨之间平静下来。我重新穿上硕大的靴子，穿过田野，走进古老的棚屋里。屋顶的屋脊上有三个巨大的洞，侧面的外墙看起来似乎鼓鼓的，几块木板松松垮垮地耷拉着，一个燕子巢落在了地上。要是这座棚屋被一场暴风雨掀翻的话，那就太糟糕了。然而，我们能做的只有接受，不思索原因。引人思索的是棚屋为什么会在违背主人意愿的情况下被推土机铲平。

我走出空空荡荡的棚屋，经过空空荡荡的仓库和空空荡荡的畜栏。我又一次不由自主地思考着，如果还有奶牛的话，这里会变成什么样，以及我们会如何在几个月之内把它们放回到牧场上。我思索着自己将会遗弃的那些地方，思索着它们的过去，思索着它们的未来，思索着它们带给我们的意义。

那座农场代表了我们。那些大树代表了我们。那片牧场代表了我们。

天空变得明朗了。湿漉漉的、分崩离析的屋顶在阳光的照耀下熠熠生辉。一束光芒穿透牲口棚，洒落在我哥哥的金叶女贞上。它们已经生长得十分宽阔了。土恩其的房屋上空出现了一道拥有着完美弧度的彩虹。让我感到心满意足的是，零星的几只麻雀在瓦片底下叽叽喳喳地叫个不停。一只黑鹂鸟在病怏怏的樱桃树上发出刺耳的叫声，还拖着长长的、欢快的颤音。我坐在黑色的皮沙发上，倾听着围绕在屋子四周的风声和鸟叫声。我的目光锁定在一只绿莹莹、亮闪闪的苍蝇身上，看着它是如何在天花板上嗡嗡嗡地哼唱。除此以外，我一连几个小时什么事情也没有做。我在窗口坐了整整一个下午，百无聊赖。

雷雨过后的光芒是如此美妙。

夜晚，我用破碎的瓦片板条在棚屋的背后点燃了火。检察官要来就来吧。我久久地望着低悬在田野上空的那一轮满月。

\*\*\*

疲倦而又泥淖的土地经历了一整个夏天，正在进行慢慢复原。泥潭使得道路变得泥泞不堪。我听见圩田的啜泣声。我开着车，驶入远方的腹地。路上，我迎面见到一辆卡车。车身的狭缝间探出粉红色的猪鼻子。天空白茫茫的，就像笼罩在杜尔核电站上方的烟雾。

奎多·范·米赫姆的农场上弥漫着一股浓郁的秋日气息。他组织了一次"农庄开放日"，那也是最后一次"农庄开放日"。前些日子，这里已经举办过"品鉴之旅"。那一次的活动引来了上千人参观他的田野以及其他岌岌可危的庄园。尽管没有获得媒体的回应，但那次活动依然是一场巨大的成功。之前就有人告诉过奎多，他的农场会被保留下来，然而，之后的决议却要求他在2018年之前离开这里。如今，这个问题再度浮现：他的土地必须即刻被征收。

他曾经用发了狂的看门狗吓跑中间人，不让他进入自己的领地，如今，那条狗已经死了。他曾经用来恐吓别人的枪支其实从来都没有存在过。这个硬汉的内心并没有那么强硬，如今，他敞开大门，当作最后一搏。

人们总是在诸灵节时虔诚地行走在墓地间。如今，他们怀着同样的心情，一窝蜂地涌向这片过去一个世纪里隶属于这个家族的光芒四射的田野。正如常常见到的那样，此刻，四代人一同守护在农场上。六神无主的奎多引领着一群一群的访客参观牲口棚。前几年刚刚修建的猪圈被当成养殖的范例介绍给来宾。牛棚里，比利时蓝牛展示着自己被剃得光溜溜的屁股。它们训练有素，牛棚里一尘不染。庄园的后面有机械展示，用来告诉人们，安装了机载计算机的拖拉机和由全球定位系统操控的犁是怎样耕地的。是啊，未来是属于这些智能的机器的。

就连奎多也认为，农民生活中的浪漫主义色彩正在迅速消退。他的农舍是一个典型的混合式家庭企业。他们已经在这片土地上耕耘了几千年，可事到如今，在他看来，所有的企业都不得不屈就于农工业。抚育了一代又一代人的农家景观也不得不屈就于新建大自然。

"可那些根本就不是自然景观，"他大声嚷嚷起来，"那只不过是一幅油画。"

他提到了繁祉圩田南区的设计规划。它还是刚刚开始执行的：那是一百七十公顷的池塘区域以及几十座方方正正的小岛，它们形成了耕地地貌的形态，"以此表示对农庄传承价值的尊重"。它是一幅立体派的画作，是蓝色时期的毕加索。农民们望着眼前的景象，简直不敢相信自己的眼睛。农庄被拆毁，树木被连根拔起，将近一百万立方米的圩田土壤被挖了出来，而后又通过把岛屿建设成四方形的方式而体现出农庄传承的价值。签署了绝大多数计划的阿凯笛思研究中心实现了自我的超越。景观变得越来越乏味。

"乖乖啊，我知道一切是如何进行的。"奎多说，"那些连雉鸡和鸡都分不清楚的人写写画画，就像我们的主——上帝那样，创造了大自然。甚至还有四方形的岛屿呢。环保分子们因为获得了两千五百公顷的自然赔偿用地而欢欣鼓舞，从此对抗议港口扩张和斯海尔德河加深的事缄口不提。所导致的后果便是我们不得不离开这里。你一定想象不到，亲眼看着整个家族历代的心血被毁于一旦，是一件多么糟糕的事情。"

更令他感到愤世嫉俗的是，他最终还是收到了一封来自政府的信件，那里面写道，他家牲口棚的气体排放将会在未来对十四公里开外的卡尔姆特豪特荒地自然保护区造成威胁。同样是在那十四公里沿途之地，还矗立着欧洲最大的化学集团，在此浓烟滚滚，可是对于这一点，信里却只字未提。

对于奎多来说，生活除了农耕还是农耕。经历了无穷无尽、孤注一掷的寻找后，他终于物色到了一座位于佛拉芒阿登地区的农舍，那里正是我父母的老家。一旦搬了家，他就再也不想回到自己土生土长的村子里了。他觉得自己已经无家可归。他背弃了自己的灵魂，却仍然在"照着自己的个性"继续生活。他的停止斗争对于整片圩田地区来说，都算得上是当头一棒："不错，这样做的确是在气球上扎窟窿，但是我还能怎么办呢？"他喊道，"不是他死就是我亡。我可以搬到我的拖车里去住，可是我的牛装不进去啊。我坚持认为那些环保分子都是疯子，但是我决定息事宁人了。为了我的儿子们。"

比利时农民联盟的全国主席一袭黑衣，从田野的那一头走来，不时引发人们议论纷纷。在经历了基尔德雷赫特分部的动乱后，大多数遭受威胁的农民再度与他达成了和解。是啊，他们急需他的帮助和指引，尽管用以前的话来说，这只是为了"罢战息兵"而已。

一位土地遭受征收的农民告诉我，上个星期，被工程救险车撞倒在马路上的柯莱特悄无声息地被火化了，骨灰被撒在了斯海尔德河畔。这个冬天，她再也不用看着冰降鹅在寒冬腊月的天空中逆风而行了。她位于杜尔的高屋会被拆毁，然后在其他地方重建。她位于堤坝上的盐沼房会由自然保护组织接手。

另一位圩田农民拽了拽我的胳膊："海德维赫圩田所有的农民伙计都碰到了传票员上门的情形，他送来了业主的信件。他说，他决定亲自在自己的圩田里建设一片自然保护区。如果成功的话，他或许就可以保住他的房屋和马匹。然而，所有的农民伙计都必须离开这里，可是，一直以来，我们为他开展了那么多项运动。没有人关心我们的生死。"

农民们是时代进步的受害者。对于这一点，奎多也深信不疑。有关这场生死存亡的斗争，鲜有，甚至没有任何记载。这一切是值得载入史册的，可是，就连他们自己也没有留下任何日志或是回忆录。见证着一切的消亡是很糟糕的事情，奎多如此认为。可是，更加糟糕的是连记录这一切的人都没有，又或是没有任何人能将这些故事传承下去。

在这个所谓的鬼村——杜尔的边缘地带，面对着空空如也的街道和废墟，面对着不得不背井离乡的农民和居民们，我不由得回想起我的海地之旅，旅途的目的在于记录发生在首都太子港的地震。我看着在"无名的奴隶"营房营地里的人们日渐憔悴。在太阳城贫民窟里，我看着霍乱病人死在我的面前。这些人几乎清一色全是农民，曾经在农村衰败的时候逃亡到了这里。死神无处不在。没有任何人得以独善其身。可即便如此，那里依然生生不息。

"经历了自然灾害之后继续这里的生活，感觉到底怎么样呢？"我问卢尔德。她是一名农民，也是一位寡妇。她奇迹般地从坍塌的大教堂底下爬了出来，并且把孩子们送回了农村。

"这是造物主的功劳。"她露出一丝微笑。

"善意的上帝为什么要这样做呢?"

"恰恰是造物主拯救了我。还有我的三个孩子。以及其他成百上千万人。我们很高兴自己还能活着。"

我与赫里特一起进了山。赫里特是"手足相通"①的协调专员。他们对小农民的生存意志力心怀尊崇。我们拜访了寥寥数位住在特有的蓝色泥瓦农舍里的一贫如洗的农民。一位农民领袖谈到了发生在农村地区的社会悲剧,它们都是由于经营不善和放宽管制所引发的。因此,当地的大米产量也完全受到了全球贸易的压制。余下的只有幸存下来的农耕和对环境的过度开发。"当然了,地震是彻头彻尾的自然灾害,但是,之所以会导致十几万人的严重受难,完全是由于可怜的农民过度集中在贫民区的缘故。"

在他看来,农业亏损的标志便是克里奥耳猪。那些黑色的本地猪很好地适应了当地环境,依靠垃圾为生。当猪瘟蔓延的时候,由于受到了美国的施压,整座猪圈被根除得一干二净,从而避免病菌传播到美国。紧接着,这里进口了体形硕大的、粉嫩嫩的美国猪。它们无法抵御加勒比海地区的炎炎烈日,并且需要昂贵的食材。"美国猪不仅想要抹上一层防晒油,还想用刀叉吃饭呢。"农民领袖笑着说道。

---

① 手足相通,系佛兰德地区的一个发展合作组织,致力于扶持非洲和拉丁美洲的农村社团。

海地流传着一句农民格言,意思是说普通人也很重要。这句话是这样说的:"人类很渺小,但是人类的糟粕很庞大。"而另一句流传甚广的习语是这样说的:"或许我们很丑,但是我们不容忽视。"

我回想起自己站在山间赫里特的房子里时,接到了一通电话,让我赶回去。随后,他把我送到了机场。在从海地返回迈阿密的途中,我恍恍惚惚地看见脚下佛罗里达大沼泽地国家公园里那些不切实际的、青翠欲滴的沼泽地和环礁湖。我觉得自己正飞往另一个维度空间。一天半后,我抵达了白雪覆盖的圩田。

***

手持恩膏的神父再次走过。他的身后跟着两位一袭灰色的修女。康复中心的走廊里充斥着死亡的味道。周围的房间已经清空了一次又一次。

妈妈屏气敛息地望着远方。她留意着窗外那座农庄上的一举一动。即便身在城市里,她依然将自己农民的本性坚守到了最后。

"你看,新来的农民又在锄地了。你看见他了吗?"

"是的,他的身上穿着那身蓝色工装。"

"今天早上,他们把所有的奶牛都装上了车。在场的还有传票员和警察。这一定又是检察官干的好事吧?"

"农民们生活得太不容易了,妈妈。"

她抬起头，用焦虑的、敏锐的目光看着我。她回味着我的反应。

"我听说，你明天要跟希尔德结婚了？还要办一场盛大的婚宴？"

"不是的，完全不是这样。"

"别撒谎了。所有的护士都在谈论这件事情。"

"这是幻觉，妈妈。"

她用她水汪汪的眼睛久久地凝视着我，即便我已经扭过身去。

"我头脑不清楚了。"她决绝地说道，就好像她突然意识到这一切不是真实的似的。

她轻轻地抽泣起来，无从抵赖。她扭曲的嘴巴发出呜咽声，几滴泪珠顺着她的面颊流淌下来。她松弛、纤弱的肩膀随之颤抖。接着，她的眼睛明亮了起来。她惊异于自己还能做得到——哭泣。

我揽着她的胳膊，安慰着她。她喘着粗气，大口大口地呼吸，几乎透不过气来。对她而言，谈话已经变得越来越艰难，眼睛也已经几乎什么都看不见了。她无法再读报纸、看电视。有时，她甚至憋不住尿。她瘫坐在椅子上，身体往下沉。我只能时不时地把她钙化了的身躯向上拉一拉，又唯恐她在我的怀里被压骨折。

"我只剩一副残骸了，"她说，"不过，我还活着。"

"是的，妈妈，一切都会好起来的。"

"书还没写完吗？"她又问了我一遍，"还没有记完整吗？我等不到它出版了。"

接着，她望了一眼屋里那四口钟之中的一口，沉醉于滴滴答答流逝的每一分钟。对我来说，时间从来都是笔直向前的，我时刻紧盯着缓缓流空的沙漏。可是眼下呢，眼下的时间就好像拐入了一个弯道。

"他为什么要那么做？"她干巴巴地抽泣着问道。

"谁？"

"他。"

"怎么做？"

"那么做。"

我看见她眼神中的无助。她的身体就像一堆废墟，她的脑袋就是一片原始森林。如今，每当她回首过去，她能看见的只有自己的错误，就好像她一辈子从来没有做对过一件事情似的，就好像她从来都不是一位好母亲似的，就好像上帝正是为此而迁怒于她似的。

"我不应该摔倒。"她说。

"我不应该离开。"我说。

我们望着教堂尖塔上的那尊金色圣母玛利亚雕像，她的怀里抱着一个孩子，头顶戴着皇冠。此时此刻，她镀金的双脚边悬挂着一个鸟窝，以供游隼居住。那里还安装着一个摄像头，从而通过互联网向全世界直播完整的求偶过程和孵化过程。只不过，第一次孵蛋失败了。

"你们在农场上还挺好的吧？"妈妈问。

"是的，妈妈，那是最有利于我成长的老窝。"

"我们要修缮我们的棚屋了。"她决定说,"它还能用上好一阵子呢。"

鹅专家康拉德·劳伦兹的基本理论是,早在生命之初,人们就导入了一种缝合机制。它会让你停靠在自己出生的地方,依赖于生命中最早见到的人。例如我的哥哥、妈妈还有田野,他们都是如此。然而,这样的准则在我的身上也同样奏效吗?我出现了,我消失了……这样的情形持续了好几十年之久。直到我步入四十岁的时候,我才回来,就像鳗鱼历经十年光景再度回到自己的出生地——马尾藻海一般。从此以后,这里就像有一股强大的引力,力量超过了其他任何地方。

妈妈从来都不是一个听天由命的人。生活不需要多么有趣,却必须有其作用和意义。责任心凌驾于幸福感之上,愧疚如同一针胶合剂,责任感给每个人都施加了压力,对于这些,许多农民家庭都已习以为常。一切都以农场和家庭为中心,延续传统,维护良好的名声,共同为子孙后代创造一些有价值的东西,努力工作,必要的时候学会锲而不舍,永远坚持不懈,因为她的字典里没有"放弃"二字。她还有另外的一些农民价值观,不过,我的哥哥早就说过:"它们已经不适合这个时代了。我们已经不适合这个时代了。"他简直是把农民们当作西方世界的澳洲土著了。

只要能看见一丝希望,妈妈就会坚持不懈。她毅然决然地沿着命运的阶梯顺势而下。即便到了最后一级台阶上，她也固执地不言放弃。

有时候，我会想起她自创的歌谣。从前，她总是倚在楼梯旁，冲着我们的房间歌唱：

> 快起床，快起床。
> 是时候把锄头扛。

护士走了进来，她是我的未婚妻。在妈妈看来，她就是一个理想伴侣——既是农家姑娘，又是伊西多尔修士的远房外甥女。

希尔德帮她清洗，帮她换装，把她抱上床。不过，她也会跟她说话，她梳了梳她花白的头发，她紧紧地揽着她。

走到门口时，希尔德迟疑地看着我。"她有时候会犯糊涂。"她轻轻地说道。

"就是从吃安眠药开始的。"我提议说，"要不然，你们就只给她吃半片？"

"是啊，半片，我们可以试试看。"

"明天的宴会会很热闹的。"我听见妈妈在我背后说道。

妈妈笑了，希尔德笑了，我也不知所措地跟着笑了。

等护士走后，妈妈说她只希望明天的宴会期间不用给奶牛接生。她还说我不应该抽那么多烟。我知道她又把我和我的哥哥搞混了。她又迷糊了。

"我亲眼看着那个新来的农民把整片冰雪之地都犁了一遍。"妈妈说。

"小心一点儿,要不然,你就会变成扎勒赫姆的最后一名了。"

"小心点路上的车辆。"妈妈说。她紧紧地捏着我的手。"答应我,开车的时候一定要小心,答应我……"

紊乱暂时退去。房间里充斥着她汹涌而来的关爱。那是一波澎湃的母爱。她又变回了自己原来的样子——我们的母亲。

\*\*\*

那天早晨,我躺在沙发上,感受着世界的冷却、平息。窗户上覆盖着一层冰雪。我看见外面出现了一座崭新的农场,覆盖着皑皑白雪。棚屋雪白雪白的,屋檐上挂满了冰柱。云杉的针叶也是雪白雪白的。篱笆旁那株幼小的栎树露出轮廓分明的树冠,树杈和嫩枝很纤细,看上去美极了。街边的路灯放射出昏暗的光芒,照亮了整片冬日的田野。

我冷得直打哆嗦。我身上穿着一件格子的法兰绒衬衣、灯芯绒的裤子,套着两件毛衣、一件沉甸甸的外套、厚厚的袜子,戴着羊毛手套、一顶帽子,还围了一条围巾。我把火炉清理干净,可是却没法把它点燃。我抽动右侧的手柄,可是里面却没有流出油来。一定是管道里的冷凝液冻结了。

浴室的水龙头里流不出水来。我成功地用吹风机把角落里的水管解冻了。然而，当我想要把管道和热水器接通时，它却罢工了。

我听着气象预报，用指关节敲打着气压计，看了看温度计。此刻的温度是零下十三度。从前，我们把食指塞进嘴里，再高高举起，以此判别风向。如今，我却不得不依靠风车，因为扇叶会全自动地转去迎着风吹来的方向。北风。

一只知更鸟坐在窗台上，用嘴敲打着窗户。我把手贴在冰冷的玻璃上，可它却只管自己继续敲打，一连敲打了几分钟。一只毛茸茸的老兔子在一跛一跛地跃过门廊。麻木的寒鸦和鸽子被风卷跑。鸡因为害怕白茫茫的世界而乖乖待在自己的角落里。

我的靴子深深地陷入雪地里，发出吱吱嘎嘎的响声。我在篱笆旁找到了毛色泛红的公猫，它躺在车道上，浑身都直僵僵的。有人把它放在那里。它一定是被汽车撞倒了。马路上很滑。

我被大雪包裹着，彻底冻住了。果园和牧场连结成一片令人目眩的白色平原，如同北极一般。拖拉机发动不起来了，它嘟嚷着，嘀咕着，吐出最后一丝气息。迷雾中，风车像幽灵似的转动。一块牌子上写着："霜冻天气小心结冰"。

我感受到一阵寒意侵入我的衣服，一直钻到我的骨头里。我的牙齿打起架来。我费尽力气才打开大门，走进古老的棚屋里。换作从前，奶牛躯体所散发的温热会扑面而来。如今，地面被从洞孔、门缝飘落进来的白雪覆盖。我试了试水管的主轴头，想要把它拧严实，可是，我并没做到。很久以前，我为了防止它受冻，用厚毯子和干草垛把它遮掩了起来。一切都纹丝不动。或许是水管在田野上的某一处被冻住了吧。

我站在牲口棚门口，想象着如果这里依旧满是牛群，会是怎样的场景。那样的场景似曾相识。那时，我去了海地，我的哥哥独自留在这里，而那时也同样冰雪交加，与眼下无异。牲口棚里属于那些牲口的所有水槽都会被冰封。我只能无助地提着热水壶，用热水浇灌水槽，让冰雪融化。水槽刚一融化，就会立即再度冻住。我必须到唯一还能接通的水龙头跟前接水，提着水桶，给牛犊、奶牛、公牛们喂水，无论早晚，日复一日，无休止地坚守在刺骨的寒冷之中，直到我的双手和双脚也变成冰块。万一冰雪在深夜融化，那么到处都会出现渗漏和喷水的现象。到了早晨，我就会发现其中一些牲口全身都浸泡在水里，只露出一个脑袋……

我无法阻止海地那场地震的发生，我也无法阻止我哥哥在农场只身面对的那场冰冻的发生。当我好不容易从海地回来的时候，我看见了他的心头肉小牛犊。那个骨瘦如柴的可怜虫，它曾经那么长的时间不愿意喝奶，在谷物储藏库后面的干草垛里待了那么长的时间，得到了那么多的照顾与关爱，喝了用我的微波炉加热出来的一瓶又一瓶的奶，如今，它却死在了粪堆旁的白雪之中，瘦骨嶙峋的脚僵直地悬在空中，冻僵了的舌头从嘴里耷拉出来，明镜般的眼睛无处安放。草料棚里装满了第二天需要用的面粉和玉米，可事实上已经没有这个必要了。那个可怜虫被殡葬公司装上卡车，成为离开这座农庄的最后一头牛。

此刻是四点一刻，房屋里万籁俱寂。我把茶放进水里，让它泡上二十分钟；我往里面加了一勺新鲜的蜂蜜；我坐在熊熊燃烧的火炉旁打起了盹；我久久地凝视着墙上巨大的耶稣受难像。它的右边挂着妈妈的照片，左边的金色相框里摆放着我领圣餐的照片。壁炉台上摆着一个画着圣母玛利亚的圣水瓶。老款的电话机下面挂着一块铜版，那上面印着一个戴着荆棘冠冕的耶稣头像。象征古老的天主教的标志依旧在这个房间里占有支配地位，如果你一直盯着它们，看得够久的话，你就会陶醉其中。可是，卡尔夫的教堂，也就是我哥哥每个星期天都会开车送妈妈前往的地方，在那里，宗教的意义已经荡然无存，教堂本身也很快就要被拆除了。

圣洁的白色带给我一种感觉，那就是一切，我们全部的生命，乃至整个世界都可以重新来过。这是一种根深蒂固的感受。根深蒂固……

曾经，农场上的一切比如今猛烈得多：狂风、严寒、酷热、激情、悲痛，还有其他的一切。然而，此时此刻，我却也觉得自己被深深的安宁所包围。这就是田野的和平，在历经了多少个世纪的艰苦耕耘后。时间凝固了。一丝风也没有。天堂般的寂静。一种飘逸的感觉似乎在诉说农场与周遭虚幻的产物毫不相干。我自记事起，就认得眼前的景象，我熟知它的任何季节、任何天气状况、一天之中的任何片刻。我能够闭着眼睛行走在田野间，我了解它的每一处隐秘的地点、每一个神秘的角落。在回归自我的世界里，你就像被困在一座孤岛上，回归本我，独自体味自己的幸福，独自体味自己的不幸，这一点，没有人比我更了解。

我们只能活一次，却会死很久。这一点，妈妈很清楚。

田野空空荡荡、死气沉沉，却依然生机勃勃。这一点，我很清楚。

大自然或许可以很强硬，人类或许可以很强硬，生活或许也可以很强硬。

我们或许已经过时，而时光也将弃我们于不顾。

古老的名字一同构建了这个地域。扎勒赫姆。基雷克普特。望眼殇。

成为古老故事中的一个插曲算得上是一桩好事。这一点，我很清楚。

脑海中的事件有时比现实更加真实。这一点，妈妈很清楚。

我和哥哥的拖鞋一直摆放在床底下。

这个地方曾经，也将永远都属于我们。它什么都没有，却也拥有一切。

照片上那个手里拿着牛皮装帧的祈祷书的小男孩也正是现如今撰写这本书的人。

一切都得以记录下来，这才是最重要的。

就此搁笔。

著作权合同登记号　图字 01-2021-6479

图书在版编目(CIP)数据

这是我的农场/(比)克里斯·斯托普著;蒋佳惠译.
—北京:人民文学出版社,2021
(自然文学译丛)
ISBN 978-7-02-016831-6

Ⅰ.①这… Ⅱ.①克…②蒋… Ⅲ.①长篇小说-比利时-现代 Ⅳ.①I564.45

中国版本图书馆 CIP 数据核字(2020)第 253116 号

责任编辑　卜艳冰　杜玉花　欧雪勤
装帧设计　钱　珺

| 出版发行 | 人民文学出版社 |
| --- | --- |
| 社　　址 | 北京市朝内大街 166 号 |
| 邮政编码 | 100705 |
| 印　　制 | 上海盛通时代印刷有限公司 |
| 经　　销 | 全国新华书店等 |
| 开　　本 | 890 毫米×1240 毫米　1/32 |
| 印　　张 | 10.125 |
| 字　　数 | 198 千字 |
| 版　　次 | 2021 年 12 月北京第 1 版 |
| 印　　次 | 2021 年 12 月第 1 次印刷 |
| 书　　号 | 978-7-02-016831-6 |
| 定　　价 | 59.00 元 |

如有印装质量问题,请与本社图书销售中心调换。电话:010-65233595

DIT IS MIJN HOF

Copyright © 2015 by Chris de Stoop

Published by arrangement with De Bezige Bij B.V.,

through The Grayhawk Agency.

All rights reserved.